The Sound of One Hand Clapping

理查・費納根 Richard Flanagan
高紫文一譯

歲月之門

獻給

Archie Flanagan

Helen Flanagan

Anton Smolej

請原諒我失敗了，不過我說出來，是因為我愛你們。

一九四六年，塞拉耶佛

這裡，跟貝爾格勒一樣，我在街上看見許多少婦，頭髮漸白，有些人甚至滿頭白髮，愁容滿面，不過從她們的身形，反而更能清楚看出她們依舊年輕。我似乎看見了最後的這場戰爭，如何用手掠過這些少婦的頭髮。

這個畫面不能保留到未來，這些少婦的頭髮很快就會變得更白，最終消失，著實可惜。最能向未來世代清楚說明我們的時代的，莫過於這些少婦的滿頭白髮，少婦的白髮偷走了年輕人的漠不關心。

謹此用簡短的文字紀念她們。

伊沃・安德里奇*

＊編按：此段摘自南斯拉夫作家伊沃·安德里奇（Ivo Andric）的著作《*Signs by the Roadside*》。伊沃·安德里奇著有波士尼亞三部曲《德里納河上的橋》、《特拉夫尼克紀事》和《薩拉熱窩女人》，一九六一年獲得諾貝爾文學獎。

第一章
一九五四年

這一切你終將會理解，但是永遠無法明晰。這一切發生在很久很久以前，那個世界在一個很少人聽聞過的島嶼上，後來在一個被遺忘了的冬天裡，化為泥炭。事情開始發生的時候，雪還沒徹底掩蓋足跡，無法挽回。當時烏雲遮蔽了星星與被月光照亮的天空，陰影無法遮蔽的黑暗降臨到低聲細語的土地上。

就在那一刻，時間來到分岔點，瑪利亞．布羅的酒紅色鞋子走到屋外最底下的第三階臺階，上頭覆滿粉末狀的雪。就在那一刻，瑪利亞．布羅把臉朝屋子撇開，她知道自己已經走太遠了，沒辦法再回頭了。

有人說那天晚上她是被狂風暴雪吹出鎮外；說是猛烈的暴風將她吹起，她隨風飛起，像天使一樣，飛進鎮外的森林裡，像鬼魅一樣，飛進荒野。那個地方像皮肉上剛被子彈打出來的洞一樣，熱燙燙的。但是四面八方都是荒野。

當然，事實並非大家訛傳的那樣。

甚至有人說，她化成了風，變成狂風，要詛咒他們所有人。不過這種可怕的風，可不是夢裡那種人可以乘馭的風。遇到這種風，人們要小心防備，瑪利亞．布羅正是那樣做，因為畢竟她是個理智的女人，不管別人怎麼說，她絕對不是個魯莽的女人。她小心逆風而行，好像風是一道牆似的，隨時會倒塌壓到她身上。她拉著鮮紅色外套，那件鮮紅色外套破破爛爛的。她緊緊拉著，包覆住瘦小的身軀。不過就這個故事而言，現在談那個動作是太早了，因為幾乎是等到她走出小鎮之後，風才吹得強勁。她必須走好一段路，才能走到那麼遠。

「媽媽，」瑪利亞．布羅聽到一個小女孩的聲音從屋子裡傳出來，一會兒過後，聲音又傳出來，這次比較像在啜泣——「媽媽……」

瑪利亞．布羅站在臺階上，試著安撫留在屋子裡的孩子。她四處張望，就是不轉頭去看身後的屋子。瑪利亞．布羅低頭看著酒紅色的鞋子，看著那雙破舊的鞋子在剛飄下來的雪中呈現出美麗的模樣，發現上面那兩階木階上，足跡漸漸消失在新飄落的雪中。她思索著美的本質，思索著是不是所有美好的事物短暫出現之後就會消失。「aja，aja。」瑪利亞．布羅試著安撫孩子，在她的故鄉，母親都是這樣哄孩子入睡，「aja，aja。」

她走了，沒有回頭看屋子，任由目光往上飄，任由目光飄過亂七八糟的聚落，進入黑暗的森林。看著漆黑的夜空。看著雪落入一道道錐形的黃色燈光裡。看著雪迴旋落到地上。雪花在空中旋轉，彷彿時間似的，但是不是不斷流逝，而是不規律地流逝。瑪利亞．布羅看著雪飄落的模樣，發現空氣從來就不是靜止的，空氣裡有許多雜七雜八的東西，無盡地繞圈飛旋，可能存在著無數難以理解的優美動靜。

就在那一刻，瑪利亞．布羅認為自己應該仔細看看這一切，包括她自己，彷彿自己是在電影裡，而這裡是電影裡的場景。她就這樣想著，沒有聽到遠處傳來女兒從她剛離開的那棟小屋哭喊著她。那聲音好陌生。不過她沒有聽到。

「媽媽。」孩子哭喊著，但是她的母親沒聽見。

「aja，aja。」瑪利亞．布羅用安撫的語氣說，不過她這句話到底是說給自己聽的，或是說給孩子聽的，或是說得完全沒有理由，沒有人知道，因為她已經離木屋很遠了，雪已經讓所有聲音都變得微弱。

「aja，aja。」

她繼續看著眼前的景物：全部重新再看一次，彷彿一切都跟她沒有關聯似的。她看見整片黑白的景象被亮眼的燈光照亮，在被認為是街道的道路上，街燈沿街而立。街道兩邊有簡陋的垂直木板屋，屋頂和煙囪都是瓦楞鐵皮搭建。她不禁想，對於某些住在那裡的居民，這個畫面可能會令他們想起痛苦萬分的記憶，想起在烏拉山或西伯利亞的勞動營。不過她知道這裡不是史達林的蘇聯；知道這裡不是科雷馬或裸島或比克瑙；知道這裡根本就不是歐洲；知道這裡是水力發電委員會的一座施工營區，被雪覆蓋，叫作管家谷（Butlers Gorge），座落在雨林裡的荒野裡，活像個瘡口。

在這片無邊無際的土地上，小木屋全都建造得緊密靠在一起，好像那些屋子面對不可知的力量、重量與寂靜，嚇得擠在一起瑟縮發抖，其實那些未知的事物可能是有益的，甚至可能根本不在乎居民。只是居民經歷恐怖的過往，因此不由得心生恐懼。幾百年殘酷恐怖的歷史，記載在他們收藏著的一些蕾絲桌墊和捲翹的照片裡，還有他們養成的古怪習慣和特別的吃飯方式裡。

要不害怕，就得去想像沒有經歷過的世界。

但是沒有人辦得到。

在那些擠在一塊瑟縮發抖的小屋裡，一定住著工人，因為這個偏遠的高地鄉村位於塔斯馬尼亞這個偏遠的島嶼，距離澳洲本土很遙遠，在方圓數里內，沒有其他的人類聚落。只有蠻荒的河流，更蠻荒的山脊，雨林無所不在，占據大部分的土地，只有偶爾會出現長滿鈕扣草的曠野，或在比較高的地方有高沼地。

這就是她看見的景象。

她什麼聲音都沒聽見。

此時興建大水壩的熱潮正興起，新澳洲人紛紛來到這些荒郊野地，幹外國移民幹的興建水壩工作，因為雖然新澳洲人比較喜歡在都市裡工作，但是都市裡的工作都被澳洲人占據了。不過瑪利亞．布羅，也就是坡匠．布羅的妻子，松婭．布羅的母親，並不是要來管家谷。

她是要離開。

永遠不會再回來。

於是瑪利亞．布羅繼續沿著空蕩蕩的街道走，一名年輕婦女穿著舊外套，拎著一個小型硬紙板手提箱，鞋子留下的足跡立刻把那座陰森溼冷、受到風雪吹襲的營區劃分成兩半，在不斷飄落的雪中，她的形體彷彿鬼魅一般。

一臺小引擎噗噗接近，撕開了雪罩在村落上的那層寂靜。一道小車頭燈照出黃色的漫射光，在紛飛的雪花中，看似一灘移動著的尿色水坑。接著，一個駝背的機車騎士出現，邊車裡空空的，在一片白色空無中浮現輪廓。騎士沿著街道騎向瑪利亞．布羅，快速騎過她身旁，騎到距離約莫五十碼，放慢速度，往右轉，扭轉車身，在一家餐廳外頭停了下來。瑪利亞．布羅停下腳步，轉頭盯著看。

餐廳正門口有一道雙百葉木門，她看見木門前面有十幾個女人，聚集在一個用油桶作成的火盆，燒著熊熊烈火，寧願在如此嚴寒的地方跟大夥聚在一起，也不要獨自到溫暖一點的地方避寒。她們的穿著搭配古怪，夏季洋裝配上厚重的冬季外套，頭上戴著各種造型奇特的帽子，有幾個人戴貝雷帽，有一個人戴垂邊軟帽，有兩個人戴草帽，有一個人戴五顏六色的毛帽。在正門附近，有幾個女人站著，有幾個坐在空啤酒木桶上，一邊聊天，一邊喝著她們的男人——丈夫、男朋友和調情對象——從只有男人可以進入的餐廳裡拿出來給她們的啤酒。每當門打開要讓男人進出時，熱烈的談笑聲和玻璃摔破的聲音就會傳到那些女人的耳裡，傳到大街上。

一名穿著皮夾克，戴著安全帽，跨下摩托車的人，故意大模大樣走進餐廳，大步走過那群女人。坐在木桶上的那些女人立刻被這個引人注目的陌生人吸引住了。她們聽見他洪亮的聲音從滿座的餐廳裡傳了出來。「我叫艾瑞克．普雷斯頓。」他扯嗓大聲說，「我是澳洲工人工會的籌辦人，我是來幫歐洲難民解決問題的。這裡誰作主？」

不過他刺耳的說話聲被嘈雜的說話聲蓋過去，餐廳裡大家一邊喝酒一邊聊著往事。女人們也轉移了注意力，改看著那個形單影隻的女人，拎著一個手提箱，在這樣險惡的夜晚，走出小鎮，不知道要去哪裡。那個孤獨的女人也盯著她們看，看穿她們，好像她們雖然看起來像在那裡，但是其實從來就沒有在那裡；好像她看見了近似過去的未來，她們全都再度被風吹散，這個可怕的時間和地方都將不復存在。她的臉（很年輕，非常年輕，現在看起來像一臉震驚）簡直就像東方人的臉孔：骨頭的構造和大大的眼睛都跟澳洲人的不一樣；還有皺紋——雖然只有一些，但卻很深——似乎不是過往歲月留下的，也不是太陽照射生成的，比較像是雕刻師刻到她臉上的，凸顯出一種奇特的異域美感。

後來有人說她錯了，不該批判她們無法理解的事。或許正是因為這樣的批判；抑或許是出自相反的情緒，有點同情可能發生在她們任何人身上的悲劇；抑或許是因為她們沒人想得明白的某些原因，當瑪利亞．布羅那樣看著她們的時候，她們用手肘推了推彼此，停止聊天。她們所有人或瑪利亞．布羅都只聽得到餐廳裡頭男人們持續發出的嘈雜聲。

瑪利亞．布羅轉過身，再度舉步走離小鎮。她聽見餐廳裡傳出非常微弱的旋律，留聲機播放著一首新的美國西部鄉村歌曲。那首歌似乎燉煮著眼淚，像是用悲傷燉煮出來的燉菜牛肉。瑪利亞．布羅朝黑暗的森林走去，餐廳裡的嘈雜聲漸漸變小。歌聲消失在輕輕落下的雨和雪中。瑪利亞．布羅的臉上沒有任何情緒。沒錯，就是那張臉——美麗，沒錯；年輕，沒錯；但是還有別的東西。是什麼呢？就是眼淚——雖然只有幾滴——滑落眼眶，讓她的臉上閃著淚光，但這似乎讓她永遠成了神祕的女子。

在瑪利亞．布羅的身後，足跡往回延伸到她來的地方，在飄落的雪中，就在她製造足跡的同時，足跡也逐漸消失，消失在白色之中。早在很久以前，那片白就好似想要遮蓋住那座陰森的小村莊裡的每個人和一切事物。

過了一段時間之後，餐廳打烊了，吵鬧結束了，打牌的人也體力不支，回家睡覺，對著戴著毛帽睡覺的女人的背打呼，口氣滿是酒味。強風刮了起來，開始尖聲呼嘯，讓那片潮濕的荒地也不禁感到寒冷。

aja，*aja*。風似乎這樣呼嘯著，*aja*，*aja*。

可以聽到巨大的老樹劈啪作響，發出吱嘎聲。新的電線在廣闊的夜空中晃動，發出詭異的哨音。那天晚上女人們躺在凹陷的床上睡不著，聽到那些聲響，心裡更加驚惶不安。

第二章
一九六七年

他喜歡做木工；只有這件事是松婭·布羅願意回想。

多常做呢？

能做的時候他就做，在工作和在玩樂的時候都會做。

用哪種木頭做呢？

用塔斯馬尼亞橡木，還有從工地廢料桶撿來的黑檀廢料；芬蘭人的鋸木廠如果有賣廉價的淚柏，也會買淚柏來做，如果沒有，就買刨花板。還有舊包裝箱的白木板，和營建材料裝箱用的六層夾板，上頭卡著水泥碎塊。如果貯木場把長度不符的當地異國木料清空了，就買芹葉松、比利王松、黑心基尼格木。他會用這些木料來製作東西，那些東西是松婭人生中的美好事物。

他都做些什麼呢？

什麼都做：做壁櫃和桌子拿去賣；做五斗櫃，本來想用來放亞麻布，但是他們從來就沒有亞麻布；做一個操控臺，放在那輛ＦＪ的車子裡，就像他在航空公司廣告裡看到的那個樣子；還有幫那臺舊的富及第冰箱做把手；還有幫鄰居做椅子、凳子、書架；還有做他們自己要用的盆栽架和工具箱。

他會跟松婭解釋不同木料的特性和功用：拋光的基尼格木和淚柏的刨屑能驅除狗蚤；用塔斯馬尼亞

橡木作骨架很漂亮，劣質的松木就不適合了；夾板可以用蒸氣加工處理；沙磨黑檀時，會讓人打噴嚏；香桃木適合作傢俱，福祿桐適合作窗臺。

他喜歡做木工，喜歡用木材製作東西。他喜歡做木工，對松婭而言，他就是木頭，松婭愛他這一點，噢，天呀，松婭真的好愛他這一點。

臭酸麵包的辛辣味再度飄到松婭．布羅的鼻孔，預示著恐怖的災難即將降臨。她抬頭，錯不了，他又喝醉了。必須說明一下，雖然他塊頭不大，但是一發起火來，看起來會變得很巨大，好像要衝出房間，把牆撞倒，用猛烈的怒火撞毀屋子的骨架，像蒸氣壓路機碾壓螞蟻一樣，把前方的人都給壓扁。他喝了酒就會發火，他經常喝酒，隨著一年一年過去，他酒也愈喝愈凶。

他站在松婭．布羅上方，身子搖搖晃晃，腦袋微微轉向一邊。松婭．布羅看見他脖子後側皺褶的肉發紅。藍色格紋絨布襯衫有一部分垂在褲子外面，皺皺亂亂的，褲子拉鍊拉到一半，褲子上有幾處乾掉的尿漬。他彷彿是一個怒吼的巨人，彷彿一道旋風，捲得碎片到處飛，但卻又不會飛離。松婭只不過是其中一個碎片，一個亂飛的東西，飛來飛去，但又無法飛離，所有碎片都被他中心一股不可知的巨大的謎吸在一起捲動。他的手臂從中心氣憤地高舉過頭，他的頭則大聲咆哮：「不准說我喝醉！」手臂胡亂揮打，把東西推倒，松婭．布羅看不清楚是什麼東西，「沒人敢說我喝醉，我只是在酒吧跟朋友喝了一些啤酒，放鬆一下就回家，妳竟敢說我喝醉。」

他塊頭不大，松婭塊頭也不大，松婭也沒有他那種特殊技能，能變成大巨人。松婭的技能剛好相反。為了躲避父親的怒火，松婭學會了變小，能把自己變小到別人看不見，得非常仔細看才看得見。她十六歲，身體如果伸展開來，解除縮小狀態，其實在她的年齡算是高大的，差不多五呎十吋，一百七十七公分，幾乎跟父親一樣高。但是父女倆似乎都不想要強調兩人一樣高，松婭甚至習慣稍微駝背，讓自己看起來矮一點。

不過松婭．布羅不只擁有這項特殊技能。她聞到臭酸的麵包味時，靈魂能夠出竅。如此一來，松婭就能躲到遠處觀看父親發怒，就她聽來，父親的聲音就像是從很遠的地方傳過來，彷彿她是在某個遙遠的沙丘上，把一個海貝殼拿到耳邊，聽著被關在裡頭的靈魂說話。這一天，她把自己傳送回到德文特河中央，跟坡匠在一艘小船上釣魚。黃色的老教堂獨自座落在砲臺角（Battery Point）的康威爾街（Cromwell Street），沙岩蓋的尖塔，形狀就像胡椒罐，後面是廣闊的青山綠林。在教堂下方，她看見了那座城市的房屋，不過只是不經意看見的，只是模糊不清的。看起來很像一八四〇年代或一九四〇年代，很像東歐。但是其實那是宇宙太陽系地球南半球澳洲塔斯馬尼亞的荷巴特，她在學生時代曾經在文件夾上這樣寫。那是一九六七年。

那不是他，那不是。

不過她從遠處看見了她的家，她的家正被摧毀得支離破碎，有一個巨人從裡頭蹦出來，巨人不斷變大，太陽在他的背後被遮蔽了，世界陷入黑暗，巨人由憤怒變成發狂。

「我知道妳跟男孩子出去鬼混，我知道，我知道，妳這該死的淫娃，妳這個小賤人，妳跟妳那個淫蕩的媽媽一模一樣，亂搞——」

此時，他的上唇噘起來，抖動著，頭也在發抖，身體也在顫抖，怒氣瞬間消退，彷彿壓抑已久的記憶突然湧現，但是他拚命壓制，用盡餘力，把記憶徹底逼退。他身子突然搖晃起來，好像狂奔的野豬被子彈打中，只有破口大罵兩個字：「——**放屁**。」

松婭從遠處聽見他的憤怒。他打了松婭一個耳刮子，松婭好希望那個耳刮子感覺起來也能像是從遠處打的，就像突如其來的冰冷波浪，打到小船的欄杆上之後偏離方向。但是那個耳刮子不是波浪，是一種要求，要求她離開小船，別再看山，別再看著座落在山麓的那座小鎮。他打在松婭臉上的那個耳刮子，是在要求松婭離開河流回來，他的聲音突然變大，他的手打得松婭的臉熱燙燙的。松婭看見他，一個松婭認不出來的怪物。她想要父親，她不想要這個怪物。她不想要。

她大聲尖叫。她大聲尖叫，希望從小船上把父親叫回來。「不，這不是真的，你是因為喝醉酒才生氣的，你是因為……」

不過她還沒說完，怪物又打她耳刮子，這次打了兩下，這次力道更大，這次用極度冷酷憤怒的語氣說話，他說的話比他張開的手掌更令松婭害怕。「我就讓妳瞧瞧誰喝醉了。」

父親繼續打松婭，松婭始終面無表情，沒有哭，儘管被打得很痛。她沒有哭，儘管皮肉上浮現被打的痕跡，血從鼻子滴下來，她每被揍或被打耳光一下，頭一甩動，鼻血就噴濺到牆壁上。她沒有哭，父親打破了東西，不論她怎麼努力，都沒辦法修復。傷口就像深淵一樣，在她心裡裂開。有時候她甚至會倔強地認為，正因為她心裡這樣想，父親才會這個樣子。每天她都祈禱著這道情緒的裂縫不要移動，無奈每天晚上裂縫都會移動。地底下有一股她無法理解的巨大變動力道摧毀了那個家，他們兩人都無力阻止，就像樹無法阻止樹根下面的土地崩塌。

她用斯洛維尼亞語懇求土地。

「阿，阿提，不、不、不……」

但是他氣憤到了極點，對她的厲聲尖叫絲毫不為所動，對於自己的記憶也絲毫不為所動；他記得自己日復一日每晚藉酒度日，隔天早上想起來了，晚上照樣繼續喝。

她應該哭的，她真的應該哭，至少讓一滴眼淚流下來，但是她身體裡有個東西很久以前就破碎了。雖然他打得松婭發出陣陣哀號，就像被用力擠壓的風箱噴出陣陣空氣，但是他完全沒辦法在松婭臉上找到自己感受到的那些情緒，因此他別無選擇，只能藉由毆打與掌摑女兒的身體，在那塊他無法理解的沉默土地上，繼續搜尋他心裡的那些情緒。那些毆打是沒辦法用言語表達的描述行為，痛苦地強力試圖找出他們的共同之處，激動迫切地刻畫出他的一切感受。不過描述痛苦的方法有好的也有壞的，他的方法只會增加他們的痛苦。

隔天早上，屋子看似光線明亮，空氣通暢。他坐在桌子前，剛洗過臉，刮過鬍子，看起來有一點不高興。松婭泡了一些咖啡，加了牛奶。她把麵包撕碎，放到兩個碗裡，把咖啡倒到麵包上面。她坐下來之後，父女倆便吃了起來。父親眼睛沒有看著她就開始說話。

「奇怪呀。」他說，用湯匙攪拌泡在咖啡裡的麵包，「昨天晚上離開酒吧後的事，我怎麼都不記得了。」松婭什麼都沒說。他眼睛仍舊閃躲著松婭，用湯匙舀起咖啡和麵包，送進嘴裡，就在要吞下去的時候，停了下來。

過了一會兒後又繼續說。

「妳記得我回家之後發生什麼事嗎？」他這才抬頭看松婭，想確認松婭有沒有說謊，他看得出來。

「我一定是直接去睡覺了。」松婭把臉抬離裝著麵包和甜咖啡的碗。他假裝沒有看見那明顯易見的畫面；假裝沒有注意到松婭的臉腫得多嚴重，那張他原本覺得貌美如花的臉，現在看起來難看極了；假裝沒有看見腫脹、紫色的毆打痕跡和鮮紅色的瘀傷。

「對呀，你直接去睡覺了。」松婭說。出現漫長的沉默。父親什麼都沒說，臉上沒有露出任何情緒。「而且你的打呼聲好吵喔。」松婭補了這一句。

他聽到這句輕鬆的玩笑話笑了起來。他很滿意。松婭也笑了起來，因為他現在酒醒了，心裡內疚，狀況很好。

至少可以維持到他下一次酗酒。

那是許多年以前的事了，自從那時候起，松婭就全力擺脫掉日常生活不需要的一切事物，拋棄不是完全必要的多餘東西，拋棄一切多餘的記憶，只須記得怎麼工作與生存，知道自己是誰。不過有些東西會存留下來，有些記憶會存留下來。松婭記得這個地方擁有某種強烈的情緒。一陣陣強風突然吹襲，重擊這棟房子；雨落到鐵皮屋頂上，力道強大，宛如雪崩。風雨過後，陽光明亮，每次她走到屋外，都得瞇起眼睛，庭院裡熱烘烘的藍黑色瀝青冒出蒸氣，她的腳趾頭之間冒出裊裊的蒸氣。

她即將要造訪那個地方，當然，她會去的，那棟小木屋，在荷巴特北郊，在一棟住宅的後院裡，在這段人生之前的那一整段人生，他們都住在那裡。她會去，希望不會失望。她對自己的過去很陌生。沒有人知道，這個職業婦女的身體裡住著一個瘦巴巴、飽受驚嚇的孩子，雙眼總是左顧右盼，害怕突然被揍。

在那棟簡陋的木屋裡，沒有木料可以做東西，也沒有臭酸的麵包味可以聞，因此她沒辦法施展法術，讓自己的靈魂逃離災禍。那些災禍，她很久以前就學會忍受，接受那是她的一部分。

因此：沒有巨人，沒有魔法，沒有幸福的結局。

第三章

一九八九年

松婭·布羅試著回想最早在肚子裡形成的東西，但是覺得好冷，雙手發燙，乳頭發痛，寒意竄遍皮肉，深入骨頭。

才一個禮拜前，在雪梨的那個攸關命運的早晨，有個東西像夾鉗一樣夾住她，把五臟六腑夾在一起，往下扯，起初她以為那是一股渴望，像上方的天空一樣，奇妙難解，浩瀚巨大。想要再次看看塔斯馬尼亞的獨特光線，還有光線照射到的東西，存在於太陽與地球之間的東西，那種宛如負像般的奇妙光線，在那種光線的照射下，天空變得一片漆黑，地球發出金紅色的光，只有陰影把兩者連接在一起。

加油站服務人員過來幫她把車子加滿油，松婭跟他聊起這裡很冷。服務員高高瘦瘦的，一頭黑色短髮，蓄著八字鬍，看不出來已經中年了，他經歷的幾十年歲月溶解在骯髒的油汙和純潔的雨水中，從車道流逝。

「妳是本島人嗎？」他問。這個問題很難，不容易回答，就算單純回答她不屬於任何地方，也不容易。

「不是。」松婭說。其實這樣說並不是事實，不過什麼是事實並沒有那麼容易知道，說起來自然就更難了。

松婭遞了一些錢給他，跟著他走回小辦公室裡拿找零。松婭看著櫃檯後面鏡子裡的自己，這才發現自己盯著鏡子看，沒有在聽他講什麼。那面鏡子很老舊，有破裂，鏡子上的一個角落有一大張火星塞的圖片，還有「邁向明日，今日才能繼續前進！」這句標語。她看見鏡子裡有個年近中年的婦女，快四十歲了，穿著打扮幾乎就像辦公職員，很高雅，彷彿要去赴跟陌生人的正式約會；其實她覺得自己正是要去見陌生人。她的心裡有個謎團，很少人理解，沒有人能夠解答。由於始終沒有人能夠解答，於是那個謎團長成了一隻滿懷悲傷的天鵝，她看見那隻天鵝在鏡子裡，翅膀從她墊著墊肩的肩膀長出來，像天使的翅膀一樣。松婭看見自己的臉，仍舊光滑，仍舊是淺褐色的，雖然有一些皺紋。一頭短髮，髮尖是金黃色的，髮根仍舊沒有白髮。身體還沒乾癟，她看過許多跟她年紀相仿的婦女，身體都漸漸乾癟了。仍舊圓潤，想到這一點，她不禁又驚又喜。她從來沒想過自己跟圓潤沾得上邊。但是她沒辦法否認心裡的感覺：圓潤。想到自己這樣覺得，不禁感到開心、愚蠢又得意。就連鏡子裡的翅膀也微微抖動。

「很多本島人會在我們這裡停留。」加油站服務員說，把零錢遞給她，「他們喜歡我們的文化遺產。」松婭看向辦公室外頭那間水泥磚蓋的廁所，一灘尿從廁所裡濺出來，她看見那灘尿的外緣，尿和舊油汙混在一塊，漂浮著色彩繽紛的折射。在令人眼花繚亂的獨特雄偉金屬建築後面，有一座破敗的鄉村小鎮。她轉回頭看向鏡子，在鏡子裡看見的不是她自己，也不是天使，是一個受到驚嚇的小孩，拿著一個茶壺。她不由自主顫抖了起來。但是她再把目光移回去看時，那個孩子卻不見了，鏡子裡只剩她自己。

「這裡很冷喔，小姐。」服務員說，「很多本島人覺得塔斯馬尼亞這裡很冷。」

就算過了這麼多年，她仍舊要去找他，把他找出來，問清楚他們到底發生什麼了事。發生什麼事？

她會這樣問。那只是人生嗎？是他？還是她？還是那個穿著蕾絲服裝在夢裡折磨松婭的女人？

她要去找他，她心裡這麼想。她要去找他。

服務員用力推老舊的木製收銀抽屜，抽屜啪一聲關上，裡頭的鈴發出聲響，短短的鈴聲把松婭嚇了一跳。她倏地轉過頭看著他。他露出安撫的笑容。

「西邊更冷吶。」

第四章

一九八九年

在日蝕的早晨，天色昏暗，松婭．布羅開車沿著道路往西行駛，道路看起來活像一條蠕動的條蟲，表面覆蓋著破碎的瀝青，整條馬路上只有松婭租來的那輛紅色汽車。在那個革命四起的年頭，她開車穿越一段短暫熔解的時間，在不斷擴大的迴旋裡，她覺得時間繞著她旋轉，一開始轉得很慢，好像在等待似的。雖然感覺好似夢裡生出了更多夢，其實並不是那樣，那只是塔斯馬尼亞的春天。

最後光線終於回來了，回到這片既陌生又熟悉的土地，感覺很古怪，甚至難以理解。緩慢的河流從傷痕累累的鄉野流到村落的中心，把斷裂的柳木和雜生的荊豆，還有叢林裡的新澳洲人，帶到受刑人興建的老村鎮，那些村鎮現在像隨風飄蕩的舊報紙一樣攤了開來。松婭．布羅開車經過那些村落，開進遍地綿羊的鄉野，偶爾會出現矗立的老橡膠樹，好似恐怖大屠殺的生還者，徘徊不去，向七彩的玫瑰鸚鵡訴說心中鬱悶。鸚鵡在樹上短暫停留，就飛到別的地方，彷彿無法承受樹枝悲痛訴說的故事。

這片單調的鄉村野地曾經是開闊的森林，有澳洲土著在裡頭紮營打獵，夜裡，他們會說著沒完沒了的故事，說著他們頑強對抗白人入侵的戰爭。後來探勘人員帶著赤腳的囚犯來修築鐵路，給這片土地取了古怪的新名字，藉由命名和劃地，宣示可怕的革命即將到來。用印度墨描繪的地圖把這塊新的土地切割成幾個整齊的郡，取了令人安心的古雅英式地名，像是坎伯蘭和波斯威爾，探勘人員的接班人，水電工程師，把地圖上的直線變成真的，架設電線，新能源，電能——新的神明——沿著電線哼唱著承諾的歌曲，誘人的假預言，說塔斯馬尼亞有一天會變成澳洲的魯爾河谷工業區。這塊島嶼忙忙碌碌的，幾乎到了歇斯底里的程度，拚命埋藏記憶，想把近來的往事，經常是醜陋的，埋藏在未來裡，想用重工業、巨大的火爐、龐大的機器來打造未來，用巨大的水力供電，這個地方有豐富的水力資源，這座島嶼還被造假地誇讚是沒有歷史的處女地。

這不是人類第一次這樣做，據說，中國的秦始皇下令建造萬里長城，並且把他統治之前的書全部焚燬，如此一來，歷史就會從他和他的萬里長城開始。移民者移居這個地方的那段歷史被徹底否認，根據合理推斷，當權者的目的是想要擺脫自己的過往。所以有一段時間，國家、資本家和勞工似乎朝同一個目標在打拚。那些不幸的勞工辛苦工作，幫忙將那些夢想實現成真。

這種鍊金術把對過去的模糊恐懼轉變成電能，電能是新時代人人渴望的黃金。在鍊金術士的蒸餾瓶底部，殘留著鍊金過程產生的有害副產品，但是沒有人在乎。這兩種殘渣就是崩裂的自然界和遭到破壞的人類生活，跟快速發展的水力發電網路這個日益擴大的寶貴設施相比，這兩種殘渣的成本實在微不足道，因此容易被漠視。沒有人會去計算不斷增加的成本，沒有人會去思考明天可能會比今天還糟，尤其是在很久以前的某一天。那一天，松婭的父母帶著十六個月大的女兒搭輪船來到荷巴特港，他們以為從歐洲遠渡重洋來到這裡就是終點。

松婭開車經過輸電塔，輸電塔昂首矗立在這片荒涼的土地上，活像一個個身材高大、渾身肌肉的戰士。她凝神看著所有景物，沉浸在窗外的那個世界裡。她總是這樣做：讓自己沉浸在表面裡。是在事物的外表裡。她成功把簡單的慾望變成了堅定的習慣，而習慣現在占據了她更多的成年生活。大家都喜歡她這一點。她不會侵入別人的心或記憶，但是她也不會揭露自己的心和記憶。

她怎麼辦得到？她到底怎麼辦到的？

我的友誼不見了，我的記憶破碎了，松娅心想，不見了，破碎了。

松娅開過這片布滿電塔和綿羊的死寂土地，開進高原。最近才有碎木機清理過高原，搞得看起來像剛經歷過戰爭：看了令人怵目驚心，目光所及，都是被翻起來的泥土與灰燼，燒焦的粗大殘幹零星散布，這座荒蕪的雨林沒辦法作成衛生紙賣給日本，於是被燒掉，燒了幾個星期，還在悶燒。我的某些部分已經死了。松娅心想。她忽然感到胃部一緊。灰燼和衛生紙，松娅心想，環顧周圍的荒地片刻後，便繼續開車上路。

妳不是妳的過去，松娅提醒自己，絕對不能用過去來貶低或解釋自己。妳是妳的夢想。這就是為什麼雪梨是適合我的地方，那個狡猾的城市充滿誘人的承諾。我是現在的我。我確實曾經住過這裡，但是那是過去的事了，我現在不住這裡了。就是這樣。不只現在這樣，以後永遠都會是這樣。我是我明天的夢想。過去不是妳的宿命。機會是自己創造的，就像開車，慢慢開，什麼風險都沒有，但是也什麼都得不到；不然就開快點，全神注意眼前的路況，完全不要理會後面的路況。

松娅轉離主幹道，開上一條有車轍的碎石路。她把腳掌往下踩，彷彿贊同這些想法，但是這輛四氣缸的車子卻反應得很遲鈍。她沿著那條路開過砍伐與火燒之後殘存的殘破灌木叢。最後開到頂處，看見水壩的頂部，水壩裡有一大片水域，大得看起來像海洋。她停下車，看著車外，水域上水波蕩漾，水域後頭有雨林、高沼地和白雪覆蓋的山脈，融為一片荒野，一直延伸到眼睛看不見的地方。

那片土地並不歡迎她，或不喜歡她，很久以前，她的父母來這裡居住，那片土地也不怎麼歡迎或喜歡他們。不過這片土地塑造了她，塑造了他們所有人。

而他們也塑造了這片土地。

松婭打開車上的收音機，點燃一根菸。廣播新聞播報員說不知所措的邊境守衛在幾個月前，開槍射殺了一名試圖逃到西柏林的男子，現在卻揮著手引導大批東柏林的群眾從起重機鑿開的洞進入西柏林。「柏林圍牆，」新聞播報員說得語氣平淡，好像在唸披薩店的廣告，「這個冷戰的重大象徵，倒塌了。」

這則新聞，那段歷史，對她而言毫無意義。她坐在那裡，被煙霧包圍，既是歷史的一部分，也超出了歷史，被歷史遺忘，跟歷史無關，但卻完全由歷史塑造而成。想要瞭解一個地方的歷史，就得先瞭解瞭解邊陲地區，還有跟她和她父母一樣居住過邊陲地區的那些人。因為最後歷史——就像柏林圍牆一樣——會塑造人類，也曾經塑造她。不過歷史最後並不會決定她，因為最後歷史沒辦法產生強大的非理性力量，也就是強大的**人性**力量，包括邪惡的破壞力量，以及愛的彌補力量。但是這一切就在松婭前方，像被水壩攔住的水，巨大，神祕，等待著。

松婭關掉收音機，捻熄香菸，一口都沒吸，調轉車身，慢慢開下山坡，開向這座舊水壩的底部。

第五章
一九八九年

經過歲月的腐蝕，現在實在難以判斷水壩水泥結構的末端在哪裡，水壩又是從哪一處的峽谷磐石開始建起。但是不能否認水壩的力量與規模：她知道她租來的這輛車，看起來就像水壩巨大牆體上一個小得可憐的紅色擦痕。布滿苔癬和黏液的水壩，在她看來，就像另一個時代遺留下來的遺跡——就像一座歷史古蹟，奇特難解，就像墨西哥叢林裡的馬雅神廟——那是夢想的一部分，本來是要把世界的盡頭變成跟其他地方一樣，但卻破滅了。她關掉引擎，吸了一口氣，同時鼓起勇氣，踏出車外。

她感覺到有靈魂被囚禁在周遭潮濕刺鼻的空氣裡，在這個潮濕的巨大建築裡，聚集在陰暗的底部，令人感到壓迫的濕氣加強了她感受到的一股預感。

她發現黏滑的黑色水泥牆上掛著一塊老舊的青銅牌匾，於是用手指去觸摸，用指尖觸摸每個凸起的青銅文字。牌匾上寫著——

感謝各國國民

協助建造這座水壩

控制大自然的力量

提升人類的生活品質

一九五五年

——松婭感覺到每個字都是如此空洞，每個凸起的粗體文字完全沒有意義，不禁納悶，這些難以理解的文字是否真的有人能夠看懂。

一段記憶驟然在松婭的腦海浮現，她趕緊用額頭去撞水壩表面，想把記憶逼退。隨著記憶退散，恐懼也跟著減弱，松婭緩緩把臉轉向濕水泥壁的一邊，看向西邊，臉頰貼著一根鐘乳石。過濾出來的鈣像淚水一樣，流下水壩表面，形成無數鐘乳石。松婭彷彿想要瞭解冰冷水壩的神祕莫測，伸出雙臂抱著有曲度的巨大水泥巨牆底部——好像工程師難看的大肚腩，發出嗡嗡聲，不斷震動，因為另一側囚禁著巨量的水，釋放著能量。她感覺到水壩的巨大傾斜角度，曲度嚴格規範，始終渴望把周遭一切事物工業化，甚至包括大自然本身。不過她看得出來，這座老舊的水壩正在衰敗，漸漸回歸自然界，跟水壩建造者所盤算的剛好相反。

她感覺到仍舊留在這座巨大建築裡面的能量，那股能量不只能發電，還能喚醒另一個時代的夢想，那是某個遙遠的時代，充滿勝利的信念和完全的自信。她透過臉頰溼冷的肉感覺到這一切，甚至不只這一切。

她感覺到那股力量推著她的頭顱，心裡納悶，要是水壩突然破裂，水被困在另一邊等待這麼多年，安靜，惱怒，假裝靜止，突然像大瀑布一樣傾瀉出來，把她沖走，會發生什麼事呢？

小孩子在這種地方會害怕。大人相信工程師的計算不會有錯，小孩就不一樣了，認為只要是人做的東西都會壞，這樣想才是正確的。小孩子知道船會沉，飛機會墜機，水壩會破裂。大人大多不那樣認為。那一刻，松婭覺得自己又變回了小孩。一個在下著雪的寒冷黑夜中的小孩。她靠著水壩，張開雙臂抱著水壩的牆，感覺自己就像個在尋找慰藉的孩子，彷彿這座巨大的建築是失散已久的父母。

她其實並不想要做這種滑稽的事，像個傻瓜一樣，抱著潮濕的黑色水壩牆壁，活像卵石上的蚜蟲。但是她那樣抱住水壩牆壁的時候，再度出現五臟六腑糾結在一起的古怪感覺，記憶又衝出來了，像火箭衝破黑夜，進入無數的彩色碎片。松婭．布羅知道，但是不知道該怎麼說；她知道為什麼她以前沒有讓記憶的碎片成形；知道那些過往的灰燼與陰影，愈來愈難不去面對，在那個午後的輕柔薄霧中，從殘破的灌木叢變成樹苗，再從樹苗變成大樹，再從大樹變成樹林。

在那片樹林裡，好久以前，有個原始的小鎮逐漸發展；好久以前，在一棟簡陋的木屋裡，在一張白色桌巾後面，坐著一個小孩，在跟媽媽玩。

第六章
一九五四年

她回想起來了，她在一個很像魔術箱的東西旁邊玩得不亦樂乎。有一個倒翻過來的木箱，當作桌子，其中一面褪色的紅漆寫著「葛里炸藥」四個字。木箱上鋪著白色蕾絲桌巾，本來應該是硬硬的，因為剛洗過，但是因為濕氣無所不在，澱粉漿無法讓桌巾保持僵硬，桌巾變得柔軟。桌巾上擺著一個玩具瓷壺，小巧精緻，基底圖案是鮮紅色的荊棘，優美地圍繞著壺身，旁邊還有三個圖案相似的茶杯，放在茶碟上。

一開始偶爾會下雨、下冰雹、下凍雨、下雪，後來變成經常下，最後變成老是下個不停。牆外圍著尤加利木作成的籬笆，潮濕的籬笆散發出芳香的樹脂味，飄進屋子裡，跟壁爐裡燒香桃木的香氣混在一起。火焰在低處燒得劈啪響，上方有一個孩子的聲音，那個孩子就是三歲的松婭。

松婭說：「這杯土耳其咖啡給阿提——這杯給媽媽——這杯給松婭。」每說一句，她就假裝拿著茶壺往杯子裡倒。

一名成年婦女把手伸下來，食指放在壺嘴上。那隻手很年輕，真的很年輕，卻粗糙，已經布滿長年辛苦工作的痕跡。但是聲音比手又蒼老多了，實在不像年輕婦女的聲音。

那是瑪利亞．布羅的聲音。

她說：「是茶呦，松婭。」無名指點了點壺嘴，「我們現在喝的是茶。」松婭的手指還是短短粗粗的，皮肉細嫩發亮，跟普通的小孩子一樣。她把手指伸到瑪利亞的無名指上，玩弄了起來。

松婭說：「為什麼呢，媽媽？為什麼我們要喝茶？」

瑪利亞動了動無名指，那根纖細的手指上戴著鬆鬆的結婚戒指。瑪利亞說：「因為這裡是塔斯馬尼亞，不是斯洛維尼亞。因為我們的世界顛倒了。」瑪利亞緊緊握住松婭的手，慢慢翻轉，讓松婭的手掌露出來，彷彿強調重點似的。瑪利亞用無名指逗弄松婭的小手掌，在孩子柔軟豐腴的皮肉上畫出一圈圈的白色。

瑪利亞說：「因為如果想要擁有未來，就必須忘掉過去，小水餃。」

接著她握住松婭的四根小指頭，把四根手指摺起來壓在松婭的手掌上。

就在她做這個動作的時候，籬笆和爐火的味道開始消失在過去之中，下雪的颼颼聲也漸漸消失。被蕾絲桌巾覆蓋的魔術箱和它帶來的希望，都隨著記憶消失了。瑪利亞走到外頭，走進雪花紛飛的黑暗中，門已經關上，這跟松婭老是夢到的夢境一樣：蕾絲永遠消失了。

第七章
一九八九年

後來那幾根手指，同樣那幾根指甲被咬過的漂亮手指，撫摸著沿水壩表面往下滑落的鐘乳石眼淚，摸起來很光滑，令皮肉發冷。現在那幾隻手指耙著雨林裡被灌木叢覆蓋的泥炭，那裡離水壩的所在地只有一公里左右，那裡曾經有一座施工營區，叫作管家谷，但是現在那裡什麼都沒有，只有古怪的鳥叫聲，還有風和寒冷，還有十隻漂亮的手指，指甲被咬過，耙著荒蕪的土地，一開始慢慢地，彷彿敬畏土地所隱藏的祕密，接著變得急切，最後變得激烈。

松婭發現滑溜的土裡有東西閃現白光，手指頓時停止耙挖。不過只是短暫停止。她的手指馬上又猛挖那個白色的東西，把它從鬆軟的土裡挖出來，撥掉土。一片瓷片露出來，上頭印著鮮紅色的荊棘圖案。

雖然上方的雲現在停止移動了，但卻開始把水傾倒到古怪卻美麗的土地上，落下的雨水完全阻止不了松婭。雨水從高大的軟樹蕨滴到尤加利樹的老殘幹上，那些巨大的尤加利樹是很久以前清出營區建地時砍掉的。在輕柔的雨聲之上，有塔斯馬尼亞雨林的聲音，淒涼而刺耳，林頂高處的風吹聲，還有黑鳳頭鸚鵡和烏鴉的叫聲。不過松婭不管任何聲響，手指發狂似地扯起大塊草皮，用力一片一片甩出，把沉重的泥土撥掉，找出其他瓷器碎片，全都破成相似的碎片，角度古怪而且尖銳。

最後那十隻指甲被咬過的美麗手指挖到泥煤下面，甚至挖到更下面的潮濕荒地，挖得激動狂亂，好像在挖她頭顱裡的一塊土地似的。松婭狂亂挖著，沒有尖叫，什麼都沒說，只有發出咕噥聲，和短促的喘息聲。

好像是要生下失落在她頭顱裡的那塊土地。

第八章
一九八九年

塔拉酒吧兩邊盡頭各有一個巨型壁爐，裡頭天天燒著巨大的木頭，但是都白燒了，因為酒吧裡依舊很冷，看起來像一棟發霉的建築，跟許多顧客一樣，從來就沒有徹底乾燥過。松婭幾個鐘頭前在管家谷被大雨淋了，身上還溼答答的，聰明地買了一杯雙份伏特加，在角落找了一張桌子坐下來等。

這間酒吧前途未卜，它服務的那個偏僻山間村莊也一樣，或許正因如此，松婭坐在那裡才會感到一股憂鬱吧。酒吧從容應付各式各樣的改變，一九七〇年代中期塔拉變成水壩興建計畫的基地，迅速繁榮，現在漸漸蕭條沒落。每天愈來愈多人離開，早早就離開這個小鎮，避免塞在迂迴的山間通道；半拖車拖著行動住屋和單身男子宿舍緩慢行駛，要運送到其他地方給窮人當新住所，阻塞了山路。

有個鄉村樂團在酒吧的另一邊表演，跟打在鐵皮屋頂上的雨聲比賽，但是音樂聲都快被雨聲壓過了。或許是因為嘩啦啦的雨聲，酒客的談話聲聽起來斷斷續續的，最後只剩聳聳肩，嘲諷的笑容，模糊的笑聲，輕輕搖頭。這一切裡頭存在著一種古怪的寧靜，松婭完全沒料到。

歌曲演唱到一半，松婭看見他到了，她看著他在找她。此時外頭雨水打在鐵皮屋頂的聲音大得店裡的酒客都聽不見其他聲音，因此，她用雨聲大作為理由，沒有叫喚他。反正，他似乎沒什麼改變，跟她記憶裡的模樣差不多，一開始她驚訝得不知所措。松婭原本以為，過了這麼久，她看到他會很難認出來。她以為他會喝酒喝到變胖，或餓肚子餓到身體孱弱。他的生活應該會讓他變得乾癟或肥胖才對呀，應該會讓他的臉變得消瘦，或讓他的臉皮變粗糙，下巴變寬厚。她以為她會發現一個長得有點像他的人，自以為外貌與身形跟他年輕時一樣，但是衣服卻不合身。

不過他就在眼前，跟以前一模一樣，儀容始終整整齊齊的，頭髮仍舊非常濃密，修剪仔細，波浪狀的捲髮散發著光澤，有一些白髮，但是只有一些而已。他似乎還是跟她記憶中一樣英俊，不管她還記得什麼，她沒辦法否認他的容貌，他的溫柔，簡直就像女人，還有心形的臉蛋，矮小的身軀，即便遠遠看，她都看得出來他遺傳給她的優雅舉止。松婭趕緊壓抑心中湧現的微微喜悅，注意到他為了來這裡盛裝打扮，穿著西裝褲和條紋綿襯衫，搭配緊身開襟羊毛衫，穿得很整齊，她每次看到，總會想到兒時看到的那些勞動階級歐洲人。他仍舊很自傲，她心想。這是讓她最訝異的一點。

最後坡匠．布羅終於找到松婭，微笑向她打招呼，緊張地揮了揮手。他穿越人群走到她的桌子旁，她站起來，但是兩人沒有互相擁抱。他們倆都沒辦法那樣假裝親密。不只有嘴巴，他整個身體都有濃濃的菸酒味，跟以前一樣，只不過現在那股味道不只讓松婭想起了過去，而且跟以前一樣，讓她覺得未來沒什麼希望。松婭這樣近距離一看，赫然發現她剛剛的第一印象並不完全正確，歲月確實在他身上留下痕跡了，橄欖色的皮膚藏不住臉頰上破裂的血管。她覺得在她面前，他的動作變得有點模糊，彷彿身體突然不知道該怎麼做。她不曉得要叫他什麼，是要叫他坡匠，這樣感覺比較像平輩，或是叫他阿提，斯洛維尼亞語對父親的親暱稱謂。最後她兩個都沒用，反而選擇一個她和他都陌生的詞，讓他們倆都覺得有點拘謹。

「爸。」松婭最後說，「你看起來很好。」她知道這樣說不完全是真的，但是也不假。父親有改變，但是她不知道哪裡變了；因為不知道哪裡變了，她只好把焦點放在看似沒有變的地方。「奇怪，」松婭說，「過了二十二年，你看起來竟然完全沒變。」

她在父親的臉上看到自己的臉，在父親的舉措裡看到自己的姿態。她不禁納悶自己是不是把這些事忘了。根據她的記憶，或者應該說僅存的記憶，她記得自己跟一個陌生人生活了幾年，但是寧願沒有跟他生活過。她就只記得這樣。不過那個人現在就在她面前，他結實的雙手不論是舉起、移動或是握拿，動作都靈巧優雅，跟她的手一樣。

坡匠露出微笑。那笑容令人著迷，卸下心防，跟很多其他事一樣，她都已經遺忘了。他說話的時候，不時緊張地露出那樣的笑容，輕鬆，溫柔，令人安心；她對自己沒把握的時候，也會露出那樣的笑容；那樣的笑容會讓人喜歡她；當她知道自己封閉的時候，就會用那樣的笑容讓自己看起來開心。她在父親身上看到自己的一切，感到欣慰的同時，也感到害怕。他在女兒身上看到一種東西，他覺得那是一種難以理解的嘲笑，嘲笑他在可悲的人生中竟然還能生出好東西。

於是兩人避開彼此的目光，避免在彼此身上看到自己寧可藏起來的那些自己。

「我們就別對彼此說謊吧。」過了一會兒後他說，言語中不只帶著濃厚的口音，也帶著沉重的情緒。

松婭往上看。

「我知道我看起來是什麼模樣。」松婭的父親說，「一個移工老酒鬼。」

他黯然輕輕笑了幾聲。

在塔拉酒吧裡，火焰熊熊燃燒，外頭下著傾盆大雨，兩人都沉默一段時間，陷入各自的思緒中。他們對彼此是那麼地熟悉，有千言萬語想說，但卻說不出口，心裡覺得好尷尬。

坡匠再次試著開口說話。「我……呃，不。不……」他停下來整理腦袋裡的思緒，試著用聽起來像正確的英語說出來，「我本來想寫，呃，信給妳，不過，呃，我的英語在工作上能溝通，在酒吧裡能溝通，但是就寫不好。」

他聳聳肩膀，尷尬地把雙手往外攤。松婭對他微微一笑，他的不安，他的優雅動作，她曾經熟悉，但卻已徹底遺忘。她認識的人沒有人像他那樣。松婭揮揮手示意沒關係。

「言語不是最重要的。」她說。接著停頓。然而，她這句話坡匠聽了不認同，滔滔不絕地反駁起來，但是沒有動氣。

「妳會這樣說，或許是因為妳的英語很流利。」他說，「妳學會了新的語言，但是我卻失去了我的語言。我識的字不夠多，老是沒辦法告訴別人我的想法和感受，老是沒辦法好好溝通，把工作做好。」

他突然停頓。松婭看著他，心裡湧現一股強烈的渴望，但是也不禁納悶，自己怎麼這麼久以來都不知道心裡存在著這樣的渴望。她伸出手，用手背輕輕碰觸父親像皮革般粗糙的臉頰，她不是故意的，因為她從來就沒想過要那樣摸他。

她主動表現溫柔，結果兩人都感到尷尬，坡匠甚至像被子彈射中一樣，身子縮了一下，手倏地往上揮，把松婭的手拍開，力道很大，她咬住嘴脣，才忍住疼痛沒叫出來。

接著他的手也放下來，跟往上揮的時候一樣突然。他緊緊盯著她看。坡匠．布羅低聲說話，好像自言自語似的，聲音小到松婭得把身子往前靠才聽得到。他幾乎是在為自己的人生道歉。

聽見他用微弱的聲音說話。

低聲說：「永遠沒辦法說出我對妳的虧欠。」

第九章
一九五四年

坡匠．布羅心想，以前不是這樣子的。以前他甚至能夠在破碎的自我裡找到那個東西，那是他跟所有其他男女共有的祕密。那個東西讓他能保有自我，跟別人同病相憐，但是那個東西不見了。那個祕密跟著前一天晚上的狂風暴雪飛進森林裡了，他只能確定一件令他恐懼的事情，那就是他再也不是一個人，而是不斷向外飛散的碎片。

瑪利亞．布羅走進暴風雪那天晚上的隔天，坡匠．布羅靜靜站著，跟所有即將成為新澳洲人的人，還有他們的親友在一間大型垂直板屋裡，那間板屋是管家谷的電影院。有一位當地的政客在覆滿灰塵的舞臺上發表演說，坡匠在等他講完。

「各位先生女士，你們今天歸化我國，就是決定把自己的命運跟澳洲的命運結合在一起。」政客這樣告訴他們，盡說些陳腔濫調，跟他那油膩膩的西裝衣領一樣破舊，「各位歸化我國，能幫自己和孩子創造更美好的未來。今天，一九五四年五月五日，是各位的重大日子。各位和各位的孩子從今以後便是新澳洲的新遠景。」

那名政客後面有兩名官員坐在一張桌子旁，他們後面交叉放置著澳洲紅船旗和英國國旗。為了讓這個地方看起來喜氣洋洋，椽子上掛著一些粗糙的旗幟，沒有襯布的飾板上釘著釘子，年輕女王和澳洲總理羅伯特．高登的畫像掛在釘子上。對澳洲官員而言，歸化典禮是歡慶的時刻，新澳洲人聲明放棄原國籍，放棄祖國和過去，成為澳洲人。但是歸化的人卻覺得難過，不歸化又不行。

那個政客從講臺抬頭看著群眾，抬起下巴，認為擺這個姿勢看起來像個有遠見的人。政客接下來的演講就沒有看稿，因為字字出自肺腑。「通往新澳洲的道路不只被電能照亮，也被各位相信新世界會比舊世界更美好的信念照亮，各位將在管家谷這裡工作，協助生產電能。」

廳堂在坡匠．布羅眼前旋轉了起來，年輕女王和澳洲總理像狼一樣繞著他轉，所有群眾，整個廳堂，一切人事物，像嘉年華的旋轉木馬一樣繞著坡匠轉動。他覺得頭好暈，感覺腳下的地板以奇怪的角度起伏旋轉，彷彿廳堂是在海上似的，他彷彿身陷亞得里亞海的狂風暴雨之中，什麼都沒辦法做，只能保持平衡，對抗強烈的恐懼。那股恐懼感覺起來就像暈眩，不只搖晃著他的身體，也搖晃著他的靈魂。他感覺頭變得沉重到無法忍受；感覺頭變得巨大，伴隨著無法形容的疼痛；感覺頭古怪地往下垂；感覺到一股像是外來的意志力，但奇怪的是，無可否認，那股意志力的確是在他體內。那股意志力把頭抬回去，他希望這樣看起來正常一點。不過他卻無法讓下脣停止顫抖，也無法讓頭停止微微顫抖。

他感覺到三歲的女兒松婭手緊緊抓住他的一根手指，感覺到女兒的手用盡微弱的力量抓住他的手指；他的手臂彷彿在另一個國家，他將永遠離開那個國家，可能永遠都不能再回去了。深怕頭會從肩膀上掉下來滾到地板上，燃著熊熊烈火的眼球會掉出眼窩，他非常僵硬地轉頭，確定頭還連在肩膀上，確定她，松婭，還站在他身旁。漂亮的三歲女兒穿著正式的派對洋裝，頭髮綁著飾帶。

坡匠知道自己有一隻手臂，因為他感覺得到松婭抓著他的手指。那肯定表示那根手指連在手掌上，手掌連在手臂上，肯定是這樣的，坡匠．布羅心裡這樣想。他也知道自己肯定還有眼睛，即便他心裡同時懷疑這一點，因為他看得見松婭。那肯定表示我有眼睛，而且眼睛跟大腦相連，肯定是這樣的，坡匠．布羅心裡這樣想。不過當他沒辦法再看見松婭，當他沒辦法再感覺到她的存在，那表示什麼意思呢？他不知道這個問題的答案，只感覺到一股他無法否認的恐懼，無比強烈。

「各位帶著希望與決心前來，」政客繼續說，「結果獲得了美好的禮物，包括英國文明、英語和我們崇尚正義與公平競爭的信念。」

站在坡匠附近的一名波蘭工人開口說話，不是特別說給坡匠聽，而是竊竊私語，說給站在附近的所有人聽。「我寧願跟英國新移民工程師和他們的家人一樣，能獲得好吃的肉和蔬菜，還有新鮮的水果。」他說。一陣輕輕的笑聲像漣漪一樣傳了開來。

不過就這樣，坡匠心想。皮肉，伸展的骨頭，大便，木頭。木頭長在樹林裡，人在樹林裡舒展筋骨，筋骨把木頭弄平，製作沒有意義的東西，像是我們現在待的這間木屋，還有這個完全沒有意義的噪音。有出生，有愛情，有死亡，生活中就只有這三種故事，沒有其他的了。不過還有這個噪音，這個永不休止的噪音，讓人困惑，讓人忘記只有出生和愛情，忘記每個東西都會死去。不過就這樣，坡匠心想。他把松婭抱到胸前，開始啜泣，起初小小聲，後來哭得無法自已。就在這個時候，松婭伸出兩隻小手臂抱住父親的頭，抱到懷裡，好像那是世界上最脆弱的東西，好像那是瓷作的，很容易破碎。

政客斜眼看了坡匠一眼之後，以為那個移民是因為這個重要的日子喜極而泣。政客和官員看到有人竟然在這種不該哭的時候哭，都不禁覺得尷尬，不過政客能理解，這是民族性使然。為了消除尷尬，政客鼓起勇氣繼續演說，大談他最近跟幾位政治領袖遊歷大英帝國，探察實情，提出對現今世界局勢的見解。幾個朋友來到坡匠身邊。他感覺到他們的手臂搭在一個東西上面，他猜那個東西應該是他的身體，但是卻感覺那個身體把他們推開，聽見他的嘴巴成形扭曲，說著一種他不太懂的語言，聽見刺耳的「操！滾開！」他獨自站著，沒有人扶，顫抖的頭抬得直挺挺的，目光穿過政治家，彷彿能看穿後面那道封閉的牆，看見森林裡面，還有森林裡那個可怕的祕密。他跟松婭獨自在人群中，啜泣流淚。

後來到了下午，兩名工程師的妻子把松婭帶走，他沒有反抗；雖然松婭有反抗，但是終究沒有用。大家議論著松婭的臉是多麼茫然。她仍舊穿著同一套派對洋裝。她看起來不開心，但也不悲傷。有很長一段時間，她一動也不動地站在覆蓋著雪的地上，彷彿是一幅構圖仔細的畫的一部分：背景是高大的尤加利樹林，憂愁的天空，滿天飄移的雲；在不近不遠處，有建築村莊的簡陋垂直板屋，原本是樹綠色的尤加利樹木材現在變成灰色，而且扭曲變形了。婦女在她前面擺了一個倒放的葛里炸藥箱，鋪上一條紅色格紋布當作桌巾，擺好玩具瓷器茶具組讓她玩。

松婭拿起茶壺，拿到桌巾外，放手讓茶壺掉到地上摔碎。

她做動作時完全沒有活力，或者應該說缺乏活力，缺乏情緒，缺乏渴望。茶壺摔碎時，她沒有喜悅，放掉茶壺時，她也沒有憤怒。她全然面無表情，繼續一個接著一個把茶具都摔碎。雖然她臉上沒有露出任何表情，卻發現摔碎瓷器的聲音竟然沒辦法蓋過腦海裡的其他聲音，她當下是感到詫異的。首先是茶壺，接著是牛奶壺，接著是茶碟和茶杯，全都掉到地上，碎成無數碎片。但是不管多少茶具摔到地上，其他聲音還是會一直重新出現，像咆哮聲一樣在她的腦袋裡迴盪，不會消失：父親的啜泣聲；前一晚狂風暴雪吹打他們住的木屋的聲音；母親唱歌的聲音。茶壺、牛奶壺、茶碟、茶杯掉到水泥地上的聲音。瓷器，外面圓滑，破掉之後像玻璃一樣銳利，像死亡一樣乾枯。它們破掉了嗎？破了嗎？

茶壺和牛奶壺摔碎了。母親在唱歌。父親在啜泣。茶碟和茶杯破掉了。腦袋裡的咆哮聲一直不消失。父親和母親。

茶碟和茶杯。

唱歌。

茶碟和茶杯。

破碎。

第十章

一九八九年

碎裂聲、唱歌聲、啜泣聲、咆哮聲，終於漸漸減弱，最後消失了。上方寒風吹襲電線發出的咻咻聲，謝天謝地，也開始流逝到早已消逝的時間裡。松婭深深吸了幾口氣。她專注聽著雨水拍打汽車旅館房間的鋁窗，打出持續不斷的奇特節拍；疾掃，刮擦，變弱，彷彿想要進門，但卻又絕望地離開。

最後松婭搞清楚時間和地點，確定時間沒有倒轉，再次把她帶到她完全不想要的那段過去。她慢慢睜開眼睛。打開床邊的電燈。確定自己覺得好一點了。試著忘掉剛剛的夢，全神貫注看著眼前汽車旅館房間裡那個奇怪獨特的細節。一片低潮的昏暗燈光從廉價的床頭燈擴散到內嵌式的衣櫃，衣櫃的木紋飾皮脫落了，用膠帶黏回去。讓自己安心。黏貼膠帶捲起來了。覺得好一點了。水槽裝在衣櫃旁。鏡子在水槽上面，鏡子的角落變成褐色了。

她翻下床時，床墊的塑膠罩發出劈啪聲。她走到鏡子前面站著，看著鏡子裡的自己。她掀起襯衣，用右手掌在肚子上畫圈，慢慢一圈又一圈摸著柔軟的肚皮，好像要召喚出某種新的魔法精靈，好像她的肚子是神燈，會跑出精靈似的。不過那天晚上在那個地方沒有出現魔法。即便在黯淡的黃色光線之中，她也看得出來肚子是平的，沒有覺得開心，也沒有感到絕望。

臥室的水槽旁邊放著一條打了結的溼圍巾。松婭放下襯衣，拿起圍巾，把結解開，看著沾滿泥土的瓷器碎片，那些碎片是她今天稍早找到的。她一片一片仔細把泥土清乾淨，泥土黏的很牢，活像長長的保護油，附著在破碎瓷片的鋸齒邊上。她先在水龍頭下沖洗每片碎片，把比較大塊的泥土敲掉，接著更加仔細地清潔每片碎片，用牙刷刷。她看著白色的瓷片和鮮紅色的荊棘圖案漸漸擺脫黑汙，好像她是畫家，第一次在油畫布裡發現主題的祕密。清洗好之後，她把碎片放在汽車旅館的毛巾上擦乾，擺在床上，讓床頭燈的光線直接照射，開始試著拼組碎片。

她仔細拼組，耐心嘗試各種方法，最後終於成功拼出一部分，看起來像一個舊式小茶壺的雛形。最後，她只拼出大概四分之一個茶壺，便灰心放棄了。因為其他碎片拼不起來，拼不回正確的位置，拼不出原本的樣貌。

不過在鏡子裡，有個小孩拿著一個茶壺在發抖。

第十一章
一九八九年

松婭在坡匠的房間裡，站起身，走到敞開的門口，看看外面的世界。現在是下午五、六點左右。就松婭看來，塔拉鎮不像安穩座落在那個高海拔的山谷，四面荒野山嶺圍繞，看起來比較像是工業事故留下的殘骸，整齊地清理成堆放置，慢慢陷入沼澤地裡。每個人，每樣事物，都是暫時的，只有雨林和鈕扣草例外，等這次人類短暫入侵結束之後，它們就會再長回來。居民不是在那裡出生的，也不想要死在那裡，只想要離開那裡。

雇主曾經對移民工人許下承諾，保證在澳洲生活會比在被戰火蹂躪的歐洲還好，繁榮興盛，安和樂利，將不再像彩虹一樣難以捉摸。如今承諾卻愈來愈薄弱遙遠，最後變成不再是真實的，變成一場記憶模糊、宛如萬花筒般的夢，最好想辦法忘掉。最後只剩偶爾心痛大叫，聽起來刺耳又突如其來；費點功夫，還是可以用每天一成不變、單調乏味的低聲閒聊來避免那樣大叫。在塔拉這個令人厭煩的沼澤小鎮，每個人都鬱鬱寡歡，等待宣洩情緒的時刻到來，希望能排解生活的單調乏味，像是有人在建造水壩時死掉；有人在餐廳打架，結果打翻了一壺滾燙的水；有妓女從墨爾本過來，讓辛苦工作的工人能夠在週末尋歡作樂，酒吧會舉行嫖妓摸彩。

歐洲難民就是這樣在水力發電廠興建營區變老，全然不知道歲月已然流逝。他們看著周遭的年輕人，年輕人在背地裡笑他們，但也在心裡偷偷害怕老人家過的辛苦日子，害怕那預示著他們自己也會遭遇那樣的命運。老年人看著新藥出現，大麻、安非他命、迷幻藥，部分取代了烈酒，成為這種痛苦生活的必需品。其實藥只有種類改變，其餘都沒變。以前想尋求庇護，想要遺忘，只能靠酒，現在也可以靠數不清的藥片、藥粉、藥草。老年人的眼睛像是煮薩維羅乾燻腸煮到沸騰的水，年輕人的眼睛像大頭針的針頭。老年人一次喝一罐啤酒，年輕人一次抽六根紙捲菸，吸食數量驚人的安非他命，吸到心臟辛苦地快速跳動，跟他們不快樂的靈魂一樣辛苦，但是在這樣的身心狀態下，他們只感覺得到苦澀的眼淚。

松婭從坡匠的房間看向對面的單身男子宿舍，那棟宿舍跟她現在待的這棟就像是鏡像一樣。同樣是一棟狹長的單層營舍，覆蓋著瓦楞鐵皮，從營舍的這一頭到另一頭，立著一扇又一扇的門。在前側的陽臺上，尼龍繩沿著一根又一根的柱子延伸，上頭掛著洗好的衣物。內衣邊緣破損了。卡其丹寧工作褲褪色了，顏色好像經過侵蝕的沙岩，很漂亮。還有各種顏色的粗質羊毛針織套衫。還有短袖運動衫，上頭印著某個世界的文字，穿著那些運動衫的人，在那個世界沒有立足之地，只能不停工作，一班接著一班，從幾個星期到幾個月，再到幾年。在這個活像雞舍的宿舍，男人來來去去。松婭看著對面那棟單身男子宿舍的遠端，男人們百無聊賴，一下張開手，一下握起拳頭，一下捏緊，一下放鬆，彷彿始終不確定他們的身體力量不是一種殘忍的殘疾。他們簡短講幾句話，接著便出現長長的尷尬笑聲。

每扇門後面，都是一間簡陋的房間，跟她現在待的這個房間一模一樣，坡匠始終不願說這種房間是家，但是他已經在這種房間裡住了幾十年。他在許多水力發電廠興建營區工作，住過許多類似的宿舍，每次新搬進去的房間都跟上一次住的房間大同小異，因此他確信，沒有一間房間是特別不一樣的。房間裡除了一張鋼床，什麼都沒有，因為主管當局認為其他東西都會被偷。反正空間狹小，也沒辦法放太多東西，不過儘管如此，有些居民還是會嘗試把房間裝修成居家客廳，渴望擁有家，卻無法如願，只能用這種荒唐可笑、受到壓抑的方式來實現夢想。也有人單純把房間當成露營宿舍，不久之後就會永遠離開，前往別的地方面對命運的安排，到塔拉以外的任何地方。

坡匠的房間跟坡匠一樣，不屬於任何地方。房裡沒有抱負，沒有錯覺，沒有夢想。房間很整潔，松婭來訪的那一天，雖然空空如也，但卻乾淨得發亮。她知道父親永遠都會把房間保持得這麼乾淨。父親始終很討厭髒亂，因為從髒亂就能看出發生過什麼事。除了鋼床，坡匠有一臺小電視。還有一臺老舊的電晶體收音機，放在一個皮革箱子裡，那是松婭的兒時回憶。還有一個五斗櫃。還有一張廚房座椅，用鋼管和橘色膠皮作的。還有一臺小冰箱。還有一個小型木製衣櫃，那是坡匠親手裝修的，在兩扇門上都畫上白色花朵和尖細的花瓣。松婭都已經忘了父親有這樣的癖好，喜歡在東西上面畫花，就連他自己的施工安全帽和松婭的第一根曲棍球棍上面也都有他畫的花。

白天坡匠的房間光線明亮，每個房間都一樣。門對面的那面牆上，在高處有一扇窗，透進光線，照出紛飛的灰塵。有時候他會坐在房間裡，看起來就像是被光束投射到這個世界的剪影。光束上塵埃飄浮，好像中世紀手抄本上發亮的文字。他會坐在房間裡想像自己是修士，在巴爾幹半島的某座遙遠的修道院修行。一個人宣布放棄一切，天天折磨皮肉，希望能消滅靈魂裡的可怕惡魔，但是希望始終沒有實現，無法實現。他用喝酒和工作嚴厲地懲罰無辜的身體，感覺到皮肉變得粗糙乾枯，感覺五臟六腑像死人的內臟一樣腫了起來，感覺頭因為一切沉悶的苦惱而抽痛。不過他的身體裡還有個銳利的東西割劃著他，那是個無法否認的東西，只要他感覺得到那股疼痛，他就知道自己的身體裡還有靈魂存在。要是可以，他願意不擇手段擺脫它，聲明放棄它，把它拿去交換，或者像垃圾一樣丟到路上，頭也不回地繼續走。

但是他辦不到。

第十二章
一九八九年

坡匠．布羅的影子落到桌子上，讓食物變暗，那些都是松婭童年時的美食，坡匠用溫柔和關愛做出來的肉和沙拉。她知道打她的那個男人不是父親，因為父親把切碎的餡料和藥草塞進腸衣時，手指是那麼地溫柔。那個滿口粗話的男人不是父親，因為父親看到德國酸菜放在盆子裡，會覺得好漂亮；早春時看到菜園裡的菜長出新芽，會咯咯傻笑；有一次父親看到沐浴著陽光的番茄，閃閃發亮，一邊看一邊擦眼淚。

她稍微挪動位子，退出父親的影子，這樣才能把父親看得清楚一點。

「怎麼了？」父親問道，「妳不喜歡嗎？不是雪梨菜就不吃嗎？不想再吃移工菜嗎？」

「不是的。」她說。

「操，我就愛吃這一味。」他微笑說道，「抱歉。」

松婭也露出微笑，一方面驚奇，一方面難過，父親現在竟然會像小男孩一樣，因為說了髒字而道歉；以前他沒說過其他髒字，知道的髒話也很少。

坡匠現在在自己的地盤上，比較有自信。不過他和松婭在彼此面前還是會覺得尷尬。於是他聊一個中性的話題，但是這個話題卻對他很重要。

「在餐廳裡，」坡匠說道，「他們都賣澳洲菜，妳也知道這些山地營區，盡賣肉排、燉煮料理、蛋糕，妳也知道，我不喜歡吃澳洲菜，所以——」他停下來，露出微笑，對自己咯咯笑了幾聲，等待松婭回應。

「所以怎樣？」

「所以，」他略顯得意地說道，「所以我得自己做菜，否則我會餓死。」

他用誇張的動作打開冰箱。松婭看見冰箱裡堆滿加工肉品，她長大後就沒看過那些肉品了。坡匠還會用衣櫃來存放其他食物，保持乾燥。他從冰箱和衣櫃裡拿出豐盛的食物要配著茶吃。他在紙牌桌上擺了義大利香腸、起司、沙拉（用豆子、馬鈴薯、番茄作成的）、醃蘑菇、烤甜椒、燻鱒魚、麵包。他們坐下來吃，他坐在紙牌桌旁邊的床上，松婭坐在另一邊的橘色膠椅上。

「妳覺得那肉怎樣？」坡匠問道，指著一盤切成片的肉。

「這火腿肉好吃。」松婭說道。

「火腿肉個屁啦。」坡匠說道，「妳知道那是什麼嗎？那比火腿肉好上一千倍。那是袋鼠肉啦！」

松婭抬起頭驚訝地看著他。坡匠哈哈笑起來。

「真的，那是袋鼠肉，我打來的，先醃漬，再煙燻。很美味，超級美味。沒有膽—固—醇。」他說道，費力地說出那三個字，「有益健康喔。」

松婭露出笑容。淡淡的。

「在雪梨，」坡匠繼續說道，「我猜妳不吃袋鼠肉吧。」

「不吃。」松婭說。

「對吧。」坡匠說道，從可口可樂瓶子把清澈的液體倒進兩個小玻璃杯裡，「嘿，我就知道。妳不可能會吃。所以妳不健康，因為妳都吃垃圾食物。」他把一個杯子遞給松娅，「把這杯喝了。」

喝之前，坡匠一定要用斯洛維尼亞語乾杯：「諾斯特拉維亞！」乾杯後，兩人都呷了幾口。

「好喝嗎？」坡匠問道，「杏仁酒加革木蜂蜜。我們的東西加上他們的東西。」想到中歐酒配上塔斯馬尼亞的食物這麼不對味的搭配，他不禁哈哈笑起來。「這是這條街上的一個克羅埃西亞人做的。」

於是他們開始吃吃喝喝，吃到紙牌桌上除了裝蜂蜜酒的瓶子以外，所剩無幾。他們一邊喝酒一邊聊天，最後聊天變得跟吃吃喝喝一樣輕鬆。松娅問他，所有河流都被水壩攔住，他有什麼想法，認為這樣是好，還是不好。結果他滔滔不絕地說了起來。

「當然不好呀。」他說，「操，那是不對的。我告訴妳，我以前經常沿著默奇森河、麥金塔河、派曼河的河岸，走到雨林，我好喜歡到那裡。整個白天都待在那裡，有時候甚至會過夜，待到隔天。我會像鳥一樣，築個巢穴。我把巢穴蓋得很漂亮，用漂亮的香桃木樹枝鋪上柔軟的樹蕨。然後去抓鱒魚來煮，配茶吃，或是早上醒來當早餐吃。我睡得很舒服，妳不會相信我看到什麼東西。更奇妙的是，有一天早上我躺在巢穴裡，操，我看見了一頭塔斯馬尼亞虎。我知道牠們據說已經絕種了，而且前一天晚上我都在巢裡喝酒，喝桃子酒和水果酒。我知道我腦子不是很清楚，但是我知道我看到什麼。我看到那頭塔斯馬尼亞虎離我很近，不超過三公尺。我笑了起來，因為我覺得很好笑。是這樣的，我在巢穴裡，塔斯馬尼亞虎在附近閒逛，我開始跟牠說話。我說：『或許該死的是我。』塔斯馬尼亞虎只是看著我。我又說：『還是我已經死了啊。』我心裡想，或許我喝水果酒喝到掛了，我已經死了，這裡是天堂。還是這裡是別的地方。於是我問牠：『老兄——這兒是地獄嗎？』說完我又哈哈笑起來。塔斯馬尼亞虎還是什麼都沒說，不過嘴巴倒是張得很大，妳無法相信有多大。老天爺啊，我還以為牠的下巴會掉下來，我在牠嘴裡看見很多我童年時的可怕東西。唉，我跟妳說，我從那之後就沒再喝那該死的水果酒了。」

他們就這樣一邊喝酒一邊聊天，喝到瓶子快要空了，最後坡匠看著松婭，吸了一口氣，問道：「妳有男朋友嗎？」

松婭一直避免有人變成她生活的一部分，因為要是讓別人進入她的生活，最後他們一定會離開，那只會讓孤獨的痛苦變得跟黎明的曙光一樣，清晰明確，無法否認。當然，要保持這樣的孤立狀態，過著拒絕別人的生活，是不可能的。她偶爾會跟人同床共枕，一起生活，感受那種甜蜜的溫暖和濃厚的氣味。她跟許多男人睡過，以前年輕的時候，還跟幾個女人睡過，有時候是為了滿足慾望，經常是單純想要尋找慰藉。不過後來她發現，那樣再也沒辦法滿足慾望，也沒辦法找到慰藉。

因此她什麼都沒說，只是看著對面的坡匠，露出淡淡的微笑搖搖頭。坡匠以為自己發現了內情，不過其實他猜錯了。他露出微笑，好像剛抓到一隻動物似的。

「哦，我知道了。」他說道，「妳有男朋友。」

怎麼取悅男人，她很清楚，易如反掌。她大多能慷慨地獻出自己的身體。她會感覺到自己的肉體隨著男人的抽插而擺動，有時候甚至會依著微弱的慾望而擺動。但是她的腦袋裡沒有東西在動，她的靈魂裡沒有東西在顫動。男人要她做什麼，她就做什麼，雖然做得冷淡，但卻充滿活力，激起了男人的性慾。

不過如果完事之後，男人睡著翻身，無意識地從後面抱住她，突如其來的溫暖會立刻喚醒她，她會叫醒男人，叫男人滾回床的另一邊，遠離她，用食指在床中間畫一條假想線，說：「我做夢的時候別碰我，我無法忍受我做夢的時候有人那樣碰我。」

她的夢就像古怪的深淵，不得而知，深不可測，她會下去尋找很久以前失去的東西。那些東西以前會移動，以前會震動，因為當時有一股無法抗拒的力量。

「我交過很多男朋友。」松婭最後平淡地說。

不過坡匠錯誤解讀了松婭想要告訴他的話。「不是，這個我知道。」他說，豎起一根手指搖啊搖，「我是問妳現在沒有親密交往的男朋友。」

有時候松婭確實會跟男人交往得比較親密，但是很罕見。有幾個男人她很喜歡，這點無可否認。有時候她會湧現一股模糊的渴望，想要跟男人依偎愛撫。不過一旦她對男人產生那種情愫，她就會開始變得冷淡，跟男人漸行漸遠，不當情侶，很快就斬斷關係，以免那種情愫變得更加強烈。因為她喜歡的那些男人比她不喜歡的那些男人還要糟，他們會剝開她的殼，好像她只是牡蠣，他們對她的愛，只是像美食家對美食的愛，不顧她想要闔起來，硬是把她打開來。她對他們的冷淡來得就像季節變化。她不會激動生氣，不像有些人沮喪的時候會氣憤咆哮；她只會感到一股寒意瀰漫全身，要等到讓她變得冷淡的那個男人走了，那股寒意才會跟著消失。

她最後總是跟背叛她的男人在一起，因為跟他們相處比較輕鬆，比較直率。那些男人總是很晚才回家，滿身陌生的氣味，手裡拿著大把花。她最後總是跟只想跟她做愛，或只是要她陪伴，或只是要跟她拿錢，或想要這樣利用她的男人在一起。至少她跟他們在一起覺得很自在，因為他們提出的問題都是存在於當下，她可以忍受，他們從來不會提及跟過去有關的問題，那些她就沒辦法忍受了。

松婭放棄假裝告訴父親真相，只是搖搖頭，委婉地回應。坡匠．布羅鐵了心繼續說，深信她有男朋友。

「我知道。那跟我沒關係，但是我什麼時候能見見妳的男朋友？」

他用手順了順波浪狀的整齊頭髮。松婭心裡不禁想，他的頭髮看起來很喜歡爭吵，而且很愚蠢。這讓她惱怒了起來。坡匠明明什麼都不瞭解，不只不瞭解那些男人，對她更是一無所知，卻還是自以為瞭解。還有，因為她感覺到的是絕望，所以她再次微笑說謊。

「暫……暫時不行。他沒有來，他還在雪梨。工作。」她聳了聳肩膀。在那一刻，她的笑容好迷人，「很忙。」

「他是個正派的人，對吧？」坡匠問道，「他會光明正大娶妳，對吧？」松婭什麼都沒說，坡匠說起話來變得刺耳，「那個王八蛋說什麼？我告訴妳，等到坡匠．布羅找到他，拿刀子抵住他喉嚨的時候，他會說什麼。」

坡匠．布羅一邊說話，一邊仔細比劃動作，示意如果那個男的不幸落入坡匠的手裡，會遭遇什麼命運。松婭抓住他那雙比劃著暴力動作的手，把他的雙手握在自己的雙手裡，但是那樣做毫無用處，完全於事無補。

「好啦，別這樣啦。」她告訴父親。

她拿起裝著杏仁酒加蜂蜜的可口可樂瓶子，倒了好多到兩個啤酒杯裡，全部倒光。坡匠覺得女兒有所隱瞞，認為女兒向新男友隱瞞他的事。

「我瞭解。」他說道，「妳不想要他見我。我瞭解。妳會想要他見我嗎？當然不會。我一無是處，完全無法令人感到驕傲。」他聳了聳肩膀，一邊思考一邊講話，沒有自憐，也不帶情緒。「我只是一個在世界盡頭的小人物。如果妳愛他，妳就不會想要他看見妳父親是什麼樣的人。」
「不是的。」松婭說道，「不是那樣的。」
「不過妳愛他，對吧？」坡匠說道，「而且那是……」
但是松婭把一個杯子遞給父親，把另一個貼到自己的嘴唇上，露出淡淡的笑容，舉起杯子敬酒，不過心裡悶悶不樂：「諾斯特拉維亞。」她頭往後仰，用歐洲人的方式，一口氣把杯子喝乾。接著，也是用中歐人的方式，把右手拇指放在右臉頰上，快速撇了一下食指，把上嘴唇擦乾。接著把食指放下來。她又微微一笑。但奇怪的是，她臉上沒有表情，沒了希望。酒溫暖了松婭的喉嚨。她再次覺得愛情有點滑稽，非常不牢靠，永遠難以捉摸。
「誰，」她說得平淡，不帶感情，「誰會希望獲得愛情？」
坡匠．布羅往下看，但是卻跟松婭的目光交會。他的眼睛就像破碎的啤酒瓶碎片。他嘛起下嘴唇，想了一下，本來想把松婭無奈強說出口的那句謊話再說一遍，但是最後作罷。把目光移開。
誰？

第十三章
一九五四年

接下來發生的一切應該儘快說一說，因為一切似乎就是發生得那麼快，現在似乎又發生得更快了，才短短幾個鐘頭，甚至於才幾分鐘，當然，原本可能會久一點，可能是幾天，甚至是幾個星期。但是卻像千軍萬馬，降臨到坡匠．布羅和他的小女兒身上，這場可怕的災難似乎不停往外擴大，彷彿最糟糕的事不是一開始的施暴舉動，而是無法避免不斷擴大的後果。

沒有人跟坡匠．布羅說太多。有些人會跟他一起喝酒，但是喝酒對他的身體沒有影響，因為他的靈魂好像飛離了身體，跟著他的妻子進入森林。他吞下啤酒和自己蒸餾的酒，一副漠不關心的樣子。費樂尼瑞神父來探視他，他同樣漠不關心地吞下神父的禱告。要是在以前，他會把神父攆出家門，但是現在他只是不停給自己和神父倒酒，直到神父醉得亂七八糟，後來有人看到神父在卡車維修廠後面吐。

雖然坡匠不在乎自己是否有任何感覺或沒有任何感覺，不在乎自己是否能承受喝那麼多酒，但是他不禁驚嘆自己身體裡承受了那些東西，竟然不會崩壞，不只有大量的酒，還有許多其他東西，彷彿他變成了他每天辛苦建造的那個水壩。發現這點，他差點流下眼淚，因為他認出來了，那是那些沒有形狀的龐然巨物投射出來的影子，那些巨物改變了他。他覺得自己彷彿在巨大的黑暗隧道裡，走向遠處的一個小光點。有一天深夜，視線突然變得清晰，一瞬間，他能夠看見那個光點就是松婭。不過這種感覺被失望與絕望取代了，因為不管他在黑暗中走了多遠多久，就是走不到那個光點。這一切，還有其他的事，都讓他覺得好困惑，好矛盾。在這樣的思緒中，沒有清晰的線索可循，只有一片混亂，而他只是那片混亂的容器。

這一切應該盡量慢慢說，說得仔細，因為這種事需要解釋與理解，但是不論怎麼說，都沒辦法說得精確。幾天，乃至於幾個禮拜飛逝，卻像過了幾秒鐘那麼快，幾秒鐘延伸成永恆的折磨。這一切超過任何人的忍受範圍，簡化到沒有人可以理解，完全無法理解或解釋。

工頭跟督導工程師談，督導工程師跟計畫負責人談。計畫負責人的妻子知道很多故事，傳遍整個營區，談論為什麼這一切會發生，還有這名歐洲移民和他妻子和女兒的古怪之處，說他女兒一點都不像小孩，臉像面具似的，天知道面具底下藏著什麼古怪的想法。計畫負責人告訴督導工程師，督導工程師告訴工頭，工頭告訴坡匠，說他獲准放兩個星期事假。坡匠聽得一頭霧水，因為坡匠不知道「事假」是什麼意思。他不理會工頭，每天繼續來上班，因為工作至少讓他在隧道之外也能夠感覺到生活的意義，即便他只是從很遠的地方觀看，認為總有一天能夠走到那片土地上。不過他工作起來可一點都不馬虎，他可認真了。

他拿著大錘子敲碎石頭，彷彿石頭是他的腦袋似的。錘子起起落落，活像鼓棒，敲打著山谷的石頭，敲出猛烈刺耳的節奏。水壩工地的人全都驚奇地看著他賣力工作，大卵石在他的敲擊下，碎成了小碎石子。後來有一支攝影團隊前來幫委員會拍片，記錄水壩的興建過程，有人告訴攝影團隊，那個瘋狂工作的移工是個奇人，值得拍攝。

攝影師厄爾・肯恩用手指框住那個獨特的畫面。坦白說，他完全不知道，公司給他那麼陽春的器材，他要怎麼完成這次的工作，捕捉所有重要的畫面。這次跟以前在雪梨的新聞影片團隊不一樣，以前器材好，工作好，操作人員也優秀。但是工作就是工作，最近攝影師除非想要到新電視臺工作，接受挑戰，否則根本沒什麼好題材可以拍。厄爾．肯恩嘆了一口氣。他展開三腳架，結果發現一隻腳壞掉了。厄爾．肯恩心想：「老天爺呀，這樣要我怎麼……？」車轍的碎石路上傳來說話聲，打斷了他的思緒。

「喂，厄爾！給我滾過來。我們可以從這裡拍攝整個工程。」

厄爾．肯恩心想：「怎麼拍呀？怎麼拍呀？」不過最後他明白了，那不重要。委員會跟其他上級機關一樣，只是要記錄整個興建工程，用紙張、照片、膠片記錄。沒有人會在電影院看到這部紀錄片，這只是存檔用的材料。等到有人有時間去看這部片的時候，他老早就拍拍屁股走人了。

參觀後的那個星期，他們火速拍完影片，厄爾的上司，以前是黨員，對結果滿意極了。

「瞧瞧這！」他說道，抽著美式香菸，裝著新型軟木濾嘴，「這次你拍出來的感覺就對了，厄爾。看起來……」厄爾的上司想了一下該怎麼形容才好，「**氣勢磅礴**，沒錯，厄爾，操，就是氣勢磅礴。」

他拿著香菸對著剪輯螢幕揮呀揮，螢幕上黑白影片一下倒轉，一下快轉。

「看起來簡直就像蘇聯在西伯利亞或烏拉山的大型水力發電廠興建工程，或是胡佛水壩。」

影片播放時，畫面時不時忽然跳動，偶爾曝光過度，看起來沒辦法呈現工程的浩大，還有人類似乎終於能夠用暴力手段，宣稱自己永遠主宰了自然界。

「不過那是我們蓋的，厄爾。操，是我們蓋的呀。我們正在蓋水壩呀，厄爾。」他說道，「操，我國終於蓋水壩了。」

攝影機拍攝整個水壩工程底部，許多人在各個奇怪的高度工作，但是沒辦法一眼就看清楚他們到底是在挖掘某個奇特的考古遺址，挖掘舊世界的某個古跡，或是在建造新世界的奇跡。整個工程看起來很重要，完工一半，破壞一半。攝影機橫越河流，拍攝蒸氣挖土機像齧齒目動物，啃咬著岩石。然後慢慢往上拍攝一道新的懸崖，河谷本來被雨林覆蓋，雨林砍伐掉之後，就出現這道懸崖。河谷上方，一條條道路以銳利的角度相切，好像盜匪用刀子砍出的砍痕。水壩表面緩緩傾斜，直到只完成一半的頂部。在頂部，人員風風火火走來走去，活像在鏟子表面的螞蟻一樣。精密的吊掛系統把一個裝著水泥的大桶子往下放到水壩表面頂部，工人懸吊在半空中操控，讓水泥從巨大的輸出管流出，活像小狗用牙齒咬著褲管吊在上面。還有人站在深及膝蓋的水泥裡，辛苦地把水泥攪拌得更密實均勻，確保沒有裂口或漏洞。鏡頭切到一個工人身上，他揮動大錘，碰碰敲擊，被四面八方的岩石框住。那個人用力舉起大錘揮下，連在黑暗的剪輯室裡的人都看得嘖嘖稱奇。大錘每次敲打後都會彈起來，彷彿是敲在橡膠上，而不是岩石上。

「瞧那傢伙多賣命啊，厄爾。」厄爾的上司說道，「奇怪，那個人活像拚命三郎，他怎麼會那樣拼了命工作。」

他們看著坡匠揮動大錘。

畫面切到一個鋼框被往下放到水壩裡面，擺在水道入口，作為垃圾阻攔罩。有一個人在底部等垃圾阻攔罩。厄爾突然暫停畫面，倒轉再播放一次。

「你看。」厄爾說道，「又是那個瘋狂的歐洲移民。」

厄爾讓影片繼續播放一小段。垃圾阻攔罩停在水泥地板上方約一呎處。他們看著坡匠把鋼框裝定位。

「你看。」厄爾說道，「他看起來好像永遠被關在那些鋼條後面。」

第十四章
一九八九年

沒有軀體的外套和長袍在空中飛行，像一群心懷敵意的幽靈，疾速往下飛向她。松婭下意識防衛，像是隨時準備反擊的人，做出反射動作，身子往側邊一扭，俯衝的幽靈只微微擦過她身體。接著她把身子移回來，不過移得很慢，因為她的心靈無法讓身體徹底消除疑慮，保證她站在那裡沒什麼好怕的。她覺得很尷尬，竟然會在這種地方感到害怕，竟然做出那麼幼稚的舉動。過了一段時間，感覺很長，但是其實不長，她知道沒有理由害怕了。她冷靜思緒，環顧四周，發現愚蠢的恐懼不知不覺消失了。在荷巴特的某間紡織工廠裡，巨大的縫紉室噪音吵雜，人員忙碌，每個人都聚精會神地拚命想完成每天的生產額度，有個陌生人經過，他們連注意到都沒有，更別說是關心了。

松婭抬頭看著像洞穴般的天花板，看著灰塵在光束中往上飄，光束逐漸變細，射入遙遠高處的小窗子裡，工人在下面為了生計辛苦工作，他們的希望和夢想好像都乘著光束逃跑了。在無數塵埃中，一件件衣服沿著動力輸送架輸送，經過一個又一個工人，每個人都認真做著不同的工作，包括剪裁、裁縫、刺繡、縫鈕扣、包裝。

松婭繼續走過巨大的廠房，聽著縫邊機發出喀啦聲，縫紉機發出高高低低的嗡嗡聲，廠房裡迴盪著古怪又強大的轟隆聲，聽起來卻令人安心。她走過一排又一排的女機器操作員，偶爾跟男監工擦肩而過，走過嗖嗖飛過的衣服，衣服短暫遮蓋她，讓她看起來半鬼半人的。她一一看著那些低著的頭，尋找著她不再確定自己是否還認得的那張臉。要辨別每個女工誰是誰就已經夠難了，要記得好久以前的那張臉，又難上加難。

走到接近廠房盡頭，松婭注意到一名女工的手，停下腳步。松婭只能看見那個女工坐著，頭上綁著圍巾，低著頭，還有她的雙手。那雙手動的樣子喚起了松婭的記憶，那雙手流暢地動著，快速靈活地移動針下面的布料，吸引了松婭的注意。她站在那裡看。那雙手縫好了摺邊後，包著圍巾的頭慢慢抬起來。一張其貌不揚的小臉抬頭盯著那名盯著她看的陌生人。

兩人打量著對方面不改色的臉，一動也不動，讓目光疑惑地在對方臉上打轉，兩張臉都在很久以前就學會不透漏任何情緒。

接著那名老婦人的嘴脣動了起來。

「我的天呀。我的天呀。」

松婭最初認出來的，不是她的任何五官，因為時間改變了她的臉，而是細微的古怪特徵，嘴巴雖然沒有在笑，但看起來卻像是在笑；眼神透露著迷人而慷慨的魅力，而且仔細看會發現，一眼是藍色眼珠，一眼是褐色眼珠，一開始沒有人相信那是真的。那雙引人注目的雙色眼睛，松婭以前就覺得好迷人。

松婭把真相告訴老婦人，但是說得顛三倒四。

「我回來，是因為我覺得我必須見他，因為……」

「我聽不見。」老婦說道，輕拍著耳垂，「在這裡——」她抬起頭，用手比向一排一排的縫紉工人、機器、輸送架，這些工業帶來的災難就是她的生活，動作透露著無助「——我聽不見。」

松婭極力控制情緒。她可不是要告解，而老婦也不是神父。

「我是回來度假的。」松婭說道，假裝重覆剛剛說過的話，說話音量提高許多，「塔斯馬尼亞很漂亮，很適合度假。樹很多，風景很漂亮，很適合度假。」

「我也那樣覺得。」老婦人說，「我想，我不會怪那個女孩。發生了那件事，誰會怪她？」

不過老婦人旋即大吃一驚，發現自己把松婭說的話聽錯了，她們倆講的是完全不一樣的事，松婭聽不懂老婦人在講什麼。

老婦人把手指往上舉到盈滿淚水的眼睛。老婦人動了動手指，動作不再充滿自信，變得尷尬不安，先伸出一根手指，但是發現不夠，接連又伸出第二和第三根，把淚水從那雙獨特的眼睛上撥掉，好像這麼一撥，也會一起把情緒撥掉似的。接著她低下頭，松婭又只能看見她的頭巾輕輕抖動。松婭發現老婦人正無聲地啜泣。

松婭說出她超過二十年沒說過的名字。

「海薇。」

老婦人雖然沒聽見，也沒有往上看，但是伸出雙手握住松婭的一隻手。

第十五章

一九八九年

或許就在那時候，松婭失去了決心，儘管當時看起來似乎不是那樣。海薇下班之後，她們去薩拉曼卡的一家餐館。她們坐在外頭的一張小圓桌旁，那張桌子真的很小，她們在桌子底下繼續緊緊握住彼此的手，像女學生一樣。不過她們的手會分開，松婭心想，這次會永遠分開——她的手不久後就會把登機證交給航空公司服務員，海薇的手會繼續用縫紉機上下跳動的縫針縫無數公尺的布料。

那個傍晚時刻，薩拉曼卡沒有人潮，也沒有車流，著實古怪。古老的沙岩倉庫後面，本來應該有幾百年來累積的建築，但是現在卻只有寒冷的荒山野嶺。松婭短暫分了神，想著這個，還有覺得這個地方實在不協調。這個地方不僅沒有變成國際城市，反而人煙愈來愈稀少，只剩當地人。這個世界扭曲古怪，卻也美麗，松婭突然看見海薇真的變成來自異地的鳥，意外飛到這裡——聽見海薇講著英語，帶著芬蘭語的顫音，好像雀鳥吱吱叫的聲音。她看見海薇的動作又小又輕盈，好像麻雀從粗枝飛到細枝，再飛到粗枝。

松婭問海薇舊識的事，問海薇每個孩子的事；她的孩子現在都離家了，有幾個甚至離開塔斯馬尼亞，留下她和吉利兩人。海薇聊起他們和別人，她們彼此分享舊往事，還有聊松婭不知道的新故事，聊得哈哈大笑。海薇問到松婭的生活時，松婭就比較沒那麼有活力了，因為她最不想談的，就是這個話題。她總是覺得別人的事，別人的經歷，別人的故事，別人逃避的問題，有趣多了，比她所知道的事更真實。她覺得對自己過度好奇，不只是放縱，也很危險；不過，當然，她連去想都沒辦法了，更別說是說出來。解釋生活從來就不是容易的事，就算是在最順遂的時候，而松婭的生活更是一點都不順遂，她的生活奇特又神祕，她自己生活在其中，也難以理解。

松婭是以過一天算一天的態度來過生活，她告訴海薇，這樣過，生活比較快樂。她這樣說並非違心之論。松婭親眼目睹父親和他的朋友一輩子都在工作中摧殘身體，松婭的工作和他們的不一樣，她在一家保險公司從打字員先升到祕書，再升到低階行政職務，接著又在製作遊戲節目的一家電視公司找到製作助理的工作。那項工作並不吸引人，薪水跟店員一樣低。但是至少不會傷筋損骨或傷害聽力，也不用住在移民區，過著困頓的生活，就像她小時候住在建築營區和荷巴特的郊區那樣。松婭租的房子不是在高級地段，但是超過五年來，她只住過那個地方。生活雖然不是**頂**好的，但是算好了，她從來不敢奢望自己能過上那麼好的生活。她買得起她小時候從來不知道的東西——好的衣服、珠寶首飾，偶爾還能到中等價位的餐廳用餐。

「我生活過得很好，海薇，」松婭說道，「不是頂好，但是算好了。」

「拜託！妳在電視臺工作耶！」海薇說道，認為最令人嚮往、最棒的生活就是在電視臺工作。

松婭哈哈笑起來。她跟海薇聊起她們以前曾經在德文特公園的加工肉品工廠工作，海薇是全職的，松婭只有放學後和假日才會去打工，用廉價肉品製作義大利香腸和臘腸。

「在電視臺工作沒什麼不一樣。」

海薇認為松婭事業有成，雖然松婭知道海薇誤會了，但是她也知道，自己的故事裡確實有一些小成就，她以前從來沒肯定過自己。海薇總是讓松娅覺得自己很有出息。

「不過對於來自穆納區的清潔工來說，這樣算不壞了。」松娅說道。

「妳很快就得回去嗎？」海薇問道。

松娅點點頭，接著露出微笑；她必須笑，因為她必須相信每天都會如她所期望的那麼好，她所做的每個決定都是唯一最好的決定。雪梨象徵工作的確定性，還有她創造出來的那個叫松娅．布羅的人。塔斯馬尼亞是風，她可以看見風緩緩沿著人行道吹向她們，嘗試吹起停車罩和被丟棄的食物包裝紙。她可以感覺到風開始在桌子下面擾動。她堅定地對著風說話，但心裡卻完全感覺不到堅決，反而感覺到內心深處一股恐懼重新湧現，開始慢慢往上移。她慢慢說話，說得很清楚，希望這樣風能夠瞭解她的決心，停止干預，讓她找回脆弱的確定性。

「我得回去工作呀，海薇。」她停頓片刻，「這妳也知道。」

海薇這才發現，這個感覺無害的話題竟然是禁地，於是趕緊轉換新話題。

「妳住哪？」

「無業遊民汽車旅館。」松娅說道，「在沃蘭區。」

一名服務生把一杯濃縮咖啡和一杯茶放到桌上。

「不行，孩子。」海薇說道，握緊松娅的手。松娅感覺到粗硬的老繭，這幾年來的勞動把海薇手上的皮膚磨得像精緻又柔軟的皮革。「不行。」海薇說道，鬆開了手，搖搖頭，「妳來跟我和吉利住。」

當然，松娅婉拒了，說那樣不切實際，不公平，沒必要，還有，吉利會怎麼說呢？松娅把自己的手從海薇的手中抽回來，揮揮手，強調她沒辦法。她怎麼可以呢？不過海薇那雙像覆著皮革的手再次握緊松婭的手，好像腰帶束緊褲頭，準備打架似的。海薇堅持要她過去一起住，寒風吹得颼颼作響。海薇說該走了，松婭儘管內心不安，還是讓步了。

松婭半夜在海薇的浴室裡瞇著眼睛，她從來沒料到自己會來這裡。她睡眠不足，覺得好疲憊，又覺得好無助，沒辦法法控制想嘔吐的感覺，眼睛也無法適應白色瓷器反射的刺眼燈光。她知道自己的頭髮溼答答的，一臉病容，臉色蒼白。這裡，松婭心想，這裡有一股奇怪的臭味，巨大的聲響，最後吐了出來。

松婭把頭從馬桶裡抬起來，轉過身，發現她沒把門關上就吐了。走廊的遠端光線昏暗，她看見海薇穿著睡袍站在那裡，海薇那雙神奇的千里眼大概目睹了整個可憐的景象吧。

海薇走進浴室，什麼話都沒說，把手放在松婭的前臂上，看著松婭的眼睛。

松婭心想，她好矮呀。她覺得好奇怪，以前怎麼從來沒發現海薇那麼矮，還有，有這麼多重要的事要想，她怎麼在想這種無關緊要的事。於是松婭別過身，海薇鬆開手，離開浴室，拿了一個水桶和一支拖把回來。她只開口叫松婭去睡覺。接著海薇便默默地清理浴室和馬桶。

外頭天氣驟變，松婭躺在床上，可以聽見西風吹得猛烈，吹得鋁框裡的窗戶玻璃隆隆作響，像囚犯怒火中燒地搖著鐵條似的。

第十六章
一九五九年

五年過去了。

對於那五年，松娅記得的不多，她應該記得的多一點才對。坡匠．布羅把她留在那裡的時候，她才三歲；她八歲的時候，坡匠接她離開。對於那五年，她應該記得很多才對，但是其實她記得的並不多。松娅記得這件事——坐在屋外那道破裂的水泥圍欄上，專注地阻斷腿上的血流——她全神貫注，壓得整條腿發麻刺痛；她嘗試對心臟做相同的事，但是卻沒有任何感覺，她不禁納悶行不行得通，有沒有效，心臟有沒有跟腿一樣麻木。

松娅後來告訴海薇，她只記得蠢事，傻事。不值得記住的事。

她倒是記得她的第一件聖餐禮服，還有她穿著那件聖餐禮服漲紅臉站著，感覺就像父親後來種的、淋上優格吃的那些草莓。她當時就那樣站在一張老舊的木質餐桌上，那張桌子才剛整修過，桌面鋪了一張油毯，桌邊包覆紅色塑膠。她記得自己慢慢轉了一圈，微笑用雙手掀起禮服，驕傲地揮動了一下，再誇張地轉了一下身子，咯咯笑起來。有三個歐洲婦女站在桌子旁邊，拿著飾針、縫針和棉花回以微笑。那件禮服好漂亮，她記得那件禮服好漂亮，她好喜歡，設計、長度、大量蕾絲，都是戰前流行的。在那間小廚房的中央，她穿著第一件聖餐禮服轉了第二次，雖然有一些摺痕，有些衣邊沒有縫好，但是仍舊是她穿過最漂亮的衣服，那件衣服來自另一個世界，那個世界的生活似乎跟她所知道的不一樣。在短暫的愉悅中，她一度以為自己開始升到空中，像天使一樣飛走。

到了晚上。在昏暗的臥室裡，只有一道微光，光線從廚房穿過半開的門射進來。她坐在床上，穿著舊睡袍。她專注看著左手背。廚房傳來一個女人說話的聲音。

或許她們坐在她跳舞的那張桌子旁邊，她曾經在那張鋪著油毯的桌子上短暫感受到神的恩典。那些女人因為辛苦工作，飽經風霜，身軀粗壯；因為沒有辦法逃跑或突破，臉蛋窄小，面容痛苦。或許她們想要把那張桌子的奇妙變得跟自己的人生一樣渺小，只把桌子當成一個無關緊要的平臺，用來訴說她們逃跑和受到懲罰的故事，還有談論違反議定規定的人，最後都遭到極其嚴厲的處分。或許她們是在喝咖啡。

那天晚上松婭發現，原來人是能夠變成天使，擺脫罪衍。不過她只記得發現這件事之後所聽到的事情，只記得她們的聲音。

義大利婦人說：「她現在由妳來照顧囉，瑪麗查。」

瑪麗查．密西尼克太太回答說：「總得有人照顧她呀。她父親不行吶。在叢林裡的那些營地工作，那種地方不適合小孩子。」

「他酒喝那麼凶，不能照顧小孩。」義大利婦人嗤之以鼻說道。

或許當時瑪麗查．密西尼克太太和義大利婦人露出了會心的笑容；或許當時第三名婦女看起來有點困惑，她跟瑪麗查．密西尼克太太一樣也是波蘭人。那確實是她的聲音，像老狗的聲音一樣粗啞。當時還是小孩的松婭聽到她說：「母親呢？她是哪門子的母親啊？怎麼會有女人對自己的孩子這麼殘忍？」

松婭記得當時看著自己的雙手，特別是左手，完全沒有專心聽，就只是聽著所有對話。

「故事妳是知道的呀。」瑪麗查．密西尼克太太說道。

「這可是不赦之罪呀。」義大利婦女說道。

她聽著她們談論她的母親，慢慢轉過左手背，露出打開的手掌。用右手食指畫著左手手掌。

「哼！大家老愛講自己沒辦法知道的事。」瑪麗查．密西尼克太太說道，「她母親走了，她父親是酒鬼。不過他付錢請我們給他女兒一個家住。虔誠的基─督─教家庭。過去有什麼重要？她母親老早就走了，那女孩不會記得她的。她年紀太小了，而且沒有人會談論她母親。她父親付了很多錢，她從來不說話，只有這才是重要的。」

接著松婭用右手握住四根打開的左手手指，非常慢地把手指摺到手掌上。

就是這些東西：一件禮服，一個天使，跟手指玩遊戲。對於那五年，她就只記得這些。蠢事，傻事。重要的事她都不記得。

第十七章
一九五九年

如果松婭可以記得更多，她或許能夠想起來一切是怎麼開始的。然而，她只記得碎片，那些澄明的碎片出現得銳利又堅硬，最後又消失在無意義之中，就在她試著專注看清楚的那一刻。彷彿她再一次像很久以前那個寒冷的冬夜，拿著玫瑰念珠唸著經文，在瑪麗查．密西尼克太太的客廳，所有人跪成一圈，拿著玫瑰念珠，她，九歲的松婭，穿著睡衣，還有三個尖酸刻薄的女人——波蘭婦女、義大利婦女，還有瑪麗查．密西尼克太太——圍著工作圍裙。那三個女人的玫瑰念珠是精緻的染色木製念珠，松婭的玫瑰念珠是小女孩用的便宜款式，用粉紅色塑膠珠子串成。她們眼睛全都看著地上，沒有特別專注看著哪裡，口裡唸誦著：

「萬福瑪利亞，妳充滿聖寵。主與妳同在……」

外頭傳來聲響，一輛車子開上車道後熄火，車門打開又關上。特別是車子熄火時發出的隆隆聲，還有車門關起來時發出的嘎一聲，松婭知道那些聲音是真的，是屬於她的，是霍頓FJ[1]的聲音，那輛車是父親去年買的，讓他們父女倆都覺得好得意。難得有幾個週末，他曾經開著那輛新車來探視松婭，

---

1 編按：澳洲國產汽車品牌，創立於一八五六年，FJ系列於一九五三至一九五六年間生產，具代表性的經典款。

他們星期六整天都在清理與清洗車子，把車子擦亮，直到車子在陽光下像珍貴的珠寶一樣閃閃發亮。星期日，父女倆會開車到胡恩撿蘑菇，或到海灘游泳，這讓瑪麗查・密西尼克很頭痛。

坡匠買的時候，那輛ＦＪ幾乎是全新的，許多認識他的人都很羨慕他有那輛車。一開始那輛車很漂亮，一開始坡匠可能把那輛車當作未來，想要躲到裡頭，逃離他愈來愈不滿意的現在。畢竟，他在斯洛維尼亞認識的人裡面，沒有人有那種東西：美國電影裡的那種車子。這向在斯洛維尼亞和澳洲的人證明了，他實現了當初來這裡的夢想，變成澳洲人。

「這個，」有一天他告訴松婭，暫停把保養塗料擦到ＦＪ上，把手往外伸向ＦＪ，好像ＦＪ是神靈似的，「我們來這裡，就是為了這個。」後來ＦＪ變成他貧窮的現在——他的家和伴侶，他的愛人、家人、承諾、慰藉，全都裝載在這輛鋼鐵裡，移動方便。最後，那輛車甚至變成他的過去，他不知道怎麼處理那段過去，只能消極地羞愧以對。

所以，在瑪麗查・密西尼克太太的客廳，松婭一聽到ＦＪ的隆隆聲，就瞬間忘了自己的禱告和瑪麗查・密西尼克太太的虔誠信仰，大膽抬起頭來看，結果瑪麗查・密西尼克太太用力把松婭頑強反抗的頭壓向地上，嘶聲說：「**專心**。」

她們繼續唸經：「……妳的親子耶穌同受讚頌……」

「……耶穌聖母瑪利亞……」

松婭聽到後門打開的聲音，眼睛又微微往上瞄——

——後門關上——

「……天主聖母瑪利亞，為我們罪人祈求天主……」

她聽著客廳門打開，接著出現二—三—四聲腳步聲，心臟加速狂跳，像要爆炸似的。松婭再次鼓起勇氣抬頭看，發現唸經的聲音停止，其他人也都抬起頭。站在她們面前的是她的父親，坡匠．布羅。

坡匠站著不動，盯著跪成一圈的那些人看，呼吸裡有啤酒的味道，眼神看似極度悲傷。這次瑪麗查．密西尼克太太沒有把松婭的頭往下壓回去。

最後坡匠走到女兒身邊，伸出手。松婭握住他的手。「走。」他對松婭說道，「我帶妳走。」

父女倆走出客廳，走到松婭的臥室。坡匠一反常態，快速把松婭的寥寥幾件衣服和物品胡亂扔進她的舊紙板手提箱。在臥室裡收拾完東西後，兩人走出屋子，那三個女人站到他們兩人面前，兩人從她們身邊經過。坡匠把手提箱扔進ＦＪ的後座，穿著睡衣的松婭，爬進前座。從頭到尾兩人都沒有說話。瑪麗查．密西尼克太太單手把開襟毛衣拉緊，抵禦夜晚的冷空氣，另一隻手開始激動地比手畫腳。

「你怎麼可以帶她走？」她問道。

坡匠默不作聲，心意已決，而且很生氣，怒火中燒，不過瑪麗查．密西尼克太太搞不懂他在氣什麼。因為如果她知道緣由，她應該不敢繼續喋喋不休下去。

「你沒有地方可以帶她去。」瑪麗查．密西尼克太太繼續說道，「還有她的第一次聖餐禮，是這個星期日……」

坡匠本來已經彎下身子準備坐進ＦＪ，但又挺起上身，靠著車頂，瞪著瑪麗查．密西尼克太太，表情冷峻憤怒，瑪麗查．密西尼克太太嚇得往後縮。

「我不要她接近該死的教會。這個我告訴過妳。」坡匠咬牙切齒厲聲說道，「我一開始就告訴妳了。結果我來這裡卻發現妳叫她跪著禱告。」瑪麗查．密西尼克太太吞了一口口水，「我給了妳很多錢。」

坡匠把手伸到褲子的口袋裡找車鑰匙，卻只找到一把光顧完酒吧剩下的零錢，於是把零錢都掏出來。「操他媽的錢。」坡匠．布羅一邊說，一邊把一便士硬幣、一先令硬幣和六便士硬幣都丟到車頂上，扔得很用力，硬幣像砲彈破片一樣，反彈打到瑪麗查．密西尼克太太。「操他媽的教會。」

他彎下身坐到駕駛座，啪一聲甩上車門。瑪麗查．密西尼克太太在車子的乘客座那邊，想要挽回尊嚴，一吐悶氣，於是從松婭那邊的車窗大聲斥責坡匠對上帝不敬──「你知道上帝什麼？」

「我知道我看到什麼。」坡匠現在明顯發火了。他繼續在口袋裡翻找鑰匙，松婭把車窗搖下三分之一左右。「德國人入侵斯洛維尼亞的時候，我看到教會幹了什麼事。」坡匠咆哮道，「天殺的教會支持天殺的法西斯分子。」

坡匠最後終於找到鑰匙，用力插進鑰匙孔。「當時他們全都在現場，」他繼續激動地教訓瑪麗查．密西尼克太太，「為國家防衛隊歡呼，把我們的名單交給黨衛軍。」他發動ＦＪ，咆哮得更大聲，要讓瑪麗查．密西尼克太太在引擎聲中能夠聽到，「黨衛軍！你們的上帝我清楚得很！」

松婭使勁全力把粉紅色塑膠玫瑰念珠扔到瑪麗查．密西尼克太太的臉上，趕緊關上車窗。坡匠把頭轉向乘客座的窗戶，看到滑稽的畫面，粉紅色塑膠念珠先是打在瑪麗查．密西尼克太太的臉上，接著旋即被地心引力吸引，掉落地上。他看得不禁噗哧笑了起來。

不過松婭不敢笑，連看瑪麗查．密西尼克太太都不敢；儘管她跟那個女人一起住了五年，但是那五年並不屬於她的人生。她直挺挺坐在座位上，面無表情直視著擋風玻璃前方。她只專注看著前方的漆黑，不理會身旁暴怒的瑪麗查．密西尼克太太。瑪麗查．密西尼克太太接到了一些從臉上掉下來的粉紅色塑膠串珠，握緊拳頭揮舞著。在隆隆的引擎加速聲中，她衝著松婭發洩怒火。

「妳這個不知感恩的小賤人。跟妳媽一樣。丟下愛妳的人。至少我們沒打過妳。」

瑪麗查・密西尼克太太自認為自己是對的，氣得臉都扭曲了。不過隨著車子倒退開進黑夜裡，她的臉沒入黑暗中，她的謾罵聲也漸漸消失。

「妳別想再回來！」她衝著松婭咆哮，「妳永遠不能再回來了！妳……」

不過他們已經逃離那個破舊的小鎮，沿著空蕩又孤單的道路開向荷巴特，開進森林裡，那個清澈寒冷的夜晚已經下起了霜。松婭用手擦了擦側邊的窗戶，看到側邊的黑暗裡什麼都沒有，她才安心，車窗馬上又矇上霧氣。

在父親的巨大藍色外套裡，松婭縮在ＦＪ的前座。坡匠在她旁邊，面無表情，臉被儀表板的微弱亮光照亮；松婭的臉則罩著暗影。松婭不知道他們要去哪裡，只知道要遠離密西尼克家，趁夜逃跑，這樣就夠了：如果知道更多的話，可能就會回到明天的現實，根據八年來的人生經驗，她知道到明天永遠只會發生更糟糕的事。

她抬起頭，從外套的粗糙黑色羊毛布料上面看著巨大的尤加利樹林，像一根根被照亮的圓柱，在車子的四面八方，從左右和前面朝她和坡匠飛來。樹木不斷向前疾飛，她從樹木之間的間隙可以看見月亮與星星。這條險惡又可怕的通道要通往哪裡，是她的過去或她的未來，她不知道。當然，樹沒有給答案，沒有回覆她，沒有發出鬼魅般的聲音，來解釋這一切。它們只是一個問題。但是它們不會離開。

經過了一段時間，松婭覺得經過了好久，她不再看樹，轉頭看父親。他們行駛在黑暗空蕩的道路上，坡匠把放在方向盤上的一隻手舉起來，用指節按摩疲憊的眼睛，逼眼睛專注一點。

「我不會再回去了，對吧，阿提？」她問道。

坡匠什麼都沒說。松娅繼續追問。

「我現在可以跟你一起住嗎？住在家裡？我們的家？」

坡匠低下頭看她，眼睛很像廢棄的生鏽道釘，透露著為難的神情，因為答案是不可以。

「對不起，松娅。」他說道。他吸了一口氣，再度開口說話時，語調變得嚴峻，「妳知道那是不可能的。我必須到山上的水力發電廠營地工作，妳……妳必須住在別的地方。」

松娅再度抬起頭來看樹從身旁飛逝，被向前行駛的ＦＪ劃開。她再也分不清楚，到底是她跟坡匠要逃離樹木，或是樹木要逃離他們。接著松娅忽然想到，或許在動的不是ＦＪ，是樹林，像河流沖過卵石一樣沖過車子。

一開始這個想法讓她感到寬慰，但是旋即又讓她感到害怕，因為永遠跟父親住在一起，是她由衷的渴望。不過眼前的靜謐和把他們沖入麻木的那些樹林之間，只阻隔著父親的意志，她不知道父親的意志是否夠強，能夠承受樹林的沖刷，讓他們能繼續在一起。

坡匠再次低下頭看睡著的松娅，女兒濕濕的頭擱在他的大腿上。他繼續往樹林深處開，直到車子發出幾次噗噗聲，最後徹底熄火。他發現原來是車子沒油了。他心裡咒罵著，讓車子滑行到路邊停下來。他是靠勞動身體和雙手工作，所以知道怎麼運用巧勁，輕輕的動作就能產生強大的力量。他非常緩慢地把腿從松娅的頭下面移開。他把工作服脫掉，捲起來，小心抬起松娅的頭，把工作服當成枕頭放在她的頭下面，接著把藍色外套當作毯子，把松娅的身子蓋好。

他關上前門，只穿著襯衫和褲子，站在樹林裡的荒涼路邊，在那個寒冷的夜晚，周圍不斷發出劈劈啪啪的聲響。他感覺到了鞋子底下的棕色礫石，顫抖的皮肉察覺到從路邊地面升起的寒氣冷得刺骨，抬頭看浩瀚的南方夜空，永遠都移動得那麼緩慢。

接著他蜷起身子，姿勢像胚胎一樣，覺得異常愛睏，在ＦＪ的後座發抖，既好奇又驚奇，在這種地方、這種時間，竟然有這種脆弱的靜謐時刻。

第十八章

一九五九年

慢慢滲入ＦＪ的早晨要通往哪裡，坡匠和松娅都不知道。

坡匠用指節按摩眼睛，想起了沒油的倒霉事，不用母語咒罵，反而用義大利語咒罵。他坐起身子，看見松娅還在前座睡覺。

松娅醒來之後，有一輛運木卡車經過，他們搭便車到最近的小鎮。運木卡車的司機話說個不停，坡匠點頭微笑，三不五時咒罵，讓駕駛覺得很放鬆。

運木卡車的司機大多在講兒子的故事，他的兒子跟同一群伐木工一起工作，負責開集材機，結果被一棵大樹給壓死了。

「可怕的不是有風的日子。」他說道，「暴風過後的平靜日子才可怕。暴風把那棵樹吹得變虛弱，過了一晚，樹木就枯萎了，大樹枝就會像下雨一樣掉下來，脆弱不穩的枯枝就會掉下來，絕對不能靠近那些腐爛的大樹。就是在那樣風和日麗的日子，肯尼去伐木，在那樣的日子，在那樣風和日麗的日子死掉。

「我老婆很難過，傷心欲絕。我比較看得開，不這樣不行吶，得看開吶。得看開吶，我這樣告訴自己，我得看開吶。」他停頓，把一根香菸放到嘴裡，按下卡車的點菸器。

「不過我老婆，唉，我老婆始終沒辦法看開。」

司機始終沒有轉過頭來看他們，只是盯著道路，好像道路後頭的森林裡躲著鬼怪，嚇得他說不出口。

「唉。」他說道，「我老婆始終看不開。」

他們把ＦＪ重新開上路，開到荷巴特的路上，新出現的西風鋒面帶來了降雨，雨愈下愈大。松娅沉默無語，坡匠，就這麼一次，由於愧疚和難過，一反常態，話特別多，語調故意裝得很開心。

「什麼都別擔心，松娅。」他說道，「不用幾個月，我就會在荷巴特找到工作，離開水力發電廠營地，找個地方，我們就能住在一起。」

松娅什麼都沒說。

「在那之前，妳先住在皮寇提家，他們會好好照顧妳。」

松娅什麼都沒說。

「我跟老博說過了，他人很好，他會好好照顧妳。他沒有宗教信仰。妳說好不好呀？」

「他們會帶我去參加我的第一次聖餐禮嗎？」

坡匠看著女兒。他搞怪地瞇起眼睛，想要逗松娅也露出搞怪的笑容。但是松娅沒有笑。

「喝！」他說道，仍舊笑咪咪的，「該死的聖餐禮——那有什麼用呢？」不過松娅是認真的。他收起笑容。「呃——妳可以參加更有趣的活動喔。」

「阿提——我的禮服——我的禮服——我要穿我的聖餐禮服。」

「我買新的禮服給妳，松娅，超級漂亮的新禮服。」

「但是，阿提，我們不能一起去參加我的第一次聖餐禮嗎？像別人家一樣？」

坡匠用打火機緊張地點燃一根香菸，吞雲吐霧後，把菸從嘴裡拿出來，把微少的菸灰彈到窗外。他不知道該怎麼回答。他沒有像之前那樣看著松娅，只是用手順了順頭髮，眼睛緊盯著前方的道路。松娅也看著前方。坡匠偷偷斜眼瞄了一下松娅，把菸放回嘴裡後，馬上又拿出來，從這個小小的動作看得出來他非常苦惱。

「松娅……我……老天爺啊……」

「我的聖餐禮。」松娅說道，「你要過來看我領聖餐喔。」

坡匠本來想要說話，但卻找不到適當的話，於是又把菸放回嘴裡。父女倆繼續看著前方，雨刷在擋風玻璃上嗖嗖地刷出弧形。有一隻貓突然衝出來，跑到車子前方，坡匠驟然轉向想閃過，結果沒有閃過。車子微微晃了一下，發出低沉的砰一聲。坡匠眼睛迅即看向後視鏡，把菸從嘴裡拿出來，搖搖頭。

「我們有閃過貓嗎？」松娅問道。

「沒有。」坡匠黯然說道，「該死的蠢貓。」

他嘴裡吐出一縷縷藍色煙霧。松娅覺得好害怕。她說道：「密西尼克太太說，如果我向上帝禱告，上帝就會幫忙解決問題。如果我祈禱，貓就會沒事。」她語調上揚，聲音裡帶著驚慌和恐懼，說道，「是那樣嗎，阿提？祈禱的話，阿提，祈禱的話，貓就會沒事嗎？」

「不對。」坡匠說道，「貓死了，妳沒看到嗎？死了。」

坡匠苦惱萬分，右手掌貼到額頭上，往下擦了擦臉，接著捏著凹陷的雙頰。他轉頭看著松娅，表情看起來痛苦萬分，女兒看到後，本能地縮了一下身子，往後靠著車門。

「東西死掉就沒得救了，懂嗎？」

他這才發現自己無意間嚇到了松婭，趕緊拍拍她的膝蓋，硬擠出笑容，把手移回打檔桿上，把引擎打到二檔，來個急轉。檔位突然變換，車子震動了一下，父女倆搖搖晃晃轉進一條新路上。

第十九章
一九八九年

七點過後不久，松婭走進廚房，海薇已經在喝第五杯咖啡，而且又磨了一些咖啡豆，想要再煮一壺新鮮的咖啡；對海薇而言，咖啡似乎像空氣一樣不可或缺。吉利穿著卡其連身工作服，胸部大大的，肚子更是大又凸，活像推土機推著一顆大卵石；肥肥的手指像義大利香腸一樣，優雅地拿著一片吐司。他坐在他用香桃木作成的六角形小廚房桌旁邊，翻閱著《圖畫郵報》。

有些人喜歡把祕密告訴別人，松婭卻寧可把祕密藏在自己的心裡。松婭從來沒有試著解釋過自己的祕密，也不相信把祕密講出來有什麼好處。她覺得文字很有趣，甚至擁有強大的力量，但是從來就不可靠，更不值得信任，尤其是在描繪心中那個未知國度的時候。那天早上，松婭有事情應該向海薇和吉利解釋，卻不想說，如果可以不要說，她實在不想說，因為她心裡執拗地認為她的祕密總有一天能讓她獲得救贖。

清晨日光射入廚房的窗戶，他們默默吃著早餐，顯然都心神不安。有人說說話會比較好，於是最後海薇說話了。

「肚子不舒服嗎？」

「**海薇**。」吉利氣呼呼說道，雙手攤得很開，好像要阻止牆塌下來似的，接著喝起咖啡，躲在摺起來的《圖畫郵報》後面。他揮舞著《圖畫郵報》，像揮舞蒼蠅拍似的，準備阻止海薇再說任何不恰當的話。

沉默許久之後，松婭才簡短回應。

「我的肚子沒事呀。」她的肚子怎麼可能沒事，他們全都知道。松婭試著淡化自己的話，補了一句：「我是說現在沒事。」松婭拿起一根吉利的香菸，放進嘴裡點燃。

「妳懷孕了耶。」海薇說道。

原本看著《圖畫郵報》的吉利驚訝地抬起頭來看，噗一聲把咖啡吐回杯子裡。

松婭嘴裡叼著還沒點燃的香菸，打火機定在香菸前端。她把頭轉向左邊抬起來，裝出自信的樣子，有些人第一次點菸的時候會那樣裝模作樣。她眼睛往右轉，看著海薇。松婭雖然面無表情，但仍舊呈現出一股嚴肅的神態。她仍舊盯著海薇看，打開打火機的點火蓋，點燃火焰。只聽得見燃料發出的微弱嘶嘶聲。

香菸前端先是燃起搖曳的小火，接著發出亮光，松婭不以為然地深吸一口菸。松婭吸菸時，臉，尤其是臉頰和嘴唇附近，微微抽動，洩露了緊張的情緒，跟頭揚起的角度不搭。她用微微顫抖的食指往下劃過臉頰。她把菸從嘴裡拿出來，把菸吐出來之前，先開口說話。

「是的。」

接著她吐出長長一道煙霧，讓別人看不清楚她。

「那妳不喝咖啡囉，松婭？」海薇說道。海薇是在說笑，問她要不要喝咖啡。松婭微微一笑。

「不要。」松婭輕聲笑道，「今天不喝。我想這一陣子都不會喝吧。」

他們都露出笑容，不過笑得客氣又尷尬。又沉默好久，每個人都在想接下來要說什麼。

「我——」松婭說道，不過海薇幾乎同時開口問道，「什麼時候——」接著停下來讓松婭說完——

「我……打算墮胎。等我回到雪梨之後。我一定要回去，不回去不行啊，海薇。」松婭伸直手指，用手掌末端按摩額頭。菸熄掉了。「是這樣的，我預約了，在診所，妳也知道規矩。」她又把那根菸點燃，不過輕輕吐了一口煙之後，便把菸從嘴裡拿出來，擱在菸灰缸上，菸繼續悶燒，冒出形狀像問號的煙霧，圍繞著他們三個人。

松婭聳聳肩，拿起菸，又吸了長長一口。

「重要嗎？」她說道。海薇和吉利不曉得她是在問他們，還是單純講給他們聽。吉利心想：「天呀。」海薇則想：「很重要呀。」不過兩人都沒有回答。

松婭心想：「完全不重要。操，完全不重要，跟我一樣。」

第二十章
一九八九年

松婭好希望能在夢裡找到純真，她在生活中總覺得純真躲著她，因為在清醒的生活中，她總覺得好罪惡，覺得所有事情，尤其是她自己的事，都是她的錯。而那個錯好像有個性，好像是一個人，終究沒辦法做好事。這個想法很愚蠢，她知道，但是要從腦海裡擺脫這個想法比較簡單，要把這個想法從靈魂裡清除就比較難了。這可能是為什麼她能忍受那麼多壞男人那麼久，也可能是為什麼她最後找到柯羅．亞馬多這樣的好男人，卻對他很壞，幾乎就像以前那些男人對待她那樣壞。這實在是難以理解，她知道。但是她就是不想抱他或撫摸他。在床上，松婭總是像土地一樣動也不動地躺著，驚奇地看著他浪費體力與汗水，徒勞無功地拚命想喚醒她的身體。在那樣的時候，她總會想像自己的身體就像土地，被一條高速公路覆蓋，公路上有無數車子粗暴地行駛著，她的身體在公路下面酸腐，變成沒有生命力、又苦又辣的黏土，被一層又一層的黑色覆蓋。柯羅．亞馬多總是愈摸愈絕望與困惑，最後總是會道歉，好像是他的錯似的。松婭想要愛他，有時候甚至覺得自己或許是愛他的，但是卻無法表現出愛意，而且感到困惑，如果柯羅愛她，怎麼會沒辦法瞭解這一點呢。

「我可憐的郊區男孩。」松婭有時候會輕聲這樣說，儘管柯羅．亞馬多年紀比她大一歲。柯羅是一個帝汶商店老闆和一個阿爾巴尼亞護士短暫相戀生下的，來自昆士蘭北部。然而，他溫順的個性令松婭既喜歡也討厭。

柯羅・亞馬多最後孤注一擲，嘗試用古怪的性愛招式取悅她。雖然她一開始覺得頗有趣，但是很快就厭煩這種空虛的性愛把戲，再度感到罪惡，建議柯羅簡單快速完事，好讓她睡覺，還有做夢。雖然她渴望在夢裡尋求解放，但是在夢裡，她只能回到她在清醒時能夠逃避的地方。所以多年來，她每天都在夢裡的過去與清醒的現在之間來來去去，她兩者都不想要，無法讓兩者兼容並存。

每天早上她側躺著醒來，發現柯羅・亞馬多還在，躺在她身後，一隻手擱在她的屁股上，腰部貼著她的屁股。她總是感覺到一股古怪的怒意。或許正是因為這樣，松婭發現自己懷孕後，才不得不要求他離開。

柯羅・亞馬多反對，說不願離開。他是個實實在在的好男人，要是他知道松婭懷了他們的孩子，他是絕對不會離開的；正因為他是個實實在在的好男人，所以他離開了松婭，因為松婭要他離開，雖然他完全無法理解，完全想不透。

松婭那天晚上沒辦法做夢，擱淺在一張古怪的單人床上，蓋著手工編織的芬蘭被子，穿著吉利的舊棉織法蘭絨睡衣，光彩奪目。她坐起身子，低頭看著雙腿在被子上弄出來的凹溝，看著從管家谷撿來的瓷器碎片擺在那裡。四周安安靜靜的，那股寂靜只存在於雨水的子宮裡，雨水落到鐵皮屋頂上。一個廉價的小型五斗櫃上擺著一盞兒童用的老舊桌燈，投射出燈光，黯淡卻令人覺得安心。她的床散發著亮光，靠著牆，牆上有一根根有雕飾而且上了亮光漆的松木棍，往上延伸到黑暗中。在一面有陰影的牆上，擱著一把老舊的獵槍，獵槍上面有一張裝飾用的袋鼠皮。這是芬蘭式的內部擺設，搭配澳洲式的裝飾。

她再次試著拼湊瓷器碎片，那些碎片就像立體拼圖，很難平衡，原本是一個茶壺。底座和壺嘴能夠清楚判別出來，卻一直散開。

拼了一段時間之後，她放棄了，讓碎片從曲成杯狀的手掌掉到蓋著被子的腿上。接著她抓起襯衫下襬，從腰部往上掀到胸部，露出肚子。她右手拿起一片有鋸齒邊的瓷碎片，把尖端刺入柔軟的下腹，緩緩直線劃過腹部中央，往胸部割，把瓷片當成刀子，用力壓進肉裡。松娅覺得銳利的尖端好像快要劃破皮肉了，突然又聽到他的聲音。

說：東西死掉就沒得救了。

碎片劃出一道熱辣的紅色傷口。劃到松娅的肚臍時，碎片改變方向。她沒有減輕施加在瓷片上的力道，繼續往肚子右邊劃，接著劃回來，就這樣來回割劃，她說最後肚子看起來就像滿月。不過接著她慢慢放鬆抓住碎片的力道，動作愈來愈慢，愈來愈有節奏，最後用碎瓷片撫摸著肚子。接著，好像不小心似的，碎片掉到腿上，只剩手繼續輕柔地摸著慢慢隆起的肚子，感覺既好奇又驚奇。

第二十一章

一九八九年

同一個夜晚，不過雨水打在瓦楞鐵皮屋頂的聲音不一樣。黑暗也不一樣。在黑暗中，在這座島嶼的另一邊，在一座偏遠的山地營區裡，在塔拉單身男子宿舍的房間裡，坡匠．布羅在寢室的床上突然坐起身，打開燈，用手先按摩一下眼睛，再按摩頭。

他一臉驚恐，好像做了惡夢似的。

坡匠看著布滿汗珠的手臂。接著用手又抹了一下臉，發現臉上也是大汗涔涔。

坡匠站起身去開門。外頭狂風呼嘯。他沒有關上門，讓門開著，拿東西卡在門下面，防止門關上。他沒有立刻坐回床上，反而站在門口，他的黑色身影佇立在門口，他身後的小房間被沒有燈罩的電燈泡照得很明亮，他呼出來的氣體在寒冷中化為霧氣。

有時候會有一種平衡感，非常微妙的平衡感，他能夠達到那種平衡，而且維持住。能夠維持幾個星期，幾個月，乃至於幾年。但是接著就會有事情發生，可能是出現一種味道，一首歌，或一朵白花，接著所有東西都會往回沖，一片巨浪席捲而來，將他吞沒，不管他跑再快，都不夠快。他希望松娅也有經歷過，這樣這道記憶的水牆就不會將他們分開，夜夜刺痛他的皮肉。或許這就是為什麼他喜歡跟阿喬和培沃那夥人一起喝酒，不是因為他喜歡他們。

他根本就不喜歡他們。

他們都是酒鬼。他們有時候很粗暴，有時候很壞。這點他看得出來。不過一起喝酒，跟喜不喜歡他們沒有關係。如果有人問他，對他們有什麼想法，他八成會說他害怕他們的仇恨、暴力和想幹壞事的慾望；他最害怕自己變得如此像他們。不過他們也見過一些事情，很少談論，甚至可能從來沒談論過。

培沃最初在波蘭軍隊服役，接著到紅軍服役，接著，一九四一年德國國防軍入侵後，被迫加入德屬俄軍服役。一九四三年他又被紅軍俘虜，靠著三寸不爛之舌，並且拿出藏了很久的共青團團證，逃過挨子彈，被送到科雷馬勞改營服了七年苦役。那培沃說過什麼呢？科雷馬在北極圈裡，天寒地凍，大家為了除掉蝨子，會把外套埋在永久凍土層一個晚上，只留外套的一小段衣尾在地面上。培沃總是戲稱那叫科雷馬尾巴，因為所有寄生在外套上的蝨子會聚集在那裡，避免被凍死。接著只要把那一段衣尾燒掉就行了。

培沃老是開玩笑說：「我們就是科雷馬尾巴。」

這些就是他們會說的故事，好笑的故事，奇怪的故事，迴盪到他們的現在。在古拉格的那七年。英語面試員在水力發電廠的求職單上寫培沃「在俄國有七年的林務工作經驗」。這件事很好笑，把他們全都逗笑了。那件事是他們能說的事。但是還有很多事他們選擇不說。

哪些事培沃不說呢？

他回到波蘭時，他的妻子和小孩都不見了，共產黨當局說是被德國人處死，但是德國人統治波蘭時否認，說是俄國人幹的。誰幹的，培沃不在乎。他的家人和無數同胞遭到屠殺，丟入坑洞，用土掩埋，據說，土蓋起來後，還喘息了幾個小時。

坡匠．布羅說過什麼呢？一九四四年他還是小孩子，負責幫游擊隊員傳遞訊息，有一次，他奉命前往遠處山谷的一棟屋子，一走近屋子，就覺得事有蹊蹺。當時還是小男孩的坡匠走到距離屋子幾百公尺時，突然轉身逃跑，十幾名德國士兵旋即跌跌撞撞衝出屋子追他。坡匠說，他們的模樣有點像喜劇裡的啟斯東警察，笨手笨腳的。

那什麼事是坡匠．布羅沒說的呢？

隔天清晨四點他終於回到家，卻發現家人已經起來了，準備要逃跑，以為當時還是男孩的坡匠肯定被德國人抓走了，以為德國人逼坡匠說出他們的下落之後，馬上就會來追捕他們。他看見姑姑安潔麗卡嘴巴被封起來，被綁在廚房角落的椅子上，避免她繼續自殘。安潔麗卡嚇死了，那天晚上稍早曾經割破喉嚨，試圖自殺。坡匠驚恐地看著安潔麗卡脖子上纏著布，染著大片血漬，那是一條暗紅色的頭巾，透露著難以言形的恐懼。

這件事他沒講過。他看過許多人死得很悽慘，他從來不講；乃至於有一件事至今仍害他做惡夢，他也從來不講。有一天他在阿爾卑斯山放牧，無意間看到斯洛維尼亞的法西斯分子領著一小隊德國人，埋伏一棟位於邊境的廢棄屋子，游擊隊員偶爾會使用那棟屋子。坡匠在數百公尺外的山坡上，躲在一棵松樹上面，看著那一小隊德國人走向屋子。他看見游擊隊員逃離屋子，德國人像打兔子一樣開槍打他們，不過接下來發生的事，這孩子完全沒有心理準備。

他們把游擊隊員殺得只剩一個，命令他在地上挖一個洞。當時還是清晨，游擊隊員在布滿岩石的山地上挖著泥土，挖得很慢，經過約莫半小時之後，德國士兵大概是等得不耐煩了，因為洞完全不夠深，沒辦法用。他們命令游擊隊員蹲到那個淺洞裡，把洞填起來，只讓游擊隊員的頭露出來。

接著他們把頭當成固定住的足球踢來踢去，踢到游擊隊員死掉，才心情愉悅地離開，好像剛完成一場豐收的狩獵。坡匠害怕被發現，剩下的早上和整個下午都躲在松樹的高處，日落之後才敢下來。坡匠在松樹上躲那麼久，嗚嗚哭個不停，但又不敢發出聲音，盯著露出地面的那顆頭，頭的角度很詭異，很像折斷的花莖。

坡匠現在跟以前一樣，只跟陌生人做朋友。他們沒有告訴彼此，卻知道彼此的駭人故事。他們不會要求坡匠解釋，也不會為自己的不良行為找藉口。他們從來沒說過這些故事，或許是因為他們知道那些事不值得一提，因為他們知道無數人都有相同的經歷，因為他們目睹的一切讓他們明白了一個沒有人應該承受的可怕真相：人的恐怖與邪惡超乎想像。更糟的是，坡匠心裡存在著一些甚至沒有故事可以封存的恐懼，他讓那些恐懼保持無形，希望它們會總有一天會消散。

有時候，在冬天的清晨，坡匠會到樹林裡打獵，如果天空清明，撥雲見日，他會覺得恐懼的瘡口從肚子擴大到附近的樹林裡，雖然想要把目光移開，卻又忍不住再看一次，再次抬頭看著樹林。

坡匠．布羅坐在床上，心想：「到樹林裡。天啊，她在想什麼呀？」

他把毛巾從門背面的掛鉤上拿下來，擦乾手臂和脖子上的汗水，接著脫掉濕透的內衣，擦乾身子。他把毛巾整齊地掛在床尾的橫桿上。他點燃一根香菸，坐在床邊，只穿著內褲，一邊抽菸，一邊思考。

松娅走了。松娅回來了。

像鬼一樣，我不想看。就像瑪利亞看到的那些鬼一樣。瑪利亞曾經在睡覺的時候看到鬼魂，嚇得驚聲尖叫；她也曾經懇求鬼魂，放過她的父親，帶她走就好了。瑪利亞走了。她和她看見的那些鬼魂從來沒回來過。直到此時。直到現在。

松娅回來了。

她要做什麼，那個臭婊子來找我幹什麼？我反倒喜歡她討厭我。喏，她討厭我，我可以瞭解，可以理解。反而她來找我，我就沒辦法瞭解，沒辦法理解。因為沒道理，就像老東西一樣。

外頭有一名工人，穿著藍黑色的外套和橘色反光背心，急急忙忙走過宿舍前面，進入黑暗中。如果他轉過頭來看，就會看到雨斜斜飄過打開的門，門裡有個身材矮小的男人，彎腰駝背，只穿著內褲坐在床上，房間裡的亮光在他那乾癟的身軀周圍形成光暈。不過，自然，那個匆匆走過的身影完全沒轉過頭去看。在這樣的夜晚，他為什麼要轉頭去看一個老移民？

我討厭舊東西，天殺的，我實在很討厭舊東西。大家現在喜歡舊房子，但是我卻覺得舊房子根本就是垃圾，怎麼會有人喜歡呢。我喜歡木紋飾皮和鋁窗，還有磚塊之間的泥漿乾掉的味道。我喜歡那些。你可以去聞新的東西，只聞得到工人製作那些東西留下的汗水味。噢，對了，還有膠水味，和其他新東西的味道。

舊東西會留下舊居民的味道。發生過的大小事，都會留下味道。聞起來像大便。我討厭那種味道。我喜歡新的味道，像是汗水、膠水、黏著劑、石灰粉的味道。我喜歡新的東西，因為新的東西沒有記憶。天殺的。

她為什麼要回來？

過一段時間之後，坡匠覺得冷，開始發抖。他把藍色外套從門背面的掛鉤上拿下來，披在肩膀上。被外套的黑色硬質布料包覆後，他又坐回床上，還在發抖，一邊抽菸，一邊想事情。

吉利的夢跟老朋友坡匠．布羅的夢剛好相反，完全不會讓他心煩。他吃很多，喝更多，很容易入睡。在夢裡，他總是很難保持固定在地面上，容易往上飄浮到空中，有時候只有離地幾吋，有時候離地好幾公尺。飄浮到高處之後，他那天晚上就能擁有特異功能，能看穿人們的靈魂。他發現，靈魂特別像鳳頭鸚鵡頭頂後側硫磺色的冠羽。他看見坡匠變成一隻老鳥，被關在牢籠裡，不斷拔光自己的羽毛，但是每天羽毛卻又一直長回來，令那隻鳥很傷腦筋。他也看見了松婭的冠毛，奇怪的是，看起來卻像個長了羽毛的蛋。他聞了聞正在睡覺的海薇，海薇側躺在他旁邊。聞到一股暖暖濃濃的味道。他覺得很像堆肥的味道。吉利跟海薇在一起這麼多年來，一直很喜歡在海薇睡覺的時候偷偷聞她，喜歡那種奇妙的感覺和那股獨特的味道。吉利輕輕把鼻子湊近海薇穿著風衣的背，沉醉在海薇身上那股濃烈的味道中，那股味道既像水果，又像麵包。他發現自己又回到夢中，往上飛到離地面很遠，尋找鳳頭鸚鵡的冠羽。

突然間，他從空中掉落下來，摔到地上。他猝然驚醒，大聲咕噥了幾聲，發現海薇沒有躺在他身邊，坐在床邊的椅子上，看著舊照片。

「我睡不著。」海薇看見丈夫醒來後說道。

吉利只是低聲說了一聲喔，把被子拉開，走去浴室尿尿。這個辛苦活了六十四年半的工人，看著虛弱的尿流緩緩滴進馬桶，絕望地搖搖頭，感慨地回想著年輕時尿流是多麼的強勁。外頭雨傾盆落下，彷彿氣憤地嘲笑著人們。

他回到臥房，海薇還在看照片。

「妳知道妳又干涉了。」吉利說道，「那個可憐的女孩，她都已經夠難受了，就讓她自己想辦法解決吧。」

「我欠她母親人情呀。」海薇說道。她抬起頭來看丈夫，吉利的臉活像破損的繫纜柱，看起來老是很驚訝似的。

「我真的覺得必須這樣做，吉利。為了瑪利亞。」海薇說道。

吉利發現妻子比他一開始以為的更加擔憂。他揮了揮一隻大手，要海薇別再說了。

「對了，海薇，妳看那些舊照片幹嘛？看了只會難過啦。收起來吧。」

海薇突然崩潰，無法再保持冷靜，眼淚開始滾落臉頰。吉利走到她身旁，坐到床邊，一手撫摸著她的背。但是海薇深陷回憶中，不理會吉利的安撫，沒有靠到他身上。海薇繼續坐在椅子上，默默啜泣，哭著哭著，又說起話來，不過似乎不是說給吉利聽的，而是說給遠處某個無所不在的東西聽。

「經過了這些年，」海薇說道，「我還是很難過。」

第二十二章
一九八九年

吉利躺回床上，心想：「我的人生實在是有趣啊。」在捷克斯洛伐克，他跟吉普賽人喝酒。在塔斯馬尼亞，他跟原住民喝酒。他從來沒有被那兩種人接納過，不過話說回來，有一半蘇德臺日耳曼血統和一半捷克血統的他，從來就不覺得在任何地方被接納過。

戰爭爆發之後，蘇德臺日耳曼人大規模遷出，吉利的家人卻留在摩拉維亞，因為他們認為自己是捷克人，但是捷克人不那麼認為。大批吉普賽人從斯洛伐克來到摩拉維亞，在戰爭期間遭到斯洛伐克的法西斯分子赫林卡衛隊迫害。吉普賽人認為自己將永遠在漫漫長路上流浪，在摩拉維亞，他們就住在日耳曼人丟下的家，不過那只是驛站而已。在他們眼裡，吉利不是吉普賽人，是吉普賽人這個外來異族的異族。後來，吉利先是變成澳洲人眼中的歐洲移民，接著又變成移工。吉普賽人喜歡唱關於居無定所的歌，那些不是浪漫的情歌，是淒涼的輓歌。吉利在那些的歌裡，聽到了他以前從來不知道的自己。歌詞裡有這麼一段：

末日審判
即將到來
到來吧

無所謂

吉利個子矮小，腦袋肥壯，現在仍舊滿頭漂亮的金髮。不管別人說什麼，他幾乎都會回以微笑，部分是因為他年輕的時候發現，這樣做能讓人生的道路好走一點；部分是因為笑容是面具，他喜歡騙人，好防止別人接近；他也習慣認為別人跟他一樣。他跟吉普賽人一樣，使用好幾種面具，像是說話、舉止、個性。這樣他私底下才能夠保持真實面對自我。儘管年紀大了，身軀胖了，他看起來仍舊稚氣，行為經常也很幼稚，酗酒，行為不檢點，跟妻子海薇以外的女人打情罵俏。幸運的是，他雖然一身惡習，但也有美德，他的美德同樣很多，有時候甚至到了古怪的程度。其實，他幾乎喜歡每個人，愛許多人，為了取悅別人，幾乎什麼事都肯做，不管是傻事、有益的事、對他自己有害的事。不過他會這樣，是因為他是不折不扣的外人，總是被排擠在外，沒辦法融入。吉利把這當成終身的守則，盡量討好別人，因為他跟羅馬還有澳洲土人一樣，從來就沒有其他選擇餘地。

吉利在年輕時來到澳洲，主管當局派他到荷巴特鋅礦場，推裝載廢棄物的推車。礦場蓋得亂七八糟，難看極了，活像是從另一個世紀運送過來的。礦場裡有大片荒地，活像巨大的洞穴，處處鏽蝕，他在那裡工作了一年，同事有德國人、波蘭人、烏克蘭人、立陶宛人、白俄羅斯人、保加利亞人、馬札爾人，還有捷克同胞。他們所有人，即便是熱愛冒險的人，都只想要一個平凡的世界，想要一個國家，雖然小了一點，但是至少不會那麼容易爆發衝突，比較能夠理解，比較容易裝在人類脆弱的頭顱裡的那一小球灰色的腦裡面。澳洲很平凡，就算不是那樣，他們也不想知道。他們只想要一個有秩序的世界，希望能夠長治久安，建立家園，養育家庭，代代繁衍，在死的時候知道，人們可以期待安定的生活，不用經歷各種苦難，像是國家爆發大戰、被占領、革命，以及家園、城市、國家、家鄉、語言、民族遭到破壞。

吉利在鋅礦場待了一年，要不是因為他的夥伴，他會待更久。他跟一個波蘭人同一組，那個波蘭人原本是在克拉科夫當歷史教授，後來因為遭到指控同情中產階級而丟了教職。那個歷史教授的新工作簡直就是當一隻馱獸，但是他卻樂在其中。雖然他已屆中年，身材矮小，但似乎在羞辱中找到一種展開私人報復的方法。他發現自己的身體勞動能力出奇地好，軀殼裡好像一直住著挖土工人的靈魂。教授工作得愈賣力，就笑得愈開懷，因為他覺得最好笑的莫過於，一個曾經被指控同情中產階級的人，遭到迫害，結果卻成了優秀的無產階級，被譽為里斯登鋅礦場的斯達漢諾夫。同樣地，教授笑得愈開懷，就工作得愈賣力，因為他現在清楚明白了，他註定要活得悲慘，被當成笑話。他長久以來被迫噤聲，卻落得這般下場，得到這樣的回報。他很高興命運最終還給他古怪的公道。有一天早上十點左右，他發生嚴重中風。他像垂死的魚一樣，仰躺在鋅礦場的碼頭上，掙扎著滾到旁邊的礦車軌道上。就在那一刻，一個白俄羅斯人和一個拉脫維亞人推著另一輛礦車從那條軌道的對向過來。澳洲人都管那個白俄羅斯人叫推車仔，因為他們不知道他的名字要怎麼唸，那個拉脫維亞人的名字就沒有人知道了。吉利還來不及跑過去救中風的工作夥伴，推車仔的礦車就直接輾過教授的頭。也就是說，那位來自克拉科夫的前歷史教授在塔斯馬尼亞的里斯登鋅礦場，在通往熔爐的鐵軌上，腦袋被輾成兩半，原本裝在頭顱裡、形狀像小球、顏色是灰色的腦漿向外噴濺，把礦車軌道上變黑的碎石子染濕了，發出亮光。

吉利原本就對鋅礦場的工作不怎麼感興趣，那件事故發生之後，更是徹底失去興趣，於是他請求主管當局把他調到別的地方，主管當局很少會答應這種要求，因為主管當局希望移工前兩年乖乖聽話，心存感激，叫他們到哪就到哪。畢竟，要平凡，是要付出代價，同樣地，要不平凡，也是要付出代價。

不過令吉利驚訝的是，請調竟然獲准，但是他也覺得後悔，因為竟然被調到塔斯馬尼亞高地，到荒僻的水力發電廠興建營區工作。吉利請一位羅馬尼亞的語言學家幫他翻譯解釋這件事的信函，那位語言學家在金屬裁切室工作。吉利請語言學家再說一次他要去住的那個營區叫什麼名字。

「趕鴨武。」羅馬尼亞籍語言學家清楚地慢慢唸出每個字，「趕—鴨—武。」他專精的是印度語系。

在管家谷，吉利第一次跟後來成為他妻子的海薇同床共眠，當時外頭狂風呼嘯，他們倆第一次聽到風吹得如此強勁。就在那裡，隔天早上，吉利跟名叫坡匠·布羅的南斯拉夫工人搭上命運安排的卡車。

第二十三章

一九五九年

在一九五九年的那個漫長秋天，世界其他地方紛紛察覺到巨大強烈的改變即將到來，就像地面震動宣告著還看不見的火車頭即將抵達。那年四月，在荷巴特市，那個小鎮早已習慣從來就是什麼都爛，簡陋、艱困、骯髒，看起來大概不會有什麼變化了。居民想要買下老舊的殖民建築，馬上剷平，蓋上塵土，鋪上柏油，讓車子能夠通行，雖然大部分的居民都還沒有車。令鎮民感到驕傲的，就是把躺在公園裡的倒霉流浪漢都關到監獄裡。社區意識就是把皮膚太黑的人稱作土著雜種，如果穿著漂亮的衣服，則是骯髒的移民雜種。那年四月，寒氣慢慢展開冬季之旅，幾個星期來，從山脈的鐵青色側翼往下蔓延擴散。某個星期六的清晨，有一輛ＦＪ開過荷巴特北部的偏僻小道，前往央博投．皮寇提的家。

假如松婭能夠預知即將發生在自己身上的事，那天早上在ＦＪ裡的感覺就會不一樣。她覺得很害怕，確實，但是坡匠說這次只是短暫的，這次他每星期都會來探視，他們每個週末都會一起度過，他會儘快搬到荷巴特，找個房子，讓他們父女倆能像一家人一樣住在一起，這些承諾減輕了松婭心裡的恐懼：「——妳覺得怎樣呢，松婭？」松婭說：「我只想要跟你住在一起，阿提，我只要跟你住在一起。」

或許是因為一起逃離密西尼克家，在寒冷的巨大森林裡醒來，害怕迷路與孤單，父女倆覺得彼此好親密。松婭突然看見父親從後座出現，笑嘻嘻的，扮鬼臉，模仿雞的聲音，學瑪麗查．密西尼克太太說：「妳別想再回來」，兩人都咯咯笑起來，坡匠說：「臭婊子，少臭美了，我們永遠都不會回去了。」松娅知道自己並不孤單，他們被束縛在那些巨大的樹木之中，巨木用某種東西搔著月亮和太陽。她一直都知道，那個東西力量出奇強大，儘管她經常感到無力；她知道沒辦法背叛那個東西，儘管父親背叛過許多次。她在FJ的俯衝與宛如海洋般地移動中感覺到那個東西，在內裝和陳腐的菸霧裡聞到它的味道，在道路的轆轆聲和引擎的隆隆聲中聽到它的聲音。

那天早上，坡匠開著車載著她沿著坑坑窪窪的道路行駛，最後停在北荷巴特的一棟破舊的護牆板小屋外頭，那種感覺瞬間消失，一股不祥的預感取而代之，耙挖著她肚子上的坑洞。

他們還沒下車，瑪雅．皮寇提就跟他們打招呼。瑪雅．皮寇提身軀很大，臉長得難看，好像在櫻桃酒裡泡太久的梅子果肉。皮寇提抱住松娅，把她騰空抱起來，叫她別害羞，說從現在起，這裡就是她的家了。松娅沒有說自己臉紅是因為心裡好害怕。她沒有問坡匠又沒有要跟她一起住在這裡，這裡怎麼會是她的家呢？

央博投在前門徘徊。他身材矮小，遊手好閒，一臉賊頭賊腦，堅韌濃密的黑髮抹了髮油往後梳，不過有一些頭髮亂翹。他眼睛老是盯著老婆的眼睛，尋找偷腥的證據，或是盯著別的女人的眼睛，看有沒有機會偷腥。他們一走向屋子，央博投就趕緊轉身躲進屋子裡，活像隻針鼴，躲進漆黑的地洞裡。他們在屋子裡見著他。他正等著他們，坐在廚房的桌子旁，兩手都擱在桌子上，抽著菸。

就在此時，松娅聞到了他的味道，從此便瞭解他的為人。他的味道很討人厭，讓人不想接近，退避三舍。那味道裡有很多東西，有廉價的剃鬍潤膚乳液、漱口水、薄荷菸；有甜食，被沒有洗的嘴巴裡吃進去當早餐，發酸發臭；有自製的蒸餾酒和濃郁的即溶咖啡；還有苦辣的工業煙味，滲滿衣物，混著臭樟腦的味道。簡單說，那味道聞起來就像是偽裝成乾淨的骯髒。央博投．皮寇提冷淡地瞥了松婭一眼，接著在桌子上仔細點數著坡匠給他的錢，那是松婭的食宿費用。坡匠始終笑嘻嘻的，一直跟女兒的新照護人說笑話。松婭再次看見父親在男人殘酷的同志情誼中找到慰藉。

如果她年紀大一點的話，她可能就會大聲說：

這一點都不光榮！

但是她只能目不轉睛驚恐地看著央博投．皮寇提的手指，戴著俗麗的戒指，摸著每張鈔票、每個硬幣，慢慢享受摸錢的快感，好像是在摸肉，不是錢。雖然他們彼此連一句話都還沒交談過，她強烈而且清楚地認為，只有小孩能夠想這種事：

我討厭他。

第二十四章

一九五九年

從此之後，松婭的生活大多是在躲避央博投，還有幫瑪雅做沒完沒了的無聊家務，包括洗衣服、晾衣服、燙衣服、收衣服，還有清洗碗盤、浴室、馬桶、臥室、廚房、櫥櫃，還有照顧菜園。松婭在這些無聊的工作中找到一種樂趣：她找到可以避免胡思亂想的地方。坡匠偶爾會打電話來，通常是從酒吧打來，雖然松婭沒辦法透過電話線聞到坡匠的味道，確定坡匠有沒有喝醉，但是她知道坡匠喝醉了。每次接到父親的電話之後，松婭就會加倍努力幫瑪雅劈柴，把木柴堆放到屋子底下；幫她做義大利香腸，幫她切高麗菜，把酥脆的碎菜葉放到塑膠垃圾桶裡壓扁，壓到手腕痠痛，拳頭破皮發熱發痛。每天早上松婭的工作就是把石頭從板子上拿下來，板子下壓著醃漬的德國酸菜。她用茶巾除去慢慢冒出來的氣泡時，心裡總是想著自己到底會變成什麼。

有一天早上，學校放假，央博投去工作了，瑪雅打開所有窗戶；央博投會把窗戶全都關起來，因為夏天的空氣會害他過敏。一陣微風吹了進來，像是期盼已久的老朋友終於來拜訪似的。瑪雅和松婭整個早上都在醃漬杏仁。杏仁成熟的果肉是金紅色的，松婭像在洗她鍾愛的粗糙老臉皮一樣，清洗著每顆杏仁的果肉；她把每顆杏仁的飽滿果肉對半切開；她把每顆杏仁的果核丟到水槽裡。她跟瑪雅一起把數百顆切成一半的杏仁果肉塞進長長的綠色玻璃瓶裡，那幾百顆杏仁是她們前一天下午從四棵長滿節瘤的老杏仁樹上摘下來的，那四棵杏仁樹就長在央博投的後院裡。讓廚房飄著杏仁的溫暖甜味，在桌子上擺滿一瓶瓶醃漬水果，有一種樂趣。松娅心想：「這真是個好日子。」「今天真是棒極了。」瑪雅說道。

她們忙完後，瑪雅帶著嬰兒出門去買東西，留松娅在家裡清洗。

松娅一邊把東西都收到水槽，一邊想，如果她能幫央博投．皮寇提挑選衣服的顏色，她會挑選黑色，不是渡鴉的那種亮藍黑色，雖然那種顏色既迷人，又神祕，但是她只想要黯淡的黑色，就像她準備刷洗的燒焦鍋底，又黑，又可怕，又令人窒息，就像罩頭的毯子一樣。不過央博投．皮寇提以前從來沒有穿過松娅想像的那種顏色，那天自然也沒有。那天他提早下班回家，顯然回家途中去過別的地方，因為他穿的不是髒兮兮的橄欖綠色工作褲、舊襯衫、破爛的褐色套頭衫，而是格格不入的藍色夏威夷襯衫，上頭滿是黃色香蕉的圖案，衣襬紮進發亮的灰色人造絲褲子。他發現瑪雅出門後，立刻懷疑妻子跟別的男人在一起。他坐到廚房的桌子旁，點了一根香菸，環顧四周。雖然穿著一身俗麗的新衣，但是看在松娅的眼裡，他那憔悴的臉仍舊是一片陰影。他最後開口說話，壓低聲音，語氣悲傷，好像剛剛受了重傷，或蒙受慘重的損失似的。

「她在哪？」他問松娅。

松娅原本面對水槽，趕緊轉過身來面對他，但是沒有馬上回答。

「她在哪？瑪雅在哪？」

「去買肉給你配茶呀。」松娅說道。

央博投環顧四周，噘起下脣，點點頭，對於瑪雅去哪裡，擅自下了定論。松娅在央博投罩著陰影的臉上可以看見他的眼皮快速抽搐眨動，每當他和松娅獨處，他總會緊張得出現這個症狀，松娅很討厭他那個模樣。他的心情似乎變了，不過講話語調仍舊低沉。他呼了一口氣後開口說話。

「對，她會那樣說，她當然會那樣說，但是我知道事實不是那樣。下午她大多不在家。」他看起來很疲憊，像在沉思重要的事。他若無其事地把一瓶醃漬水果撥下桌子，松娅身子不由自主地縮了一下，不過臉上表情沒有變。她看著瓶子在空中緩緩滾動。

投入瓶子裡的辛苦。

投入瓶子裡的愛。

瓶子掉落到地板上之後，微微彈起，她希望瓶子不要破。不過裂痕瞬間就擴散到整個玻璃瓶，接著瓶子就破掉了，掉回地上，玻璃碎片、糖漿、水果撒滿地。她看著瓶子掉落摔破，央博投則從頭到尾看著她，盯著她，什麼都沒說，一動也不動，活像一頭動物，虎視眈眈打量著獵物。對話變成了質問，不過兩人都沉默了半晌，最後央博投才又開口說話。

「哪裡？她去哪裡？」

央博投搜尋著松娅的臉，想確認他的懷疑是對的，結果找不到線索，他勃然大怒，認為顯然這兩個邪惡的女人絕對是串通好的。他把手指放到桌子下面，掂量桌子的重量，輕輕把一邊抬離地面，然後撐住。

「為什麼？她為什麼要出去？去找別的男人，這就是為什麼。妳知道嗎？」央博投喃喃說道，聲音仍舊輕柔，手指小心平衡傾斜的桌子。「她在別人的床上。妳知道他們在幹什麼嗎？」他露出笑容，笑容旋即又消失，松娅知道他生氣了，好像是松娅嘻皮笑臉侮辱到他似的，好像是松娅在跟他玩遊戲似的。他仍舊輕聲說話。「妳知道嗎？」

接著央博投翻臉了。他猝然掀翻桌子。松婭嚇得往後跳。桌子飛到空中，接著砰啷掉到地上，瓶子互相碰撞破掉了，桌子和瓶子都掉到鋪著油毯的地板上，發出嚇人的碰撞聲。

「妳當然知道！」央博投大聲咆哮，聲音好像氣旋，松婭好怕被吹走。

松婭嚇壞了，緊緊抓著身後的水槽，低頭看著油毯，看著上面的抽象圖案，整張油毯覆滿一樣的色彩鮮豔的線條和方形。雖然她和瑪雅一直小心維護油毯，但是油毯還是老舊破爛了，有些地方幾乎破到露出麻布裡襯。在這張破爛的油毯上面，滑溜的糖漿和許多杏仁滾動著，像一道彩色的冰河似的，滾過之後，留下一顆顆飽滿的果肉和一片片破碎的玻璃。

接著松婭倏地抬起頭，看見央博投停止眨眼，跟開始眨眼的時候一樣，古怪難以理解。他用手指指著松婭，一副指責人的模樣。

松婭不知道要說什麼或做什麼，但是擔心如果不說話，央博投可能會做可怕的事。於是她抓起一支拖把，大叫道：「我來清理，皮寇提先生。」她的聲音一開始很高，聽起來像是她犯了錯，接著她降低音量，想要隱藏對央博投的恐懼，結果沒控制好，聲音反而變得粗啞。

「不用。」央博投說道，「不用——**妳**告訴我。」央博投頭往上側轉，好像剛剛在酒吧裡打贏了帶刀格鬥，看著四面八方，以防又有人偷襲。松婭聽得見他發抖的呼吸聲。「妳告訴我**她**在哪裡。」

央博投把抽了一半的香菸扔到撒滿地的醃漬杏仁裡，好像很討厭女人做得開心的事似的。

央博投命令松婭跟他一起坐上亮焦橘色的龐帝克，去找外遇的妻子和子虛烏有的姦夫。在那輛大車的後座，松婭感覺被困住了，柔軟的骨頭色座椅包覆住她，活像手臂壓制著她。她扭動身軀扭到座位前端，想找個身軀不會被車子緊緊束縛的位置，卻聽到央博投滔滔不絕地講著自己想像妻子怎麼偷腥。

「那個賤人。」他悲嘆道，「她正在跟別的男人睡覺。我知道，我瞭解瑪雅，我要把那對狗男女找出來，叫他們付出代價，竟敢讓我蒙受這種恥辱。」松婭注意到他的嘴脣被唾沫沾溼。他每次強調重點時，都會激動地揮舞左手，揮得很用力，把抹了髮油、梳得整齊的瀏海晃得掉下來。

「我！央博投．皮寇提！賤人！骯髒的妓女！像她那種女人不好，松婭。她們對丈夫和小孩都不好。」他把右手手指放在垂下來的瀏海下面，瀏海垂在臉上，活像外溢的硫磺瀝青。他把頭髮撥回原來的位置。「就像妳媽媽，懂嗎？」

這句話央博投只是隨口說說而已，但是他看了一下後照鏡，發現松婭抬起頭往上看。於是他試著自圓其說，部分是因為尷尬，部分是因為好奇，想知道松婭關不關心母親。他知道松婭好多年沒見過母親了。

「我會告訴妳，是因為妳是個好女孩。」他繼續說道，從頭到尾盯著後照鏡裡的松婭，「因為妳像妳爸爸。我告訴妳，妳媽媽對他不貞，這就是……這就是為什麼妳媽媽不在這裡。」松婭不再看著前方，不再看著央博投。她蜷起身子，靠著車門，盯著路過的車子，像沒在聽似的。「她不愛妳爸爸。」央博投說道，心裡想著：「聽我說，專心聽我說呀。」他接著說道：「她不愛妳。」

他停下來點一根菸。

「妳媽不愛妳，不然她現在就會在這裡，對吧？她應該在這裡才對。如果她愛妳，她就會在這裡照顧妳。妳懂我說的話吧？妳媽不愛妳。我知道妳聽了很難受，但是知道真相，對妳比較好。」

他又停下。

吸了一口菸。

把煙吐出來。

他仔細思考接下來該說什麼。

「她是妓女，骯髒的妓女。說真的，她走了對妳比較好。」

他毫無預警就把龐帝克停到路邊，那輛大車急轉搖晃，活像一艘沒有舵的船，遭到一道海洋狂浪拍襲。

「喂！松婭。過來前座坐。」

松婭冷冷淡淡滿不在乎地爬到前座，央博投對著她的背露出笑容。松婭坐下來，轉頭看見央博投又開始快速眨眼。他把手伸過去，放在松婭的大腿內側，開始往上摸。

松婭感覺緊張不安（她後來會經常出現這樣的感覺），覺得害怕極了，覺得自己任由他宰割。不過松婭面無表情，沒有透露半點情緒。她知道要安然度過這一刻，臉上必須沒有表情。央博投的手摸到洋裝的底邊，仍舊不停下來，繼續往上滑。

「你在做什麼？」她問道，努力讓聲音不要顫抖。

央博投仍舊一臉笑嘻嘻，講起話來非常輕柔，非常溫柔，聽來悅耳，讓松婭不禁想要相信他說的話。

不過松婭並沒有相信他。

「別怕，孩子。」央博投說道。

不過松婭不相信他，永遠都不會相信他。他手摸到靠近松婭的大腿頂端時，忽然打了個噴嚏，松婭趁他分神的那一刻退開，伸手去拉門把。松婭眼睛牢牢盯著他眨個不停的眼睛，小心翼翼打開車門，慢慢下車。央博投沒有追過去。松婭沿著人行道走。她走了大約十碼之後，央博投身子斜過前座，關上前門。

頭也不回，逕自往下坡開走，丟下松婭自己想辦法回去。

第二十五章

一九六〇年

幾天過去了，接著幾個星期過去了，接著幾個月過去了。秋天變成了冬天，冬天又變成了春天。豪雨下個不停，坡匠沒有來，大家都在說北方發了嚴重的水災。接著春天也過去了，夏天到了，但是坡匠仍舊還沒回來，松婭已經融入這個古怪的小家庭。每天晚上她都會按照密西尼克太太教她的方式，向聖母瑪利亞祈求，每天晚上她都會祈求聖母下個週末帶父親回來探視她，每個週末她都等待著，但父親卻始終沒回來。她不得不斷定，聖母和許多大人一樣，莫名其妙地在氣她。央博投經常不在家，在鋅礦場上班，或去喝酒。這正合松婭和瑪雅的意，雖然瑪雅老是抱怨丈夫不在家，但是丈夫不在家，她似乎開心多了。

瑪雅．皮寇提看著松婭，心裡納悶著她到底是誰。松婭幫她打理房子，但是卻很少說話。瑪雅．皮寇提發現她很值得信任，工作很認真，但是很古怪。瑪雅叫她做什麼，她都會乖乖做，不會埋怨或多嘴。直到有一天，瑪雅．皮寇提出去買東西，把睡覺的嬰兒留給松婭照顧。

瑪雅才出門，嬰兒就醒了，哇哇哭了起來。松婭在一旁觀看，面無表情地等待著。她沒有起身去安撫嬰兒，沒有去把嬰兒抱起來哄。她反而等著瑪雅．皮寇提回來，但是瑪雅．皮寇提在跟一位朋友聊天，耽擱了，還沒回家，還沒回家，嬰兒還是哭個不停。

「她像她爸爸。」瑪雅．皮寇提曾經這樣說，「吃飯和喝奶的時間到，她才會醒來。」

不過現在嬰兒醒了，瑪雅．皮寇提卻還沒回來，嬰兒哭個不停，松婭突然受不了聽到嬰兒的哭聲。她抓住嬰兒床，輕輕搖幾下，結果沒用，於是她搖得更用力，希望嬰兒別再哭了。結果嬰兒反而號啕大哭。松婭使勁全力搖晃嬰兒床。就在那一刻，瑪雅．皮寇提走進門，看見眼前的畫面，趕緊抱起嬰兒，斥責松婭。

「我的天呀！妳在幹什麼啊？妳這個笨蛋！妳看不出來嬰兒不舒服嗎？」

瑪雅．皮寇提把嬰兒抱在懷裡搖啊搖，嬰兒的哭聲慢慢變小。她轉過頭惡狠狠地瞪著松婭。她在松婭的臉上尋找著解釋，想要瞭解松婭為什麼會做出這種古怪的行徑。瑪雅．皮寇提端詳著她的臉，但是什麼都找不著。松婭大概擔心著接下來不知道會發生什麼事，但是她沒有畏縮，也沒有試著道歉。

「咦？」瑪雅．皮寇提說道，「難道，妳沒有話要說嗎？」

松婭想要說嬰兒醒了，哭個不停，她實在受不了嬰兒的哭聲。

「妳從來沒哭過。」結果松婭卻這樣說，「不管妳心裡多難過，妳從來沒有哭過。」

松婭想要說自己對嬰兒感到十分抱歉，但是嬰兒必須瞭解自己有什麼，不然會死掉。不過松婭是想對嬰兒說這些事，不是對嬰兒的母親說。松婭想說：「小心喔，小心喔，跟我學學——永遠不要，永遠不要感覺像我一樣。」

嬰兒又嗚嗚哭了起來。松婭沒有走向嬰兒床，只是站在原地，聽瑪雅．皮寇提訓斥。松婭茫然盯著嬰兒，唱起歌來：

別哭了，小魚兒
別哭了，別哭了
別哭了，小魚兒。

瑪雅皮．寇提盯著松婭看，無法理解松婭的古怪行徑，看得一頭霧水。她搖搖頭，有那麼一瞬間，好想抱起松婭，永遠抱著她。

松婭繼續唱：

別哭了，別哭了
吻喝，小魚兒
別哭了，別哭了。

不過後來瑪雅．皮寇提對於發生的一切，還有她感受到的一切，感到憂心。那天晚上睡覺之前，瑪雅．皮寇提唸了玫瑰經，祈求松婭的靈魂安全歸來，因為顯然她的靈魂已經逃離軀體了。

吻喝，小魚兒，

那天晚上松婭在床上唱著。

別哭了，別哭了。

松婭不停唱著。

不過沒有適當的字可以形容她想唱出來的那股空虛。最後，她不再大聲唱出她知道的那些歌，只是慢慢動著嘴巴，沒有發出聲音，說著不存在的文字，訴說著那些沒有名字的感受。嘴脣先張成圓形，接著閉起來，再張成圓，再閉起來，活像魚沒了活命的水，不停喘氣，最後在漁夫的魚簍裡，死在惡臭的空氣中。

不久之後，坡匠終於回來了。

他和央博投、瑪雅、松婭各坐在餐桌的一邊。松婭突然覺得好害怕，滿腦子想像著央博投會像掃掉裝著杏仁的瓶子一樣，把他們全都掃倒，害他們——坡匠、瑪雅、她——都摔到地上破掉，接著央博投再笑嘻嘻地把菸灰彈到他們身上。央博投眨了眨眼，一下，兩下，眨個不停。坡匠露出笑容。松婭渾身發抖。坡匠不曉得發生了什麼事，不曉得央博投．皮寇提為什麼不想再繼續依照約定照顧松婭，畢竟，他可是付了慷慨的費用給皮寇提夫婦呀。氣氛陰沉，瑪雅泡的咖啡沒有人喝，桌子中央有蛋糕，放在盤子上，也沒有人動手拿。央博投．皮寇提數了一些錢，推到桌子對面給坡匠，從一碗肉湯旁邊推過去；坡匠來到這裡的時候，央博投不准瑪雅把那碗肉湯端走。

「錢還你，扣掉照顧她的錢。」央博投．皮寇提說道。

坡匠沒有回答。他很困惑。央博投．皮寇提沒有抬起頭來看坡匠，反而看著肉湯說話。

「現在就把她帶走。」

他揉了揉眨個不停的眼睛，彎折的手指像木螺鑽一樣，用力鑽著眼睛，活像要把眼珠子挖出來似的。

坡匠實在摸不著頭腦。「噢，老博……」他開口說道。但是央博投打斷，不讓他說完。

「我不會想念她。」央博投．皮寇提說道，對著在雞湯裡漂浮的麵條眨眼，「不聽話的小賤人。」

第二十六章
一九八九年

塔斯馬尼亞狂熱是個延燒一個半世紀的爛議題，在絕望之中，大家緊緊抓著天馬行空的幻想。塔斯馬尼亞狂熱入侵荷巴特機場的時候，大家並沒有馬上就看出來：幾年前，有人自負地妄想這種設施絕對會吸引極度缺乏的國際旅客，於是蓋了一座國際航廈，加長飛機跑道，供巨型噴射機起降。當地官員像以前的貨物教酋長那樣，繼續在天空中尋找子虛烏有的巨型噴射機，盼望著噴射機滿載有錢的亞洲觀光客過來。而且到處演講，向追隨者保證，這座島嶼就快獲得救贖了，即將變成南方的新加坡。但是現在這座國際航廈只有一家小型航空公司在使用，只有六人座的飛機飛往島上的偏遠邊區。

除了這個有趣的古怪現象，荷巴特機場又小又普通。想到這裡，松婭不禁感到些許安慰。她在劃位櫃檯排隊等候，準備回雪梨，海薇陪她一起等。機場總是能夠對她產生安撫的效果，把熟悉的東西變成普通的東西，把格外重要的東西變得毫不重要，就像生活的鏈鋸，把地方的確定性都鋸除，變成光禿禿的荒地。有人在抽菸，有人在哭。松婭把機票遞給劃位人員，心裡想著：「菸灰和衛生紙。」吉利在這之前都對這兩個女人敬而遠之，此時他走向前，一九七〇年代的膠質緊身夾克發出嘎吱聲。他把行李箱交給檢查人員檢查之後旋即走回來。

「妳可以留在這裡呀。」海薇說道。劃位員把機票遞回去給松婭，附上登機證，彷彿在拒絕海薇的話。「妳知道的，現在還來得及。」海薇繼續說道，不過她說得很小聲，顯然不再認為還來得及。

松婭把機票和登機證拿到她面前，彷彿那是她被迫接受的判決。松婭聳聳肩，接著堅決地微笑搖頭。她裝出溫柔又嚴厲的模樣，好像在斥責小孩子似的，說：「**海薇**。」

海薇看著松婭，再一次看到了那一切。感覺到悲傷，感覺有巨大的石頭在她的肚子裡和額頭上重壓著，感覺她幾乎快要被壓垮了。海薇改變方針，說道：「妳從來沒有告訴過妳爸妳懷孕了？」

松婭似乎心不在焉。「沒有。」她說道，「我能說什麼？」

「真相呀。」

「喔。」松婭不露感情地說道。她開始踩著輕快的步伐，走向候機室。「真相。」她繼續大步走著，面帶微笑，試著吞口水，卻發現嘴巴乾得像沙，她沒有轉頭看海薇就說：「他想要相信我有認真相愛的對象，想要相信我至少很快樂。」她雖然氣海薇那樣逼迫她，卻還是搞怪地淡淡一笑。「真相大多不值得知道，海薇，妳知道嗎？因為傷人。謊言比較簡單。」她走路的時候，從頭到尾都看著前方，沒有看海薇，「沒有爸爸想要這個孩子，沒有像樣的家，我沒辦法在工作之外再挪出時間。跟他說這些有什麼用呢？錢不夠。什麼都沒有。我什麼都沒辦法給這個孩子。」她突然停下腳步，冷峻地瞪視著海薇。「我窮得什麼都買不起，墮胎比較便宜。」

雖然吵架吵輸了，但是海薇可不打算認輸。

「有時候墮胎是對的。」海薇說道，「有時候孩子確實是會讓所剩無幾的女人變得一無所有。」松婭別過臉，心想還要忍受多少才能夠離開，即便心裡感激海薇似乎終於改站在她的立場想。「不過有時候，」海薇繼續說道，「墮胎是錯的。有時候嬰兒能夠幫人療傷。」

這句話實在讓松婭受不了。她勉強跟海薇和吉利擁抱親吻之後，便趕緊獨自走向候機室入口。

她走過安檢門，看著她的手提袋順著X光檢查機的輸送帶移動，腦袋一片空白，只察覺到無關緊要的細節。她看見一隻穿著制服的手臂往下伸，把她的手提袋提到一邊，但是完全沒有去想這個動作有什麼意義。當那隻手的手指抓住手提袋的提把，她只看見手指上的毛像陰毛一樣，還有厚實的金色結婚戒指；看見藍色套頭毛衣的袖子，沒頭沒腦地想著那是純羊毛還是人造纖維混紡羊毛。一開始她完全沒聽到安檢人員在對她說話。

「不好意思，小姐，請打開您的手提袋。」

一名站在松婭旁邊的中年婦女用手肘輕輕碰她，於是她趕緊繞到輸送帶的另一邊，打開放在美耐板上的手提袋。她打開放在手提袋裡的圍巾，裡頭是茶壺的碎片。

「喔——原來是這個啊。」安檢人員說道，「或許您該改喝咖啡囉。」他微微一笑，「謝謝您，小姐，這樣就可以了。」

不過松婭沒有摸那些瓷器碎片，沒有動手把圍巾包好，沒有把手提袋闔上。她盯著茶壺碎片看，思緒混亂，身體發熱，腦袋發抖。

「謝謝您，小姐。」安檢人員說道，想要繼續檢查其他行李，「請把您的袋子拿走，小姐。您沒事吧，小姐？我剛剛說喝咖啡是開玩笑的，單純開玩笑。」

松婭凝視著茶壺碎片，她看見了好多東西，覺得眼睛變濕了。看見一扇門關起來。一個茶壺碎裂。她的父親。她的母親。她自己。他們有破碎嗎？有嗎？

她突然恢復理智，拿起手提袋，臉上閃現困窘的表情，對安檢人員露出尷尬的笑容，低聲咕噥道歉。

「對。」她說道，「改喝咖啡，別喝茶。這笑話很好笑。」

不過她沒有走進候機室，反而轉身往反方向走，一開始步伐踩得謹慎，接著變成慢跑，最後大步奔跑起來。大家都轉過頭不敢看她，被她不得宜的舉動稍微嚇到。

松婭正在逃跑，不是要逃離自己，是要逃回自己。她撞到人也絲毫沒有停下，她推擠過人群，移動的人海試圖把她沖走，沖向遠處，她對抗著強大的海底逆流往前游。在她眼裡，所有人都變得模糊不清，機場溶成一塊塊模糊的古怪顏色和聲音。她只能清楚看見一個東西：一塊蕾絲布。人潮來來去去，形成氣旋，吹動著那塊蕾絲布。現在所有人都變成了歐洲移民，想要逃離那個無法用言語形容的地方。有那麼一刻，她真的以為自己回到了戰後的難民營。不過她仍舊追著那塊蕾絲布，從商務旅客、衝浪遊客、觀光客、旅遊家庭身邊跑過，他們現在都穿著灰褐色的破爛衣物，身上攜帶的不是塑膠旅行箱和背包，而是用繩子綁著的牛皮紙包裹。他們全都，全都看起來很失落。那塊蕾絲布還是閃躲著松婭。最後她逼近時，蕾絲布竟然變成了一件紅色尼龍大衣，和一件一九七〇年代的緊身皮夾克。她使勁全力游向它之際，突然大叫——

「**還來得及嗎？**」

出口附近有一對男女嚇了一跳，一頭霧水，轉過身來。海薇和吉利不曉得他們轉過身來，其實就是在回答松婭的問題。

第二十七章

一九六〇年

近晚的太陽為ＦＪ鍍上了奇妙的光輝，ＦＪ一身金光閃閃的金屬色，像巨大的金龜子，行駛過荷巴特的北郊，經過老舊的廉價石磚公寓和住宅管理局新建的護牆板與水泥磚屋，好像在尋找熟悉的橡膠樹樹枝作為棲息地。在ＦＪ裡面，松婭轉頭看著坡匠，希望坡匠也轉頭她。

不過坡匠沒有。他一直看著正前方。兩人都沒有說話。她想到了央博投。看見央博投叫她從後座過去前座。過來！討厭他那一身浪蕩子的穿著。油膩膩的頭髮。讓央博投的畫面消失。讓她自己吸入坡匠的菸飄出來的親近甜味。讓她自己觀察水泥磚和護牆板方形屋。讓她自己記住裡頭有孩子在玩耍的碎石水溝。少了樹、裝飾、差異。赤裸裸的。

他們像分享維續生命的麵包一樣，分享著沉默，接著同樣像撕開麵包一樣，打破了沉默。慢慢地。有點畏懼打破沉默所隱含的意義。

「松婭，」坡匠最後開口說道，「妳不在乎離開皮寇提家嗎？」

「不在乎。」松婭過了半晌才回答。她沒有看著父親，只是跟父親剛剛一樣看著正前方。她咳了幾聲。「不在乎。」松婭說道，聲音變得粗啞。

坡匠轉過頭不再看著她，頭轉回去看著不斷延展的道路。

「我不知道為什麼他們要叫我來帶妳回去。」他說道，真的一頭霧水，「妳有乖乖聽他們的話吧？」

松娅什麼都沒說。發生了什麼事，坡匠心裡有個數了。

「反正我從來就不喜歡那個王八蛋。」

他感覺一股始終存在心裡的舊恐懼，繼續開車，彷彿想要甩掉那股恐懼，但是那股恐懼是在他心裡，不論是現在或以後，都沒辦法輕易擺脫。方向盤抖動著，好像車輪被他抖動的雙手搖得失準了。

「那我現在要跟誰住，阿提？」

「跟我。」坡匠說道。說得很小聲。接著他又說了一次，心想這麼普通的想法，竟然如此陌生，但卻又令人心情愉快，他不禁露出淡淡的笑容，手也停止顫抖了。「跟我啊。」

松娅聽到這句話，心情突然好起來。興奮之情與好奇之心油然而生。

「住營區嗎？你跟我一起住營區嗎？」

「不是。」坡匠說道，「住這裡，住在荷巴特這裡。我辭掉水力發電廠的工作了，去接妳之前，我找到一個我們可以一起住的地方。那個混蛋打電話給我，要我把妳帶走，呃，我，我——」他突然停口，緊張了起來，一會兒後才繼續說，話衝口而出：「我想現在我們應該住在一起。我想不應該再讓妳跟別人住了。」

松娅實在無法置信。「你要照顧我？」

坡匠一隻手往上一揮，又是愧疚，又是氣惱。「耶穌基督啊——我可是妳該死的阿提耶——不是嗎？」

松娅認真盯著坡匠看了好久。

他說：「我知道妳在想什麼。」

松娅盯著他仔細打量，令他感到緊張不安。他知道松娅有小孩子的特殊能力，能夠看穿話語。

接著他說出心裡的感受，說得很小聲，卻很堅定，彷彿他現在必須屈服的，是自己的命運，沒辦法再逃避了。他本來想平淡地陳述，結果聽起來卻有點像在質問，又有點像在揭露真相。

他說：「不過我是妳的阿提。」

FJ開到一棟屋子前，屋子旁邊有一條長長的車道，坡匠轉進車道，開過一棟滿新的護牆板小屋，蝶形鐵皮屋頂，漆成水綠色。後院的後側角落，希爾式旋轉曬衣架旁有一座小屋，沒有修飾的垂直木板因為被汙油沾染而變黑。

他們走下車。坡匠尷尬地對著一名婦女揮手，那是他們的房東，她在主屋裡，在尼龍咖啡窗簾後頭洗碗盤。松娅跟著父親穿越小屋，那間小屋改裝成住屋，不過髒髒的，很簡陋。接著他們到外頭逛逛，坡匠帶松娅去看看他們要種番茄的地方和他們要製作傢俱的地方。逛完後，他們回到小屋裡頭，站在廚房裡。

坡匠露出古怪的笑容。他張開雙臂，好像抱著無法丈量的大豪宅，而不是小小屋。小屋裡只有三間狹窄的小房間，分別是廚房兼客廳、臥室、浴室。

「多馬。」他說道，「妳知道多馬是什麼意思嗎，松娅？那是家的意思。在斯洛維尼亞語裡，多馬就是家的意思。妳知道澳洲人怎麼稱這些地方嗎，松娅？移民公寓，他們就是這樣稱這種地方。表示這種地方不是給澳洲人住的，是給移民住的，給我們住的。」他又露出笑容，哈哈笑了起來，開懷大笑。

松婭抬起頭看，發現父親很開心，於是自己也露出笑容，哈哈笑起來。

接下來的一星期，他們費盡千辛萬苦，把小屋變成家。坡匠買了一臺二手的無線電收音機，放在廚房的窗臺，讓它不停地播放。他分期付款買了一張沙發、一張扶手椅、一臺沉默騎士牌冰箱；付現金買了一臺胡佛牌真空吸塵器，父女倆都好喜歡吸塵器的太空火箭造型。他還買了一個舊櫥櫃、一張新床墊、四個平底深鍋、一個煎鍋，還到沃爾沃斯超市買了四組刀子、叉子、湯匙、盤子、碗，不自覺期望未來可能會比現在還要好。無線收音機播放著貓王和狄恩．馬汀的歌曲，夾雜靜電音，聲音模糊不清。他們在地板上鋪上舊毯子，把《婦女週刊》上的照片剪下來，放進相框，那些相框是坡匠用撿來的木材製作的，松婭幫忙漆成鮮亮的綠色和紫色。

起初他們只有一張床，所以他們睡在一起。坡匠就是那樣長大的，他總是說他從小就是那樣，跟兄弟姊妹同睡一張床，雖然他從不承認，甚至不想在心裡默認，睡同一張床，其實讓他獲得一種安心的感覺，儘管松婭老是在睡覺時踢來踢去、滾來滾去。澳洲人認為單人床就是只給一個人睡，他認為這種想法很奇怪，而且是有壞處的。獨自睡覺是一種懲罰，一種悲哀，一種謊言，認為人們不該共享最根本、最世俗的生活層面。要是聽到有人說不太喜歡和別人一起睡，他肯定會大吃一驚。他很清楚有些大人會對小孩子做什麼下流事，十二歲的時候，有一天晚上，他叔叔就曾經對他伸出魔爪。不過認識坡匠．布羅的人都知道他不會那樣做，而坡匠也絕對不會那樣做。他瞭解自己：他想法固執，從來沒想過別人會懷疑他表裡不一。

有一天晚上，坡匠爬上床時，松婭還坐著。她在看父親收藏在硬紙鞋盒裡的一些舊照片。有一張照片她格外感興趣，那是一張黑白的快照，照片裡有一名中年男子，身材薄瘦，躺在擺滿鮮花的棺材裡。

坡匠躺下來，轉身背對松婭，想要睡覺。松婭把男子躺在棺材裡的照片拿到坡匠的鼻子下面。

「這是誰？」

「妳外公。妳媽的阿提。」坡匠蓋上毯子咕噥道。

「他在睡覺，為什麼別人要在他身旁放花朵呢？」

「因為他死了。大家喜歡用花朵蓋住死掉的人。這是那邊的風俗習慣。去睡覺吧。」

「好美喔。」

「對啊。」

「媽媽呢？媽媽的照片在哪裡？」

「我不知道。」坡匠說謊，「忘記放哪了。」

「我可以看看嗎？」

「可以呀。」

「現在可以看嗎？」

「不行。下次再看。現在先睡覺。」

結果他卻睡不著。松婭都睡著很久了，他還是醒著。松婭流著汗的手緊緊捏著外公的照片，坡匠把她的手攤開，抽出照片，沒多看一眼，因為跟瑪利亞有關的照片，他只有那一張，不過他要怎麼跟女兒解釋這件事，還有連他自己都沒辦法理解的那些事。坡匠．布羅心想，人想要多驕傲都行，可以想辦法把移民公寓改造成家，可以想辦法把糟糕的生活改造成美好的生活，但是過去隨時能徹底奪回他，就像沼澤會讓莎草枯萎一樣。他可以想辦法保護女兒，他可以失敗，他甚至可以在死後被鮮花覆滿，但是所有的屍體都是一樣的，即便是他曾經親眼目睹在獲釋的那一刻吃下一朵花的那個人也一樣。

不過那是什麼意思呢？那一切到底是什麼意思？他可以哭，但是他認為眼淚對活人的意義就跟鮮花對死人的意義一樣，都只是證明了感情是沒有用處的。

第二十八章

一九六〇年

每個盤子，每支刀子，每支叉子，松娅都看得很仔細，好像那些是手術工具，準備用來開刀似的。她發現，父親是個一絲不苟的人。坡匠無法忍受他所謂的「骯髒」。坡匠認為，東西只要不是一塵不染，就算是「骯髒的」，幾乎所有東西都是「骯髒的」。從窗框上的灰塵，到洗潔劑沒沖乾淨、裡頭啤酒不會發亮的啤酒杯，都是骯髒的，都會讓他看得心煩，全部的髒汙都必須被驅逐出他家。維護環境整齊清潔的家務是女人的工作，松娅從九歲起就擔負這些家務，家事做個沒完沒了，而且坡匠要女兒嚴格依照他自己的方式與標準去做。

有一次，坡匠在外頭門廊上弄完一組他打算要賣的櫥櫃之後，回到屋內，松娅正在擦東西。他看見女兒偷偷哭泣。他注意到女兒手臂雖然動得很快，但是很僵硬，每動一下好像都很痛。

「松娅，妳怎麼了？」他問道。松娅轉過身來，眼裡盈滿淚水，眼神驚恐，壓抑著啜泣。但是坡匠繼續說話時，她知道父親沒有氣她清洗得不夠乾淨，不符合要求。「妳怎麼了？」坡匠柔聲問道，走到她站的那張凳子旁邊。

松娅轉過身，把頭埋在父親懷裡。坡匠注意到女兒的雙臂上布滿嚴重的紅疹。他用指尖輕輕滑過松娅的皮膚，發現皮膚乾燥，嚴重脫皮，像乾掉的餅皮。其實瑪利亞的皮膚也有類似的症狀，但是坡匠跟她在一起的那段時間，卻從來沒有用手指摸過。坡匠慢慢從手肘彎折松婭的手臂，小心翼翼，只有前後彎折小小的幅度，一次，兩次，接著停下來，捧著松婭的手臂，說道：「這樣彎會痛嗎？」

松婭點點頭。

「多久了？」

「從在皮寇提家開始痛。」松婭說道。她感覺到自己細瘦的前臂輕輕地擱在父親手上，父親像捧著珍貴的東西一樣捧著她的手臂，令她感到驚訝；父親溫柔地碰觸著她，令她感到開心。她聳聳肩。「沒事的。」她說謊，想讓父親對她刮目相看，「其實不會痛啦。」

「那是濕疹。」坡匠說道。不過他沒有說這個毛病，還有她的個性和容貌，都遺傳自她母親。

那天晚上坡匠用母語寫了一封信，他好幾年沒用母語寫信了，寫了三遍才寫好，因為他從來沒上過學，而且離國那麼多年，他實在不知道要寫什麼，即便是用母語，也不知道該怎麼寫。他寫得很慢，很細心，筆跡工整老派，寫滿一整頁。他寫得很專注，把字寫得漂漂亮亮的，讓人能看得懂意思。他年輕的時候在斯洛維尼亞，當地需要畫家幫忙畫蜂箱，他便當起畫家。他會依照顧客的要求，在蜂箱上畫高山生活的風景，有些畫得傳統，有些畫得比較色情。在塔斯馬尼亞，蜂箱跟許多東西一樣沒有裝飾，他只好放棄繪畫。在遙遠的家鄉，有些人還記得他曾經是個畫家（他希望有些蜂箱還留著），因此，他可不想寫一封字跡難看的信，毀了僅存的名聲。最後他終於滿意了，甩了幾下寫字的那隻手，舒緩一下手腕痠痛，把信放到信封裡封起來，在信封正面寫的地址，最後是「*Jugoslavia*」，也就是南斯拉夫。

幾個星期後，松婭發現父親拿著一把看起來有點粗陋的刀子，那把刀是他用電弓鋸的鋸條製成的。他用那把刀割斷棕色紙包裹的綁繩，包裹上貼著南斯拉夫的郵票。第一個包裹裡裝著一封信，和另一個比較小的棕色紙包裹。坡匠小心拆開第二個包裹，松婭看到裡頭的東西不禁感到失望。不是什麼珍奇的東西，她甚至不感興趣，只不過是一堆積滿灰塵的乾燥小花。

那天晚上，坡匠在布滿汙跡的老舊浴缸裡放了很深的洗澡水。松婭在冒出的蒸氣中脫衣服，坡匠把花撒到洗澡水裡，用手攪拌，直到洗澡水像打旋的水狀堆肥。松婭看得咯咯笑起來。

「你在幹嘛，阿提？」

松婭兩隻腳先後踩進浴缸裡，站了一會兒，讓身體適應熱度，才坐到漂著花朵的水裡。坡匠笑嘻嘻地把一些花撒到她頭上。

「在花朵裡游泳棒不棒呀？」他問道。他拾起一朵花，拿到松婭面前。「洋甘菊。」坡匠說道，「我寫信給妳在斯洛維尼亞的外婆，把妳皮膚起疹子的事情告訴她。她採了洋甘菊，乾燥之後，從重洋之外寄過來。她想要治好妳的病，松婭。」坡匠手裡拿著溼答答的花朵，指向洗澡水，「妳快躺下。」

坡匠離開浴室。松婭沉入泡著洋甘菊花的洗澡水裡。只有鼻子和眼睛露出水面，她拾起一朵花，轉來轉去，仔細凝視。

輕聲自言自語。

「洋甘菊……洋甘菊。」

那天晚上松婭做了一個奇妙的美夢：夢到一塊神祕的土地，是由她熟悉的塔斯馬尼亞和她想像中的斯洛維尼亞拼湊而成。

有一股濃烈的味道，飽滿，冒著蒸氣，芬芳，太陽出來之後，在潮濕的山下，草和土散發出這種味道。在一處陡峭的藍色山腰上，有一道綠色的斜坡，那裡是羅蘭山的鄉野，松婭曾經跟坡匠一起在那裡打袋鼠。有個老婦彎著腰在那道綠色的斜坡上摘花，穿得像坡匠的照片裡的斯洛維尼亞農婦，頭上包頭巾，身穿黑色連身裙，腰上圍著有花朵圖案的圍裙。臉皮斑駁扭曲，活像長在硬土裡的馬鈴薯，一臉堅忍不拔，沒有露出任何情緒。她站起身來，花朵放在掀起來的裙襬上，走下綠色的山腰，走到一副打開的棺木旁邊，彷彿棺木擺在那裡再自然不過了。棺木裡躺著松婭去世的外公，松婭看著他，聽得到周遭有聲音說他死後過得比在世的時候好多了。

但是，那個臉像馬鈴薯的老婦走到棺木旁，往裡頭看，看到躺在裡頭的不是老人，而是松婭。松婭往上看棺木壁，看見好多花緩緩飄落，世界上最美麗的花朵掉落到她身上。松婭躺在棺木裡，看著花瓣如雨般落下，內心感到平和，沒有恐懼。她的目光從沉重的靴子和粗糙的長襪移到黑色的衣裙和有花朵圖案的圍裙，最後移到那張臉上，那張臉上圍著圍巾，容貌非凡，面容消瘦，年輕美麗，非常年輕，不再是老婦那張像馬鈴薯的臉，而是她媽媽瑪利亞的臉。

她隔著像雨水般落下的花瓣，低頭對著松婭微笑。

早上夢醒之後，松婭慢慢起身下床，小心翼翼，深怕弄痛了手，這麼多個月來她都是這樣。不過今天她卻發現輕輕鬆鬆就把身子撐起來。她看著雙臂，乾乾淨淨的，濕疹造成的紅色乾裂處幾乎全部消失了，皮膚不再像乾裂的餅皮。

那天是星期日，坡匠沒有去工作。松婭發現父親在廚房裡，正在把一個老舊的大型鑄鐵煎鍋放到桌子上的木砧板上，煎鍋裡的油發出滋滋聲，悅耳極了。蛋剛煎好，蛋黃還是濕濕軟軟的，蛋白像熔岩一樣冒著泡，上頭點綴著番茄和波蘭香腸。

坡匠還沒抬起頭看松婭，松婭就先開口：「阿提！阿提！我的手臂好轉了耶！」

坡匠轉過身，抱起松婭，查看她的手臂，對她露出笑容。坡匠注意到她頭上有一朵洋甘菊，把花拿下來搔她的鼻子，再從她的上臂滑到手肘。

「洋甘菊。」坡匠笑道。接著裝出認真的聲音又說了一遍，「洋甘菊。」父女倆都笑了起來。

坡匠把松婭放下來。

「我們吃飯吧。」坡匠說道。

一片片歐式麵包切得厚厚的，他們採用斯洛維尼亞式的吃法，直接在煎鍋上把蛋黃戳破，用湯匙把蛋、香腸和番茄挖到撕成一小塊的麵包上吃，一邊吃，一邊笑得合不攏嘴，因為食物很好吃，父女倆一起吃，把黃色、白色和紅色的食物送進嘴裡，品嚐著嘴裡的甘甜、熱燙、辛辣和油膩。

第二十九章
一九六〇年

西尼家的人無所不在，他們家的孩子老愛在街上亂跑，活像灑出來的滷汁，髒髒的，黃黃的，無所不在，難以躲避，難以擺脫。他們喜歡站在鄰居的圍籬旁邊，問鄰居為什麼要在花園裡做這個或做那個，接著滔滔不絕鉅細靡遺地告訴鄰居，**他們**爸爸是怎麼做那些事，叫鄰居應該學學爸爸的方法。但是在鄰居眼中，他們的爸爸根本就是無所事事，只有在受不了家人的時候，才會回去捕魚幹活。他們家就是那樣，他們家的孩子喜歡在人行道上騎壞掉的舊腳踏車嚇人，那種破腳踏車不管騎快或騎慢，看起來都不安全，但是他們卻喜歡騎得飛快，衝向迎面走來的行人，在最後一刻才突然轉向，嚇得行人魂飛魄散，他們則樂得哈哈大笑。他們家的孩子不只鼻子永遠掛著鼻涕，嘴巴更是聒噪。但是鄰居需要幫忙的時候，他們總是會幫忙，有時候連鄰居不需要幫忙，他們也會主動幫忙。那西尼家有多少人呢？天知道，街坊鄰居都一頭霧水，老是為了這個問題爭論不休：認真估算是六個，但是經常有親戚加入，待多久不一定，有可能幾個小時，也有可能幾個月，因此大家實在很難猜出來到底有幾個人。

對松婭而言，他們是來自另一個世界的迷人生物：滿臉雀斑、掛著鼻涕的外星人。她喜歡坐在通往移民公寓的車道前端，興味盎然地看著西尼家的那群孩子在他們家裡面和附近玩耍。他們家是一棟破爛的水泥磚砌屋，沒有粉刷油漆，就在街道對面。她沒有很想要跟他們玩，單純只是喜歡看他們和他們的滑稽舉動。有很長一段時間，她說不出來西尼家的孩子到底哪裡吸引她，直到有一天，她看見西尼家的一個男孩在街道上，騎著一輛老舊的腳踏車，沒有扶著手把，雙手拋接著三顆柑橘，但是腳踏車太大了，他放手沒辦法騎穩。原來那三顆柑橘不是他的，是希臘商店老闆約翰．柯爾先生的。約翰．柯爾改過名，看來並沒有因此帶來好運吶。約翰．柯爾先生在男孩後面一段距離，跨著大步追趕，一邊破口大罵。那畫面實在是有趣極了：一個骨瘦如柴的孩子騎著破破爛爛的腳踏車，表演特技，自以為技術高超，被一個矮胖的男人追。

接著愚蠢的畫面出現。男孩沒有拋接好，先掉一顆柑橘，接著又掉一顆。他為了接住第三顆柑橘，身子往左傾斜太多，失去平衡，最後柑橘全都掉到地上。前輪往側邊翹起，腳踏車翻倒，猛然停下來。男孩就不一樣了，他從腳踏車上跳起來，摔到地上。就松婭看來，他飛了很遠才摔到地上。落地後，他本來要大叫喊疼，結果抬頭一看，看到約翰．柯爾先生漲紅著臉，低頭怒眼瞪視著他。

「呃，」男孩吞了一口口水，「至少我們沒拿西瓜。」好像他偷柑橘沒有錯，還算客氣。

約翰．柯爾先生揪著男孩的耳朵，拖著他去見他媽媽。松婭就不一樣了，她看得不禁放聲大笑，這才明白，看到西尼家的孩子，會讓她覺得很開心。

孩子們的媽媽不停懷孕，身軀很大，老得很快，街坊鄰居都稱呼她為西尼太太。西尼太太已經走出屋子，從客廳的窗戶看明白發生什麼事。她像電影裡的陸戰隊搶灘一樣衝到街上，故意虛張聲勢，掩飾自己薄弱的立場。她耍流氓，威脅約翰．柯爾先生放那可憐的孩子一馬。她問街坊，說如果約翰．柯爾先生連幾顆水果都不讓人賒，那賒帳制度有什麼意義呢，還問為什麼大家要去跟不懂賒帳制度的人買東西，說得氣勢凌人，最後商店老闆只是用力扭了一下男孩的耳朵，就轉身離去，用母語低聲咒罵了幾句難聽的髒話。

西尼太太把砲火轉向那個愛拋柑橘的搗蛋鬼。「你如果繼續那樣胡鬧，以後就不准再給我玩那鬼把戲。還有，不准再偷東西。給我聽好，不准再偷東西。等你爸出海回來後——」她抬起頭一看，注意到松婭坐在街道對面。西尼太太罵到一半停下來，把一個女兒叫到身邊，一邊對女兒說話，一邊用一根手指指向松婭。

那個女孩慢慢走向松婭，仍舊蹦蹦跳跳地走。她走到松婭面前，雖然兩個女孩面對彼此，卻都不敢看彼此。

「妳好。」過了一會兒後，西尼家的女孩說道，嘴巴扭來扭去，低頭看著車道，右腳踢著棕色碎石子。

「妳好。」松婭說道，抬頭看著頭頂上的電線。

「我媽叫我們要跟妳玩。」女孩說道，眼睛往上看，「不然妳會以為我們認為妳是外國移民就不理妳。」

這番自我介紹是出於善意的，卻說得很糟糕。松婭不知道要說什麼，所以什麼都沒說。

「莫樂。」女孩等了好久，松婭還是不說話，於是女孩說道，「莫樂．西尼。」

西尼家的其他孩子都矮矮瘦瘦的，身材、速度、舉止看起來都像極了西尼先生養在後院籠子裡、用來獵兔子的那些雪貂。莫樂就不一樣了，雖然皮膚也是黝黑的，但是接近胖，動作有點笨拙。她的一頭長髮老是亂七八糟的，今天在頭頂上紮了一個蓬亂的髮髻，看起來好像一個疲憊的驚歎號。她的臉上老是笑吟吟的。她的嗓門很大，笑聲沙啞。她玩起遊戲來，最後似乎無可避免都會變成一場冒險或災難，通常是兩者都是。她講起話來很慢，很像在唱歌，句尾的語調都會上揚。松婭後來一輩子講話都帶著那種腔調，因為她不知不覺地想要模仿莫樂，莫樂不在意自己胖乎乎，笨手笨腳的，盡情享受生活的樂趣。

兩人的友誼隨著時間變深，兩人個性相反，卻互相吸引。松婭安靜謹慎，莫樂聒噪熱情。松婭教莫樂斯洛維尼亞語，莫樂教她發明遊戲。發明遊戲就是想遊戲來玩，莫樂最喜歡發明遊戲了，把西尼家的其他孩子和街上的孩子都聚集起來，玩各式各樣古怪的遊戲。

莫樂把松婭介紹給家人的方法就是典型的發明遊戲：莫樂把爸媽的臥房弄得亂七八糟，雙人床布置成戲劇舞臺。臥房裡擠滿西尼家的孩子和雜七雜八的人。莫樂站在床上宣布：「我來介紹來自遠方的──」故弄玄虛停下來等待，松婭打扮得令人瞠目結舌，圍著舊圍巾，戴著舊帽子，穿著舊衣服，那些全都是西尼太太的，那身裝扮雖然好看，卻也好笑。松婭慢慢踏上椅子，走到床上。莫樂垂下頭，接著馬上裝模作樣地左顧右盼，好像要告訴大家祕密似的，繼續低聲用氣音說：「──東方公主。」

松婭照莫樂教她的那樣做，模仿女皇的樣子，走到床中央，張開雙臂。莫樂熱情又驕傲地看著松婭。接著大喊：「東方公主！最美麗的公主！」

每個人都為松婭歡呼。

就在那一刻，一群西尼家的孩子在床上蹦蹦跳跳，重量把床尾的一支腳壓斷了。床還沒完全崩塌，松婭摔到地板上還沒站起來，房間裡的人就全溜光了，只剩莫樂，她拉著松婭的手臂，叫松婭快溜，免得被她媽媽發現。

不過西尼太太立刻趕到犯罪現場，表現得豁達大度。「那張床老早以前就壞了，不是妳們弄壞的。」她說道，扶松婭站起來，「重點是──妳沒事吧？」

松婭露出微笑。她覺得自己幾乎就像是真的人。她覺得自己笑得整個臉徹底延展開來，擔心臉皮會疲乏，無法一直延展。她覺得自己好像是別人。不一樣了。而且她覺得人好像能變成別人，同時仍舊保有自己。她開始咯咯笑起來，覺得這好有趣，這才發現原來人生竟然可以這麼有趣，這麼溫馨。她放聲大笑，咯咯笑個不停，她拚命想忍住，但就是笑得停不下來。

第三十章

一九八九年

肉的味道，容易令人搞錯，又濃厚。清潔人員的消毒酒精，味道像刀子一樣銳利，切割著肉的味道。一陣陣味道飄到海薇的鼻子，令她不禁想到臭酸的汗水，還有凝結的血液和黏液。她覺得那些味道跟出生很不搭調，新生兒即將出世時，人們經常期待接續的新生命會比母親的生命更美好，更豐富，更有意義。

她在公立婦產科醫院，用衛生紙擦擦鼻子，轉頭看著一長排廉價的塑膠椅，像條毛毛蟲，沿著等候室的牆擺放，活像一條鏈子，每個小環節都是一個婦女凸起的肚子。有些女性很年輕，十四、十五歲，有些看起來已經歷盡滄桑。她們都穿寬鬆休閒褲和 Esprit 牌上衣之類的服飾，雖然感覺起來高檔，但是其實那些是現代窮人的服裝。到處可見那些準媽媽的媽媽，年紀雖小，看起來卻蒼老，面色凝重，暗自難過心中的期許可能落空了。有幾個未成年的爸爸，瘦巴巴的，個個都留著稀疏的八字鬍，穿著法蘭絨襯衫，手指摸找著被禁止的香菸，裝出一副漠不關心的樣子，但是誰都騙不了，尤其騙不了他們自己。牆上貼著海報，宣導防範家暴、強暴、虐待兒童和愛滋病。名叫出生的希望，帶給了人期望，卻遮掩了各種悲慘的真相。

有許多孕婦坐在那排椅子上，松娅也在其中，不過她的肚子只有微凸。她坐在海薇隔壁。松娅甚至沒有穿比較寬鬆的衣物，不過她感覺到一股向外壓迫的緊繃感，覺得自己變厚了。她瞄了海薇一眼。海薇動也不動，仔細觀察著，活像枝頭上的小鳥，頭微微低下，不過跟那些一輩子辛苦工作的人一樣，力量堅定。松婭心想，她看到的是不是她自己的未來，是不是她想要的未來。

有幾個孩子在玩一顆球，在沒有預警之下，球飛過來，打中海薇的胸部，掉到她的大腿上。海薇那張動也不動的僵硬老臉皮，像久旱逢甘霖的土地，恢復了生氣，褐色和藍色的眼睛都亮了起來。海薇這個老婦人先是咯咯笑，接著哈哈大笑，跟孩子說說笑後，把球丟到別的地方，從頭到尾笑得開懷，有幾個媽媽不禁用斥責的眼神看了她一眼。

一名護士拿著寫字夾板，低頭看名單，接著抬頭看向概略松婭的那個方向，眼睛左右掃視。

「布羅小姐在嗎？」她問道。

松婭不等海薇，逕自走過護士指示的那扇門。海薇彎下腰拿起手提袋，再抬起頭時，松婭已經消失在診療室裡。海薇有點摸不著頭腦，但是看得出來松婭不要她跟進去，於是坐回位置上等松婭出來。

一雙半透明的塑膠手套從手上脫掉，被丟進亮黃色垃圾桶的鱷魚嘴裡。婦產科醫師把肥胖的雙手擱到木紋飾皮桌面上，拿起筆。

在沒有窗戶的診療室裡，他的聲音聽起來很年輕：嘹亮飽滿，聽起來成就斐然，滿懷期望，自信滿滿。他的口音和他臉上的肌膚一樣，滑順又無臭，他的臉皮很光滑，而且老是朝下。說出來的話沒有粗糙的邊，只流露出安撫的語氣。

「恭喜。」他說道，「妳懷孕十週了。」

原本躺在檢查檯上的松婭起身坐得直挺挺的，茫然看著他，看見一個身材矮小、儀容整潔的男人，一頭堅韌的黑髮已經漸漸稀疏，長得不算好看，但是穿著打扮乾乾淨淨的，好像剛從吹風機裡飛出來似的。那幾根異常肥胖的手指開始不安地動了起來。

「當然，我們必須抽血檢查。妳三十八歲了，而且以前墮過兩次胎，我覺得，這次懷孕出現併發症的風險會比沒墮過胎的年輕女性還要高。不過，妳目前看起來都沒有問題。」

產科醫師覺得應該繼續講，直到獲得回應。

「出現非自願墮胎的風險當然會比較高。」

他注意到松婭的臉上露出感興趣的表情，繼續說。

「非自願墮胎，就是一般人所說的流產。」

產科醫師心想：「真是有趣呀，大家聽到現在還有人會流產，總是會大吃一驚。」他可以告訴松婭，流產其實很常見，雖然醫學發達，胚胎和嬰兒仍舊會死亡。他可以告訴松婭，他選擇專攻產科，是因為討厭不管醫學再怎麼發達，終究無法阻止肉體腐朽。然而，即便在這裡，在這個只負責協助女人懷孕生子的領域裡，生命仍舊跟死亡難分難解。他堅決不接受這一點，要竭盡所能對抗，但是那天早上，他卻得幫忙取出了一個六個月大的死胎。令他驚恐的是，那對父母堅持要幫死胎取名字和拍照，彷彿那個死胎是活的，但是看在他眼裡，那不過是個死胎，不過證明了血肉之軀是生死無常的。而現在這裡有個女人，雖然能夠誕下新生命，但是似乎不感興趣到了沉默不語，甚至心懷敵意的地步。

他發現生命不只是無知的，在他自己選擇的行業裡，他瞭解得愈多，愈覺得生命也很難理解。當然，這些他都沒說，反而試著專心想他下個週末要參加的鐵人三項比賽。

「不過我再強調一次，目前一切都很好。只要小心照料，一切都會沒有事的。」

松婭雖然聽到他說的話，但是聽不懂他說的話是什麼意思。

「一切都會沒有事？」她自言自語。

她盯著產科醫師看，這個年輕男子拚命要傳達的，就是要松婭安心相信他。松婭不喜歡他說話時下嘴脣凸出的樣子，看起來好像很愛爭吵。

「對。」

松婭把眼神移開，獨自沉吟。

產科醫師感覺她有話要說。

「還有其他問題嗎，布羅小姐？」

松婭往上看，心裡顯然想著別的事，站起身離去。

「沒有。」松婭說道，「沒有問題了。」

他說再見時，一時想不起松婭的名字，不過他知道怎麼處理這樣的狀況才不會造成尷尬。他心想：「態度是關鍵。」在外頭的等候室，病患和護士抬起頭來看門打開。

他露出笑容。

他心想：「讓他們看見我是個關心病患的好醫生。」

第三十一章

一九九〇年

松婭．布羅態度相當古怪，猶豫不決，再三考慮無數次後，才慢慢答應不回雪梨，不墮胎。不是透過言語，也不是透過行動，是透過不行動，放任事情順其自然。她花了很久的時間，才懂得從現在要做的事來思考人生，不再去想那些不要再做的事了。

她打電話去公司說要辭職時，才赫然開心地發現，原來自己一直都很討厭那個工作，因此，理性仔細思考之後，她覺得自己其實是逃離工作而已。她也打電話請人把雪梨的公寓裡的東西整理好之後清空，把寥寥無幾的家當寄到南方的塔斯馬尼亞。對於松婭而言，這些事只不過是要她承認命運帶她走的明顯方向。就像對前一天預約要剪頭髮卻沒去剪，跟對方道歉一樣。那些事只不過是她跟人生達成的協議，說好了決定方向的是人生，不是她。不過要實際走向新的人生方向，找到新的工作，找到新的住所，還要跟別人說「我明年要生小孩了」（這句話這幾個月來她甚至沒辦法對自己說），是截然不同的一件事。

海薇不認同這種愚蠢的想法。不過，在松婭改變想法，認同她的想法之前，她別無選擇，只能竭盡全力幫助那個可憐的孩子，還有松婭還沒生下來的嬰兒；雖然松婭都快中年了，海薇還是老把她當孩子。

海薇想要松婭跟她和吉利一起住，住到孩子生下來。「妳一定要來住我家。」海薇說道，「我家雖然不像白金漢宮那麼豪華。」海薇說道，「但是很便宜。」便宜到松娅完全不用付錢，她好幾次要給海薇錢，海薇總是不收，她只好買日用品和禮物，強迫海薇接受。白晝愈來愈短，也愈來愈冷。冬天漸漸逼近，海薇開始想找地方，讓松娅在孩子出世之後搬過去住。

她們坐在海薇的藍色舊卡羅拉裡，把車子停在一包被狗咬破的垃圾袋旁邊，看向狹窄的道路對面，看著一間骯髒破舊的護牆板小屋。那棟護牆板小屋在的那條街上，有許多一樣破敗的屋子，彼此緊鄰。在貝勒庫塔街的一端，是一間關起來的影片租售店，另一端是一間披薩店，兩間店附近都沒有人。海薇說話的時候，她們倆的眼睛都掃視著那棟屋子破爛的外表：破損的信箱，垃圾信件滿了出來；油漆不只起了泡，顏色也褪成土色；陽臺屋頂生鏽腐蝕，窗框局部破損，奇醜無比，一點都不像家。

「我偶然遇見了阿爾巴尼亞人亞麥的老婆。」海薇說道，「她說這棟屋子是亞麥的，說不定適合妳住。」

她們用亞麥的老婆借給海薇的鑰匙開門，進入屋子裡。那棟屋子並不是廢棄的，但是感覺起來卻十分破爛，貨真價實的貧民住宅。屋子裡到處髒亂，牆上滿是裂縫，壁紙脫落，窗戶破損，火爐的門關不起來，廉價的尼龍地毯上有汙漬，但是看不出來，因為整張地毯都變成深淺不一的芥末色。松娅注意到櫥櫃裡有老鼠屎。松娅想試試看發黃的馬桶能不能沖水，結果只發出鋼栓碰撞生鏽鐵皮的喀喀聲，除此之外，馬桶毫無反應。

海薇似乎拚了命要松娅租下這棟房子，松娅參不透原因。

「妳可以住這裡吧？」

松娅答應了，但是回答得一點說服力或熱情都沒有。

「可以。」

「很便宜。」海薇壓根兒就不想讓破爛的屋況改變她對松婭的盤算，「我知道這屋子看起來不怎麼好，但是我們可以打掃乾淨，吉利會把壞掉的東西修好，亞麥會用別的地方的租金的四分之一租給我們。」

「他當然要便宜租給我。」松婭說道。

「所以妳決定要住這裡囉？」

「我從來沒決定過任何事，海薇。」

「妳決定過離開，還有回來呀。」

「或許吧。但是我不知道為什麼。」

「因為那是妳想要的啊。因為妳選擇了妳想要的呀。」

「是嗎？」

「當然呀。」海薇說道。她指著壁爐架，上頭結著好幾層龜裂的亮漆，白色和藍色的，最外層是剝落的紅漆。那是一座壁爐，上頭漆著英國國旗的圖案，漆都剝落了。「很特別吧？」

松婭微微一笑。海薇把烤箱裡的烤架拉出來，烤架上結著又髒又臭的油脂。

「噢，天呀！妳看這個。該死的亞麥。」

「我要沒有預先上油的烤箱。」松婭說道。兩人都笑了起來。

海薇啪一聲把骯髒的烤架推回烤箱裡，開心地暢談了起來，說明自己的理由。松婭沒有說任何嚴肅的話打斷她。

「妳錯了。」海薇說道，「妳可以選擇這個地方。」

松婭輕輕地笑了一聲，其實那只是客氣地呼一口氣而已。

「我想可以吧。」松婭又慢慢把烤架拉出來，茫然凝視著腐臭的油脂。「可以吧。」其實她並不在乎。海薇希望她租下這個地方，而她欠海薇的人情多到無法估算。再說，反正她沒什麼錢，這棟屋子雖然破爛，但是租金這麼低，她也不好隨便拒絕。於是她說道：「只要馬桶能沖水，門能關，其餘我不在乎。」

「亞麥說會保留下來，等妳夏天搬進來。或許會稍微裝修一下。」

那棟屋子幾近廢棄，骯髒破爛到極點，容易引發幽閉恐懼症，但是那天她和海薇站在裡頭，她卻沒有覺得噁心，甚至不覺得厭倦。她知道最糟的事就是，她根本不在乎，她應該在乎，卻不在乎；還有，海薇愈是催逼，她就愈沒有感覺；還有，她找不到藉口解釋為什麼沒有感覺。松婭知道海薇說的對。她必須找個家，必須做好萬全準備，好應付**孩子**出世；不過在那之前，還有別的事。然而，因為她還不知道那件事是什麼，她只能等待那件事找上她，幫她鬆綁，叫醒她。

就在此時，她知道自己在乎了。

「我決定租下來了。」松婭說道。

第三十二章

一九九〇年

她們離開亞麥的房子之後，巨大的藍色山脈頂部下起了凍雨，山脈的尾部像手指一樣撫摸著顫抖的荷巴特。後來凍雨停了，雲散了，太陽出來了，陽光出奇強烈，好像在氣憤遭到拒絕。接著風停了，山也靜止了。

這座島嶼的西南部是廣漠的荒野，後頭是遼闊的海洋，往西延伸整整半個地球，沒有受到陸地阻擋，最後海浪打在南美洲的海灘上；往南的話，延伸四分之一個地球，最後漸漸變成南極的冰灘。荷巴特的氣候經常又狂又亂，原因遺失在宛如魚脂的海洋的痛苦空虛中，節奏跟西風和浪花一樣，巨大的水牆升起，最後突然坍塌，變成平坦的泡沫。熱辣的太陽之後是凍雨，接著是猛烈的冰雹風暴，下在大海上，接著下起雪，接著又出現太陽。全球的氣候不是隨著四季穩定變化出現，而是在一個早上或下午，在彷彿永恆的一個小時裡，出現世界各地各個時節的各種氣候。

接下來，在近晚太陽的短暫溫暖中，植物冒著蒸氣，大地喘著氣，從被地衣蝕刻的卵石和枯萎的石楠之間，薄霧升起，彷彿女巫施放的煙霧。在那片潮濕柔和的薄暮中，喘息之間困著巨大的痛苦。

以前清晨到胡恩撿完香菇之後，松婭偶爾會跟坡匠到這座山的山頂。兩人一起走到陰影很長的山谷，漫步於露水很多的草地，睜大眼睛，尋找幾個鐘頭前才從潮濕肥沃的黑暗裡鑽到光明之中的香菇。如果菇柄上面有菇傘，坡匠就會敲菇傘外緣幾下，再把香菇拔起來，這樣香菇孢子才會回歸大地，他們下一次才有更多香菇可以採。如果山上有雪，他們就會沿著舊胡恩路回去，在山頂的雪中玩一會兒就回家，以免氣溫變得太冷。父女倆就像兩顆被狂風吹動的孢子，飄蕩於潮濕靜止的土地上。

這天下午，松娅並不是靜止的，她的季節和情緒也沒有比山的更容易推測。她在思緒中移動，想著母親，想著自己曾經寫一封信給母親。當然，沒有住址可以寫在信封正面，所以母親不會回信，這點她自然知道——不會有開頭寫著「親愛的松娅……」的回信。不過她仍然想像會在信箱裡收到母親的回信；想像在信中母親會告訴她，在人生中應該做什麼事，或許會傳授一、兩個訣竅，或是用寥寥幾句，把需要知道的事都告訴松娅，像是說一句「我愛妳」。不過當然，這樣想實在是愚蠢至極。雖然她知道母親不會回信，雖然她知道永遠不會收到回信，但是仍舊會覺得傷心，因為這讓她明白，到頭來，她根本沒辦法假裝不孤單。

松娅認為自己既不是好人，也不是堅強的人，亦不是親切的人。她經常想，她要是認識母親，要是母親陪伴她成長，現在的她會不會不一樣，會不會變得比較好，比較親切，比較堅強，不會老是被處罰。因為她真的覺得被處罰，她覺得自己被處罰一定完全是罪有應得的，因為如果不是罪有應得，那她為什麼會被處罰呢？因為如果沒有理由這樣悲傷，那麼世界上可能就沒有任何受苦的理由，男女在一起的命運可能就是要受苦。松娅會突然關掉電視，匆匆走過報攤，避免忍受那些無法忍受的東西；匆匆趕回家，儘管不符合邏輯，不符合現實，希望，迫切希望能夠發現母親的回信，告訴她，其實小孩生下來就不應該受苦，不應該那樣的，因為她是松娅的母親，她知道不應該是那樣的。不過每天晚上松娅回到家，每天晚上信箱裡都只有百貨公司型錄，宣揚家庭價值觀，還有廣告信件，上頭雖然寫著敬上，但是卻一點都不誠懇，只是想要大家的錢或選票。完全沒有母親寄來說愛她的信。

松婭轉頭看海薇走向她，海薇手裡拿著一小束自己摘的高山野花。她緊緊盯著海薇看。

「我媽發生什麼事，海薇？」她問道。一棵棵矮茶樹都彎曲了，像罹患嚴重的關節炎似的，彎腰駝背，經過一季又一季嚴寒的冷風吹襲，被迫彎腰。海薇站在茶樹叢中，跟茶樹一樣佝僂的身子突然站直起來，角度突然跟周遭的植物不一致。「什麼？」

海薇手指粗糙，一手握著莖，另一隻手的手指扯弄側枝，把長亂的細枝折掉，把側枝重新排好，讓整束花看起來漂亮一點。海薇先是想著該怎麼告訴松婭關於她媽媽的事，又想著要怎麼解釋為什麼絕口不說。她把那束花送給松婭，好像那是某種答案似的，松婭微笑接過花，但是那束花什麼都沒有解釋。

「發生什麼事，海薇？」她又問了一次。

不過松婭其實並不想要知道，而海薇也不想要告訴她。只是那件事一直擱在她們之間，如果能夠像撿石頭一樣把它撿起來，丟到周圍的卵石地，松婭早就把它撿起來丟掉了。松婭想要新的人生，這令她不禁氣惱。不知怎的，她覺得必須驅除一部分的舊人生，那部分的人生雖然存在，但是始終都像不存在似的。她從來就沒有母親，本來應該是那麼簡單，實際卻不然。她想著那一切，想著山好漂亮，想著事情應該跟山一樣簡單又漂亮才對，卻始終不是那樣，永遠都不會那樣。松婭想著自己那一刻是多麼痛恨母親，因為即便在山上，母親也不讓她平靜下來。她也想著那一刻自己是多麼痛恨山。

海薇經常想要說瑪利亞的故事。雖然松婭有權利聽聽真相，卻不應該由她來說。她不是記錄者，不會愚蠢地假裝自己能夠彙整大小細節，知道從哪裡開始說起，說到哪裡結束。她只是個老女人，一個裁縫女工，跟她自己的眼睛一樣，可笑又不一致。她呼吸很淺，而且只瞭解那些無法用言語說出來的事。

因此海薇閃避著松婭的注視，繼續凝視河床。

「告訴我，海薇，拜託。」

海薇終於開口說話，但是一副漠不關心的樣子，好像在聊眼前的景色似的。

「瑪利亞過得不開心。」

「這我知道。」松婭說道，「但是為什麼呢，海薇？為什麼？發生什麼事？」

海薇想要用一句話來停止談論這件事，但是松婭聽了不只不滿意，更是一頭霧水。

「她在戰爭期間經歷了可怕的事。」海薇低聲說道，「非常可怕的事。」

松婭冷冷說道：「她算不上好媽媽。」

「她是個好媽媽。」海薇說得更小聲，仍舊沒有看著松婭，「瑪利亞是個好女人，好媽媽。而且她很愛妳。她以前都叫妳小水餃。不過那妳早就知道了。每個人都喜歡妳媽媽。她很風趣，會跳舞，簡短幾句話就能讓男人有自知之明。」

松婭從來沒聽過媽媽叫她任何暱稱。她應該知道那個故事才對，因為那是她的故事，就像她的手臂是她的，那個故事也是她的。但是這些年來，別人卻占有那個故事，從來沒想過要還給她，直到現在，才滿不在乎，漫不經心地拿來駁斥她。她應該知道那個故事，還有許多關於媽媽的事，她應該比現在知道更多關於媽媽的事，對媽媽有更深的情感。因為最糟的是，她什麼感覺都沒有。松婭希望如果自己知道多一點事情，就能有多一點感覺。

「他們在一起快樂嗎？媽媽和阿提？」

「他們彼此相愛。」

松婭幾近激動地追問道：「快樂跟相愛不一樣，海薇。哪怕只有一天，他們一定快樂過吧。哪怕只有一個小時，他們一定快樂過吧，難道沒有嗎，海薇？」

「愛是橋梁，松婭。」海薇說道，「有些重量是橋梁沒辦法承受的，會被壓斷。」

松婭轉身往回走，走過遼闊的山頂，走到遠處她們停車的地點。海薇環顧四周，用力吞了口口水才跟過去。

在遙遠的下方，太陽懸掛在丹特爾卡斯托海峽上方，一片遼闊水域鍍上金色，現在靜止不動，盼望著。吉利在荒涼的山頂停車場，望著遠處兩個小刮痕在沒有盡頭的卵石地上慢慢笨拙地走回來。在她們背後，是杏黃色的天空，浩瀚，遼闊，像母親的手掌一樣，溫柔地包覆著她們。

吉利希望自己能出點力幫助松婭，不過他比海薇更無話可說，也不知道該如何是好。不過他向那片天空承諾，他會幫忙的，他會的。

第三十三章
一九九〇年

這個故事的某些古怪之處或許是個性造成的結果。不過我們誰能決定這個我們認為最重要的東西呢？最能真實表達靈魂的東西呢？當然，生活順遂的人會反駁，因為他們能夠探索個性帶來的無限可能，重新創造自我，像七〇年代的搖滾巨星或九〇年代的政客。他們認為個性能造就我們，也能毀滅我們，個性就是命運，要成為詩人或過悲慘的生活，是我們自己選擇的，我們想要當誰，就能當誰。

坡匠．布羅沒有心懷這樣的幻想。

坡匠．布羅只會緊緊抓住雙手能抓住的東西，沒有在工作的時候，他手裡通常抓著一罐快要空的瓶子和一根快要熄滅的菸。

這些年，不管生活過得怎樣，不管住在哪裡，他都跟一些冷淡的人廝混，他們同樣飽受痛苦折磨。他們可能是自願選擇過那樣的生活，也可能不是。一開始他們可能想要打拚，辛苦工作，想改善生活，脫離貧困，出人頭地，飛黃騰達，想要過平靜的日子，甚至是快樂的日子。不過通常是不可能的。有些人確實成功了，但是只有寥寥幾人。最後，唯一重要的，似乎是沒有逃避的辦法，除了死亡或烈酒，沒有其他的逃避方法。過一段時間之後，其他東西都消失了，有些人樂見那個樣子，有些人不樂見。不過不管喜不喜歡，多數人最後都認為，最好別老是想著命運的枷鎖沉重地壓著他們。過了一段時間之後，他們失去了大部分的東西：家庭、錢財、希望。他們跟失去東西的人維持一種同志情誼，通常很薄弱，有時候很深厚。他們覺得自己註定要滅亡，就像他們為了地質學家開路而砍伐的那些樹，就像他們炸成碎石子的那些岩石，就像他們費力淹沒的那些河流。這一切只會讓他們覺得河流、岩石、樹木跟他們一樣，長久以來認為自己活該被懲罰，活該被消滅。殘酷暴行不論大小，都被無視，認為不重要，而那確實也不重要。那些人生活孤立無援，總是盡量避免別人把他們從清醒的沉睡中喚醒。他們想要把靈魂保存在真空中，但是他們很久以前就放任烈酒和一輩子勞動身體來折磨身體。他們的身體或膨脹，或皺縮，因為長期喝瓶罐裡的酒，酒裡盡是沒有生命的東西。他們的背損傷，聽力受損，手指斷掉，偶爾需要截肢，腦袋萎縮，肝臟衰敗。然而，這些疲憊的身軀每天早上還是會重新起來做苦工，讓身體承受這種古怪的懲罰，不可思議地證實活人的力量大於死人。雖然人生對他們而言很痛苦，但是他們寧願不要被提醒，寧願迷失在規律的節奏和工作的密語中。他們認為只有大膽又愚蠢的人才會說「他們的情況是個性造成的結果」這種話，認為講這種話的人跟小孩子一樣愚蠢。坡匠．布羅只會緊緊抓住雙手能抓住的東西，那天晚上，他一手抓著一封信，另一隻手抓著一張照片。

他坐在單身男子宿舍裡的床邊，把泛黃的黑白照片擱到枕頭上，照片裡是一對夫妻抱著一個嬰兒。他狐疑地看著信，好像那是炸彈似的。

「信裡那樣寫嗎？」他第二次問這句話。

「是呀。」義大利人答道。他坐在坡匠對面的椅子上，那張木製廚房椅是坡匠的。坡匠突然把信塞回義大利人手中。

坡匠不喜歡文字。英語就像討人厭的沼澤，詞語就像樹枝，他就像到矮樹上折了一些亂枝，建造一艘簡陋的木筏，笨拙地穿越長長的沼澤。他不相信「國家」之類的詞。還有像是「歷史」。「工作階級」。「管理」。「效率」。「國家利益」。「悄悄蔓生的社會主義」。甚至是「科技」之類的詞。「經濟學」。「荒野」。「生活方式」。或是「未來」。

「那些詞是什麼意思？」他會這樣問義大利人。他們兩人都覺得義大利人比較聰明，「操，那些詞到底是什麼意思？」坡匠甚至請義大利人把那些騙人的詞都寫下來，一一解釋定義。但是義大利人每解釋一個定義，坡匠就會證明那些詞其實根本就沒有任何意義，只不過是不想懂、不想看、不想聽的工具，好像故意拒絕看悲傷、瘋狂、糟糕的現實世界。坡匠有時候希望自己能夠相信那些詞，顯然那些詞對別人有重大的意義；他希望自己能夠相信，但是他知道與理解的只有，麵包就是麵包，有些是好的，大部分是壞的；紅椒粉和番茄很適合搭配在一起，特別適合再配上一碗義式玉米粥；大蒜和德國酸菜就不適合搭配在一起；義大利人的解釋讓人頭痛，但是一杯濃郁的土耳其咖啡加上半顆檸檬汁能夠治好頭痛；木紋飾皮會龜裂；木頭會斷裂。他甚至不相信自己，只相信自己的手能夠丈量、切割與組合木頭。他懂的詞語又少又粗魯，但是他使用其他的詞語時總是小心謹慎。

「要我唸完嗎？」義大利人問道。他等坡匠說話等到不耐煩了。

「當然。」坡匠．布羅說道。

坡匠．布羅從地上撿起只剩半瓶的長頸酒瓶，喝了一大口，懶散地將雙臂交疊，靠在大腿上，低頭往下看。義大利人掃視著信，終於找到唸到哪裡；他剛剛還沒唸完，坡匠就從他手裡搶走信。他咳了幾聲，抬頭看一眼坡匠，又低下頭看信，再問坡匠一次：「確定？」

「確定？」坡匠說道，「操，當然確定呀。」

第三十四章

一九九〇年

義大利人繼續大聲唸出來，口音很重，聲音生硬緩慢，好像在講臺上朗讀似的：「……**所以我選擇留在塔斯馬尼亞生小孩。**」他低聲補上這一句解釋，「——我剛剛唸到這裡。」坡匠點了點往下垂的頭。義大利人繼續唸道：「**預產期是六月，醫生推斷是六月一日。**」

坡匠目光從地板往上移，好看清楚義大利人唸信，仍舊面無表情，好像面具似的。

義大利同事以為坡匠震驚的情緒結束了，打從心底興奮起來。

「呃，坡匠——所以你要當爺爺了嗎？該死的坡匠老爹呀。真是該死呀。恭喜呀。」

「跟我沒關係。那是她的事。操，繼續唸呀。」

義大利人站起身，一手拿著信，另一手拿著長頸酒瓶。他跟坡匠一樣是中年人，經歷過許多苦難，不過跟坡匠比起來，他個性比較敦厚，性情比較開朗，手腕比較靈活。坡匠的反應讓他覺得尷尬，摸不著頭腦。他拿酒瓶擦了擦頭的側邊，繼續好奇地唸信，像在演戲，不過唸得生硬滑稽，語氣強烈。

「或許孩子出生之後，我們可以過去看你，你偶爾也可以過來找我們。

「我現在在酒吧工作，跟海薇和吉利住在一起，他們很照顧我。我們找到了我要自己住的地方，那裡雖然不是很高檔，但是很便宜。我下個月就要搬過去。海薇、吉利和我都很想念你。希望你一切安好。女兒松婭敬稟。」

義大利人鬆了一口氣，坐回椅子上，拿起酒瓶喝了一大口酒，用聊天的語氣說道：「信下方有一些吻痕。」他又灌了一大口啤酒，打了個嗝，說道：「我可以幫你回信，只要給我一打啤酒就行了。」

坡匠·布羅想要相信自己和松婭能找到共通點，他想要相信自己能夠真心相信，不過當然，他知道那是不可能的。

他記得小時候，戰火連天，母親有天眼通，預料河流會出現血，結果預言應驗。在好日子，只有淡淡的紅色，很快就消失在水流中；在壞日子，會出現粉紅色的泡沫。他記得當時大家相信很多事，相信國家革命能驅逐壓迫者，相信國家防衛隊能用合理的條件制伏壓迫者；大家相信彼此，結果一切信任最後都遭到背叛。

坡匠·布羅經常跟死去已久的母親說話，在塔拉，沒有多少人可以聊天，尤其沒有人可以聊小時候吃的食物。他會問母親該怎麼料理，還有最重要的，嚐起來如何。他會拿著剛攪拌過鍋子或沙拉醬的溼湯匙，說道：「是這樣嗎，媽媽？這裡沒有問題嗎？」然後比著自己的嘴巴，哈哈笑起來，害羞又驕傲地說道：「呦，媽媽，我覺得沒有很難吃耶。」

他想要相信自己和松婭也可以這樣開心相處，但是他親眼目睹過一個世界溶解在血中，人們每天卻仍舊照常過日子，仍舊滿腦子嫉妒和貪慾，認為自己的不幸都是別人造成的。不過他只是個孩子，只看得見血。血從十名村民身上噴出來；士兵為了懲罰游擊隊員殺了一名士兵，聚集了學童，在學童面前用機槍掃射那十名村民，不准學童閉上眼睛。血在屍體上凝結成暗紅色血塊；有一名游擊隊員在姑姑的農田穀倉外面被士兵射殺，士兵命令村民三天之後才能夠移動屍體。血甚至從屍體流出來；有一天他親眼目睹游擊隊員發動伏擊，看見四十名士兵倒在一灘灘猩紅色的血泊之中。大人們似乎沒注意到血，血在街道的碎石子上擴大成黑色陰影，但是他在每個地方都看到了血。

「媽媽，」他會這樣告訴媽媽，「今天晚上我要煎斯洛維尼亞香腸，用妳平常的方法去煎。我會先用洋蔥、蒜頭、辣椒炒德國酸菜，接著加到烘烤的料理裡頭，把香腸埋在裡頭。在上頭撒好多切丁培根，撒得像下大雨一樣。我會慢慢烤，因為慢慢烤才會好吃。接著，媽媽，我會把它吃掉，品嚐戰前的時光。我會把信仰和希望吞下去，好好品嚐，因為我很快就會把盤子裡的東西吃光，吃得一點都不剩。」

因為他年紀小，因為他很快就學會跑去躲起來，絕對不要說出真相，或說出心裡的話，或相信任何人，所以他從來沒流過血。不過他身上有別的東西流走，他想要找回來。他想要找回來，但是他知道那是不可能的。

他看過自己的世界支離破碎，他也瞭解，想要讓世界再度恢復完整是不可能的。他在碎片中扎營，夜裡到冰凍的野地偷大頭菜生吃，這才存活下來。他記得人們會談論他以前從來沒聽過的地方爆發了戰爭；他們還說戰爭很快就會結束，有些人深信他們會獲勝，有些人認為會戰敗。

「不要。」坡匠．布羅說道，「不要回信。」

義大利人笑嘻嘻地攤開雙臂，擺出一副被打敗的模樣。

「那半打啤酒？」

「不要。」坡匠說道。

戰爭結束後，他們說過，生活會再度恢復正常。他不知道什麼是正常。他知道正常嚐起來有味道，聞起來可能也有味道，跟線狀無煙火藥和恐懼的味道不一樣。但是要結束戰爭，就得結束他的世界。那樣是好或壞，他不知道。人是怎樣的，他知道。人很壞，不論戰爭下個月、明年或五年後結束，人會繼續壞下去。世界是怎樣的，他知道。

世界上完全沒有重要的東西。

「是這樣嗎，媽媽？這裡沒有問題嗎？」他會指著頭這樣說，哈哈笑起來，繼續煮菜，因為味道必須是對的，即便其他東西都錯了，味道還是必須是對的。

「什麼？」義大利人問道。

「你聾了嗎？」坡匠說道，「操，你聾了是不是？**不用回信啦**。」

「她是你女兒，她要生小孩了耶。」

「這我當然知道。如果她需要我，她知道要到哪裡找我。」

「你應該回個信呀。」

「好吧，那就回這句：**我幫不了妳**。」

「我怎麼可以對人家的女兒寫那種話？」

「那就什麼都別寫呀。操，反正我從來不寫信給別人。」

第三十五章

一九六一年

於是，坡匠．布羅把在各個地方看見的空虛，敲打刨削成桌子與櫃子的形狀，拿去賣掉，賺取額外收入，好多買一些酒；從什麼都沒有的世界裡，變出東西，編出一個小謊言，說有些碎片能夠再組起來拼在一塊；至少只要繼續製作桌子或櫃子，他和松婭就能一起承擔這個謊言。

坡匠．布羅把松婭兒時的漫長秋天鋸成悲傷的長條狀，沒有不規則的線條或奇怪的角度。鋸切、敲打、刨削、黏著時，他都有所節制，增添了一股優雅的氣質；他知道怎麼把一塊木頭沙磨到恰到好處；他知道油漆刷要沾多少油漆，手要穩，把刷毛上的油漆都刷到桌面上；他知道不能把漆刷得太重，也不能把東西做得太重。「看起來一定要輕才行。」他這樣說，「重了就不好。」在錘子的舞動和鋸子的愉悅節奏裡，松婭看見他裡頭有另一個人，一個好人，那個人就是她深愛的父親。或許這就是為什麼松婭喜歡在木工場裡跟坡匠一起工作。不論他們住在哪，坡匠一定會弄一間臨時木工場，有時候短暫設置在陽臺上，有時候設置在租借來的小屋裡，稍微用久一點。因為在那裡，他們似乎可以找到一些和諧。

松婭知道他們現在製作的這張桌子跟他們在晚上和週末做的其他桌子不一樣，那些桌子坡匠賣給了白天建築工地的同事和晚上酒吧裡的酒友。他的桌子總是做得很好，很堅固，但是他現在做這張桌子，似乎格外細心，勝過其他桌子。他把桌面修飾得很華麗，把桌腳刨成倒錐形，讓完工的桌子看起來更加雅緻。

松婭停止用手沙磨一個櫥櫃的門，走過去站在父親身旁。父親看向她，露出微笑，把刨刀遞向她。她接過刨刀，露出專業的眼神，接手刨桌腳。坡匠走到門的頂端，開始沙磨。沙磨和上漆通常是松婭的工作。松婭望向父親，發現他陷入沉思，注意到他面露笑容。

坡匠沙磨著櫥櫃門時，心裡想著：「我這張桌子做得實在漂亮，用黑檀做的，漂亮的琴背黑檀。我請鋸木廠的芬蘭人幫我切了兩塊作桌面。木紋很相配，連接處我做得又直又密合，幾乎看不出來。那可是漂亮的琴背黑檀，不是動不動就凹掉的爛松木，松木很爛，很快就會看起來爛爛的。我這可是兩塊又大又漂亮的琴背黑檀，大得能夠讓阿珍、老亞契、松婭和我坐一起呢。」

松婭看著一條長長的黑檀刨屑慢慢從手刨刀捲出來，變成一個有光澤的問號。她愈是把刨刀沿著桌腳往下推，那個問號就一直往後捲。她又瞄了父親一眼，心裡不禁納悶父親到底在想什麼。那條刨屑最後掉到地板上。

坡匠．布羅心裡想著：「那可是漂亮的琴背黑檀呢。漂亮的琴背黑檀，大得擺得下一桌家庭大餐呢。」

第三十六章

一九六一年

在做那張桌子的時候，甚至在稍早之前，坡匠養成了習慣，每個星期日都把松婭留在西尼家。要去哪，他總是交待得模糊不清，不過不是去喝酒，因為他回到家後，身上從來沒有臭酸的麵包味，奇怪的是，倒是有蘋果花的味道。松婭以為他去玩牌，或是拜訪朋友之類的。其實松婭根本不在乎，因為她比較喜歡待在西尼家，在一個星期的那一天，當西尼家的人，成為家庭的一員。在這樣的一個星期日，她看見莫樂和西尼家還有別的重要東西，一直到盤子破了的那一天，松婭才知道。

那天外頭下著雨，屋裡一群孩子鬧哄哄的，沒辦法到外頭玩耍。松婭興味盎然地看著西尼太太從上了蠟的袋子拿出切成片的麵包，坡匠認為那種食物會玷汙廚房的桌子。屋子就像水滿出來的水桶，充滿尖叫吵鬧聲，聲音很大，至少持續了一分鐘，男孩們拿著槍互相追逐，大叫**殺—殺—殺**，在女孩的臨時帳篷跑來跑去，女孩們對著男孩們尖叫。女孩們用一條毯子在兩張椅子之間搭起帳篷，裡頭的娃娃和泰迪熊正在野餐。吵鬧聲沒有讓松婭心煩，那種氣氛，那種激動情緒，讓她興奮了起來。西尼太太不去理會，專心烤著烤盤上的麵包，請松婭塗奶油，接著在每個盤子上放兩片麵包，西尼再用勺子舀烤豆子放到麵包上面。

「沒看過這道菜吧，孩子？」西尼太太快速舔了一下勺子，再伸到鍋子裡舀些烤豆子，「這是某個國家的健康食物。讓我們變成現在這樣。」西尼太太停頓了一下，淡淡地補了一句，「難怪大家想要改變飲食。」

她突然大吼，裝出生氣的樣子，父母火大疲憊的時候都會用這招。「比利！我告訴過你幾千次了，吃烤豆子的時候，不要把維吉麥醬塗在烤麵包上面。」她趕緊跑到一張矮凳旁，把比利手上的刀子和打開的維吉麥醬沒收。年紀還小的比利把濕軟的烤麵包從烤豆子下面抽出來，塗抹維吉麥醬。西尼太太悄悄低聲跟松婭說道：「這些孩子，我告訴妳呀，松婭，他們很難搞。」接著扯嗓大吼，「好了啦！你們這些馬戲團動物！茶點好囉！」

不過孩子們根本不理她。

西尼太太又大聲咆哮。

「拜託！老天爺呀！**快**過來啦！過來吃該死的茶點啦！」西尼家的孩子繼續嬉鬧。結果西尼太太搬出毫無威信的丈夫想嚇嚇孩子，吼叫道：「你們爸爸快回家了。」這招比之前的大吼更沒效果，因為她和孩子們都知道，就算丈夫在家，也不會怎樣，他才不會理孩子，只會靜靜地喝酒抽菸，聽無線電廣播。再說，爸爸又不在家，可能要過幾個星期才會回家，因為捕撈扇貝快要接近尾聲了。

孩子們繼續嬉鬧，沒有停下來，她的喊叫只是讓那個鬧哄哄的屋子多了一個刺耳的聲音。西尼太太暗自罵自己，怎麼會用這麼愚蠢沒用的威脅，說那句話只會讓孩子看出來她沒有威嚴。松婭注意到西尼太太似乎很沮喪，而且瞥見了西尼太太真正的本性。松婭原本很敬畏西尼太太，以為她是一個強而有力但是脾氣隨和的母親，是巨大的世界中心，不會動搖，松婭想要繞著她運行，現在才發現不是那樣。在一個獨特的瞬間，松婭看見了西尼太太脆弱的一面，發現她是個絕望的女人，許多人仰賴她，懷孕只是讓未老先衰的她承受更重的負擔；她認為自己沒有魅力，身體衰弱，就像掛在她肩頭上的那條破爛骯髒的茶巾一樣。

西尼太太吼第三遍，不過聲音不再有力量，只有絕望，和懇求。

「你們可以不要鬧了嗎？拜託。過來吃茶點啦。」

但是孩子們還是不理她，繼續在椅子上跳來跳去，在廚房桌子底下跑來跑去。有個男孩開始爬上一個櫥櫃。

「下來，尚恩。」西尼太太說道，她還沒說完，突然出現東西摔碎的聲音。松婭看見面前的地上有一個破掉的花飾上菜大淺盤，碎片四散，那是少數西尼太太珍視的物品之一，那是她的結婚禮物。好像開關被關掉似的，孩子們全都安靜下來，停止奔跑。闖下大禍的尚恩慢慢爬下櫥櫃，垂著頭。

西尼太太盯著地板。

松婭覺得她盯了好久，目光一動也沒動。

就在此時，跟大淺盤一樣，西尼太太心裡也有個東西徹底破碎了。

她一個動作轉身走到廚房的凳子，把熱水壺的電線從線孔扯下來，把電線當成鞭子揮舞，漲紅著臉，大聲咆哮道：「給我站到角落！全部都過去！馬上過去！」

孩子們緊張得面面相覷，不敢看媽媽的目光。

「莫樂告訴我……」尚恩開始扯謊，但是媽媽根本不想聽。

「閉嘴，尚恩。」西尼太太說道，「給我去那個角落。」西尼太太不再咆哮，聲音變得平和，不再氣憤，跟富及第冰箱一樣冰冷，「馬上過去。」

所有孩子都害怕不安地縮在角落，只有松娅還待在廚房的另一邊旁觀。

「我受夠你們了。」西尼太太說道。她呼吸得又用力又沉重，只希望孩子們能夠瞭解她做的事有多困難，把他們帶到這個世界，在幾乎一無所有的情況下含辛茹苦養育他們，拚命工作，明明年紀還沒老，卻突然變成又老又胖的黃臉婆。但是孩子們卻整天吵鬧抱怨，惹麻煩。丈夫幾乎都不在家，難得回家的時候，整天只想跟她做愛，不管她有多累，完全不想要瞭解她。這些他們知道嗎？知道嗎？她活得好辛苦，他們知道嗎？他們會知道的，因為她要讓他們知道她活得多痛苦。

「我要狠狠地打你們一頓，讓你們一輩子都忘不了。」

西尼太太開始走向嚇壞的孩子們。

莫樂雖然不是年紀最大的，卻擠到所有人前面，眼睛看著媽媽的眼睛。莫樂渾身發抖，她那像唱歌一般的聲音現在也因為害怕而顫抖起來。

「媽……」

但是西尼太太繼續走過去。

「……媽……媽……」莫樂吞了一口口水。

西尼太太繼續走向他們。

「求求妳，媽。」莫樂說道，張開手臂，明知沒有辦法，仍舊想要保護瑟縮在她後面的人，「不要打我們。」

西尼太太停下腳步，上排牙齒咬著下嘴唇，對於身體劇烈顫抖感到訝異，感覺身體變得好輕，好像會突然飛到空中，好像不再紮根在地上，好像某個她平常都藏得好好的東西，短暫解除了身體平常的沉重。她看著布滿雨痕的窗戶，看見雨像淚水一樣流下玻璃。

松娅看見莫樂猶豫了一會兒後，慢慢地，非常慢地走向媽媽，眼睛始終盯著她看，好像盯著瘋狗一樣。西尼太太輕聲哭了起來，但是莫樂沒有停下來，繼續走，一路走過那段難熬的距離，走到小廚房的另一邊，最後伸出一隻手。而西尼太太呢，她站著不動，好像凍結似的，好像世界旋轉了起來，愈轉愈快，愈轉愈瘋狂。她頭搖來晃去，從頭到尾不停啜泣。最後莫樂走到媽媽面前，打開媽媽的手掌心。西尼太太沒有反抗。她的手又硬又乾，滿是割傷和塵土，手指又大又粗糙，皮都磨破了；指甲咬得剩很短，而且髒兮兮的。莫樂從那隻獨特的手上拿走熱水壺的電線，感覺到自己柔軟細嫩的手指慢慢滑離那個珍貴的礦石，那個礦石是被偷走的人生塑造而成的。

莫樂準備走開，但是西尼太太溫柔地把一隻手貼到女兒的腦勺，把她拉到自己的懷裡。

過一會兒，她熱情地伸出左手。其他孩子走了過來，心裡惶恐，走得很慢，不過還是走過來了。西尼太太看著松娅，輕輕搖了一下頭，示意她也過來。松娅跟其他孩子一起投入那雙肌肉鬆垮卻充滿熱情的大手裡。西尼太太雙臂環抱他們，他們享受著她的擁抱，因為她是他們的媽媽，他們美麗的媽媽。那天在廚房，她把所有孩子抱在一起，沒有人受傷。

不過西尼太太心想：「要抱多久呢？」

她剛剛差一點要傷害他們。其實她會不顧一切防止他們受到傷害，為了保護他們，她死而無憾。想到自己竟然變得這麼糟糕，讓他們和自己都看見了，原來她是這麼壞的人，她心裡著實痛苦萬分。如果她不能防止自己傷害他們，她又怎麼能防止別人傷害他們呢？

「對不起。」西尼太太用小到幾乎聽不見的聲音說，「真的很抱歉。」

孩子們什麼都沒說。他們都只聽得見媽媽啜泣的聲音。西尼太太抱著他們所有人，覺得他們和她自己都好可憐，感覺到孩子們靠著她的腰，像宇宙本身那樣神祕又巨大。有那麼一段時間，她完全忘了時間和自己，感覺到一股憐憫和疼愛之情，像宇宙一樣無窮盡，憐憫疼愛存在於宇宙中的一切事物，不論是活著的還是死去的，憐憫疼愛在那個短暫的瞬間存在於她和孩子們心裡的一切事物。

後來雨停了，松婭跟著其他孩子到屋外玩耍，沒有人談論剛剛發生的事，太過沉重了，所以沒有人談論。

第三十七章

一九六一年

兩個方格圖案的盤子上頭放著塗了奶油的烤麵包片，擺在粉紅色大理石木紋飾皮桌子上，坡匠和松婭的廚房兼客廳，冷清無人，那張桌子擺在最重要的地方。那兩個方格圖案的盤子上放著塗了奶油的烤麵包片，烤豆子被倒到烤麵包上。穿著圍裙的松婭拿著傾斜的長柄鍋上這道她得意準備的澳洲料理。有件事她知道，但是坡匠不知道。坡匠坐在桌子旁，看著奇怪的餐點被盛到餐盤裡，心裡又敬又怕，眼神透露出不屑，還有完全摸不著頭腦。

坡匠低下頭看一眼桌面，再抬起頭來看松婭，感覺到她對自己的手藝很得意，接著又轉回去看著餐點。坡匠用叉子從桌子中央的沙拉碗裡叉起加了油的萵苣，再把叉滿綠菜的叉子叉進加了烤豆子的烤麵包片，把滿叉子的食物往嘴裡送。他嚼了幾口，又嚼了幾口，不過嚼再多口，都無法改變嘴裡食物古怪至極的味道。他罕見地把眼珠子往上吊，請求聖母瑪利亞給他力量，才吞了下去。

「松婭。」好不容易嚥下沙拉和豆子之後，他說道，「那個……**那個**西尼家，妳確定他們吃這種東西？」

「是呀。」松婭回答得很認真，近乎嚴肅，「但是從來不加維吉麥醬。」

坡匠雙眼盯著松婭，再看向餐點，又看向松婭，再看向餐點，最後假裝瞭解。

「喔，對。」坡匠說道，「當然不能加。」

他繼續叉起一些沙拉和烤豆子吃，一面在心裡咒罵澳洲人實在是落後得可憐又可笑，竟然把一堆難吃的東西誤當成食物。

那天晚上稍後，坡匠做了一件奇怪的事情，出人意表，卻令人開心。他走到衣櫃前面，小心翼翼爬到櫃子頂部，把老舊的勝家牌縫紉機拿下來，擺在粉紅色的大理石木紋飾皮桌上。他拆掉一張張薄紙，薄紙上布滿虛線，松婭覺得那些虛線像摩斯密碼一樣，看不懂是什麼意思。坡匠把那些紙全都用別針固定在松婭身上，拿著剪刀剪來剪去，口中喃喃自語，偶爾低聲咒罵。最後他把紙拿下來，從一個棕色紙包裹裡拿出一卷有光澤的粉紅色棉布，把紙用別針固定到棉布上。他全神貫注地裁減形狀，似乎沒注意到他平常叫松婭去睡覺的時間早就過去了，似乎完全沒注意到松婭。坡匠全神貫注地工作，讓松婭不禁看得著迷。那臺老舊的縫紉機上有一顆黃色的指引小燈，照亮了他的手，他的手熟練地移動，拉動跳動的縫紉針下面的粉紅色布料。那雙手在做東西的時候充滿自信。松婭聽著那臺老舊的黑色勝家牌縫紉機運轉時的轉動聲，隆隆隆隆，一陣快，一陣慢，好像縫紉機在旅行似的，而他們倆也跟著一起旅行。

過了好一段時間，隆隆聲結束了，縫針停止跳動。坡匠扣上針上的鎖，站起身來，叫松婭光著腳丫站到桌子的中央，脫掉身上的衣服。一件縫工俐落的粉紅色派對洋裝從她的頭和高舉的雙臂套下。

松婭轉了轉身子。

洋裝很合身。坡匠笑了起來。遠處牆上有一面小鏡子，松婭看著鏡子裡自己的身影，手沿著洋裝往下滑，感覺看看，拉平整，拍一拍。發生了奇怪的事，她不知道是什麼事，但是她為此覺得好開心，即便仍舊無法理解原因。她以前從來就沒有自己的派對洋裝。她以前從來沒看過爸爸舉止如此古怪。以前坡匠做過衣服給她，但是只做必要的服裝，像是學校制服之類的服裝，從來沒有做過派對洋裝這種便服。發生了**非常**奇怪的事。先是做了一張漂亮的桌子，接著又做了一件沒有意義的洋裝。而且坡匠對她很好。此刻，坡匠張開雙臂，她從桌子上跳到坡匠的懷裡。坡匠輕輕抱著她，兩人繞著縫紉機，隨著廣播播放的舊鄉村民謠跳舞。接著坡匠把她抱回桌子上，父女倆再次好好欣賞他手工縫紉的洋裝。

松婭覺得好開心。她感到一種優雅的氣質。一種輕鬆愉快的心情，明白生活中有這種根本的美好，值得跳舞慶祝。

她轉呀轉呀轉——

轉到頭好暈，剎那間，她覺得自己是隨風飄蕩的蕾絲布，是媽媽轉動著她。

第三十八章
一九六一年

松婭穿著亮麗的粉紅色棉質洋裝，罩上開襟羊毛衣，坐在ＦＪ的前座，長腿彎起來貼著胸口，長著疥癬的膝蓋夾著下巴。坡匠側坐在駕駛座上，一隻腳有氣無力地垂在打開的車門外，另一隻腳等待著，微微彎曲，踩在門框上。他們提早醒來，坡匠匆忙把黑檀桌綁到ＦＪ的車頂架上；坡匠做事通常不會這樣匆忙，他做事總是謹慎小心。ＦＪ像發狂似的，疾速飆過蜿蜒荒僻的碎石路，轉過一個又一個轉角，好像沒完沒了似的，開向胡恩。松婭強忍著沒吐出來，最後車子突然停在這處山坡。四處飄蕩的清晨薄霧，讓散布在他們下方的果園變得霧濛濛。他們在的地方夠高，太陽照得到，儘管陽光強烈，但是春天夜晚的寒氣仍舊還沒消失，感覺起來又熱又冷。

「在那裡。」坡匠說道。雖然他沒有指出來，但是松婭知道他說的是下方不遠處的一棟舊屋舍，離屋子比較近的那一邊是樹叢茂盛的山坡，比較遠的那一邊是蘋果園，父親正盯著蘋果園看。

那棟屋舍的陽臺很像獅子鼻，像一頂老舊的棒球帽，往下拉遮住漆成綠色的護牆板，護牆板在昏暗的光線中，表面彷彿起了漣漪似的。松婭從山坡看，覺得那棟屋舍跟同樣星羅棋布在果園山谷裡的其他屋子大同小異。他們離屋舍滿近的，松婭能辨識出細部。果園裡的蘋果樹仍舊有點細瘦。花園色彩豔麗，玫瑰花叢開始發芽，有幾棵大松樹，房子前面有馬蹄形的碎石車道。長長的陰影，和穿插於陰影之間的清晨光束，在側窗上覆滿了斜紋，光影移動得優雅極了，讓松婭不禁懷疑屋舍是不是失去了堅硬的外形，變成了一縷縷煙霧和一道道波浪。窗框油漆起泡龜裂，需要重新刷漆，跟小屋的護牆板一樣，剝落得像鱗片似的。窗框周圍爬著一大片茂密的玫瑰藤，淡紫色的花朵開始盛開。松婭可以看見一道白色蕾絲窗簾，被清晨的微風吹得在那扇舊窗戶飄進又飄出。

蕾絲窗簾和經過風吹雨打日曬的木頭。都在動。松婭覺得這裡有東西，好東西。不過蕾絲窗簾和木頭緊密結合在一起，令她不安，跟她的本質太近了，令她覺得不自在。

他們在ＦＪ裡坐了兩個鐘頭，看著那棟座落在田園風光裡的屋子，最後坡匠把那天早上的第十根香菸扔出窗外，吐了一大口口水，看著後照鏡裡的自己，把領帶綁緊，放鬆再綁緊，用舌頭舔溼指尖，用手指抹平剛剪過的頭髮側邊，深吸一口氣，發動引擎，把車開下坡。

「妳記得去年在希斯吉特家嗎？」坡匠問道。車子往下開進薄霧裡，離那棟屋子愈來愈近。

松婭點點頭。

「妳記得我們在那裡遇到的那個阿珍嗎？」坡匠問道。車子開離道路，開上屋舍的車道。

松婭又點了點頭。松婭記得。阿珍．戴倫。松婭沉默不語，不過奇怪的是，並不是因為害怕。阿珍的臉看起來很像老鷹，尤其因為漸白的長髮往後綁成馬尾，加上戴著翼形眼鏡。還有她的眼睛也很奇特，是綠色的，很柔和。松婭只有在別無選擇的時候，才會看著大人的眼睛，像是在學校老師要求那樣做的時候。不過松婭卻發現自己能夠看著阿珍．戴倫的眼睛，不會感覺受到威脅。松婭覺得她看起來很老，說不定比父親還要老，但是她的身體卻出乎意料地年輕。強壯，靈活，跟臉不搭，穿著樸素的衣服。她很溫柔，松婭記得，溫柔又大方。

就在此時，松婭終於知道以前父親星期日把她留在西尼家時，跑去哪裡了。就連以前在希斯吉特家的時候，松婭就明顯感覺得到阿珍對坡匠的情意，或許這就是為什麼只有一面之緣，松婭卻能記得如此清楚。因為阿珍對松婭父親的興趣，像羞紅一樣，從阿珍的身體裡出現，松婭感覺那股情意就像發光的熱。再說，一開始，松婭樂見父親跟阿珍譜出浪漫戀曲，因為那樣很有趣，甚至是刺激，更是絕對好過晚上陪父親去打牌，或坐在酒吧停車場等父親在酒吧裡打完牌。

先是經過一個晚上，再來是一個白天，又過了幾個星期，幾乎過了好幾個月，時間不停流逝，感覺卻像坡匠．布羅拉緊、鬆開再拉緊領帶那麼短的時間。生活變得規律，讓松婭不只安心，也愈來愈開心。每星期工作與上學都在荷巴特，父親現在變了個人，變得快樂，跟她在一起很自在。每個週末他們都會回去胡恩，到阿珍的家。坡匠會到果園幫忙，修理機器、圍籬，照顧果樹，噴灑農藥，修剪樹枝，採收與包裝蘋果。松婭也會幫忙採收和包裝蘋果，有時候在阿珍身邊工作，有時候在父親身邊工作。包裝小屋很暖和，光線充足，還有蘋果叮叮咚咚滾向六個包裝工人的聲音，工人有男有女，還有小孩。松婭會又仔細又快速地用柔軟的紫色包裝紙把蘋果包起來，包到厭煩為止。包煩了就跑到果園裡的綠色蘋果堆，幫忙揀選蘋果，一會兒後又跑回小屋。她從來不礙事，沒有人對她發過脾氣，或嚴厲斥責過她，因為那年夏天在那個小果園辛勤工作，氣氛融洽，她很開心能夠幫忙，好像整個夏天的工作是某種無聲的共同祈禱，而她是那次祈禱裡不可或缺的元素。

每個星期日早上，她都在快要日出的時候起床，在睡夢中就感覺到黎明的昏暗光線開始充滿屋子。她會到廚房，穿著睡衣站在窗簾和窗戶之間，看著漸漸升起的太陽，把沉悶的灰色雲變成杏仁色、粉紅色和銀色。她覺得天空看起來像一尾巨大的虹鱒，跳過阿珍的屋舍。她會看著果園和果園後面的山坡，山坡上覆滿樹叢，一直延伸到她看不見的地方。她站在廚房那裡看到的景色雖然不算遼闊，但是還是感覺很寬廣，很開闊。

松婭會把紙和早晨的木枝，放進舊爐灶的小燃燒室裡，燃燒室的邊緣積滿灰燼。她會把紙點燃，很快就會燒成熊熊的晨間火焰，跳動的黃色火焰時而發出劈啪聲，時而發出嘶嘶聲。為了避免火燒出的煙飄到廚房裡，她關上鑄鐵爐灶門，門上有凝結的木餾油。早晨的木枝劈啪嘶嘶地燃燒之際，她會把黑色大水壺拿到唯一的銅製水龍頭打滿水，把有花朵圖案的茶壺（這個茶壺又大又重，她得費很大勁才拿得動）、兩個茶杯，還有糖和牛奶，放到托盤上；再把茶葉罐拿下來，把茶葉放入大茶壺裡。等待水滾之際，她經常想著，自從那天早上他們載著那張新的黑檀桌子來到這裡之後，人生經歷了什麼樣的改變。托盤現在就擺在那張桌子上。

當時他們全都站在阿珍的廚房附近，欣賞那張桌子，包括阿珍、坡匠、松婭和老亞契。老亞契當時也住在這棟屋子裡，自從阿珍的父母去世之後，就幫阿珍的哥哥莫夫經營果園，阿珍則在當地的學校上班。他們把桌子移來移去，看看最適合放哪裡。阿珍喜歡這張桌子樸素，設計比例恰到好處，雅緻，沒有華麗的裝飾；她說做得很棒。那年整個春天、夏天與秋天，坡匠和松婭每個週末都會回來這裡吃飯，坐在桌子旁吃奇特的異國食物，有些食物坡匠從來不准帶進自己的家裡，像是南瓜、歐洲防風草、薄荷醬。他們吃小羊肉做的烤肉和烤鍋，但是坡匠總是說羊肉只適合給塞爾維亞人吃。不過坡匠不僅沒有罵阿珍，反而誇讚她煮得很美味。他們用奶油和牛奶煮湯，這讓坡匠和松婭都感到驚訝。坡匠說阿珍的麵包真的比他媽媽的麵包還要好吃，他說的可是真心話。他們吃了至少二十幾種不同種類的蘋果布丁，用很大的杯子喝甜甜的白茶，大到都可以在杯子裡洗碗盤了。

阿珍身上帶著蘋果花的香氣，松娅和父親會私下拿這件事說笑，因為不論一年的哪個時節，她身上總是帶著蘋果花的香氣，不只躲不掉，也經常不合季節。

不過有一天，松娅發現，在老舊的蘋果包裝小屋後側，有隻雞蓋了窩，窩裡有好多黃色小雞，活像一顆顆會動的毛球，唧唧啾啾叫個不停，到處滾來滾去。就只有這麼一次，松娅沒有聞到蘋果花的味道，沒發現阿珍來到小屋，以為只有自己一個人在，於是開始對著小雞唱歌。

Spancek, zaspancek
crn mozic
bodi po noci
nima nozic

松娅輕聲唱，聲音裡充滿了愛，那首歌她很久以前就知道了，久到忘記是什麼時候學會的，那是斯洛維尼亞語的搖籃曲。

Tiho se duri
okna odpro
vleze se v zibko

Lunica ziblje:
aja, aj, aj
spancek se smeje
aja, aj, aj.[2]

松婭聞到蘋果花的味道之後，馬上就聽到拍手的聲音。她嚇了一跳，抬起頭來看見阿珍站在小屋的盡頭，面帶笑容。松婭倏地站起身。

「唱得很好聽喲，松婭。」阿珍說道，「歌詞是什麼意思呢？」

松婭尷尬地回以笑容。她沿著側牆快步走，像蜘蛛在找地方躲似的，從頭到尾都面對阿珍，接著跑出小屋，一路跑過果園，跑向河流。

歌詞是什麼意思呢？歌詞沒有意思。那些是沒有意義的話，就像「圓胖弟蛋胖弟」。其實歌詞是有意義的。她知道歌詞是有意義的。她知道歌詞是在講愛，但是為什麼呢？

她拚命得跑，呼吸急促，氣喘吁吁。松婭恢復理智之後，發現原來是水壺煮沸了，劇烈冒泡，水灑到熱燙的爐子上，發出嘶嘶聲。

她抓著包著茶巾的提把，把水壺從爐子上拿走，匆忙之中稍微燙傷了。她把滾燙的熱水倒進茶壺裡。每隔一週的星期日早上松婭都會這樣做，她從廚房走到中央走廊，走廊仍舊昏暗，瀰漫著霉味，還有睡覺安寧親近的味道。她慢慢小心退回臥室，眼睛往下看，專注緊盯著沉重的托盤，確保托盤保持水平，茶水沒有灑出來。她把茶盤放在一張老舊的小桌子上，小桌子靠著牆擺，上方有一道蕾絲窗簾，在窗戶飄進又飄出。

松婭把目光從茶盤往上移，看著阿珍的臥室。那間房間漂亮極了，漆成有斑點的淡綠色，天花板很高，從房裡能眺望現在花朵盛開的蘋果園。陽光像河流似的流進窗戶，把光線傾倒到阿珍和坡匠身上，他們兩人一起躺在一張高高的木床上。

松婭覺得他們倆看起來好幸福安詳。這裡，對松婭和父親而言，像個平靜的島嶼。有很長一段時間，她會把茶端進臥室，有時候會講一下話，但是在阿珍面前會害羞，聊一會兒就會找藉口離開。不過那天早上松婭發現自己不再害羞了，她當下最想做的，就是爬上那個島嶼，跟他們在一起，爬到那張高高的木床上，跟坡匠和阿珍在一起，感受那道光線的河流在他們身邊流動。她把目光往上移，看向阿珍。阿珍拉起被子把身體蓋好。就在松婭幾乎要爬到阿珍慵懶溫暖的懷抱裡的時候，坡匠搖搖頭，手輕輕一揮，示意她離開，沒有被阿珍看見。

雖然只有這兩個小小的動作，但是卻令松婭心痛。

松婭停下來，緊盯著父親看，接著乖乖爬下那張大床。阿珍轉頭看坡匠，坡匠從背後摟住她，微笑親吻她的鼻子。松婭走過蕾絲窗簾離開臥室時，臉被孤獨的重量壓垮，可惜阿珍沒有看到。

2 編按：原文以斯洛維尼亞文呈現。

第三十九章

一九六一年

沒有麵包臭酸的味道，所以松婭知道自己不用害怕。然而，這著實不尋常。坡匠竟然開車到學校載她回家。松婭覺得父親的情緒很愚蠢，但卻有感染力。走到門口時，父親叫她停下來，閉上眼睛。她讓父親用手遮住她的眼睛。

在徹底的漆黑之中，她聽到坡匠說話的聲音，跟剛剛在ＦＪ裡不一樣，跟平常也不一樣，不是說流利的斯洛維尼亞語，而是說生硬的澳洲英語，他說每個字的時候，幾乎都像開始說新的句子。

「從現在開始，我們要講正確的英語。」

在神祕的徹底漆黑之中，她自己的聲音透露著憂心。

「不要啦！阿提！——你用斯洛維尼亞語講笑話才好笑啊。」雖然坡匠通常會堅持他們倆都要講英語，不要講斯洛維尼亞語，但是心情愉快的時候，他會用母語輕鬆地跟松婭開玩笑，還有玩文字遊戲。

但是在漆黑的宇宙中，他說出來的英語堅硬無比。

「不行，松婭，如果說斯洛維尼亞語，妳會沒有前途，落得跟我一樣。從現在開始，妳要說正確的英語，這樣妳才有機會。」

「用英語講笑話不好笑呀。」

「英語能賺錢。」他仍舊用大大的手掌遮住松婭的眼睛，「跟我走。」他在松婭後面，松婭像跳狐步舞一樣，順著他輕推的方向滑動腳步。松婭就這樣踩著古怪的舞步，滑過門和廚房兼客廳，不禁想到父親的動作應該很優雅。接著兩人都停下來。

坡匠哈哈笑起來，開心大叫。「張開眼睛囉！」他把雙手拿開。

松婭看到了極其奇特的東西：在她前面，在客廳的角落，有一套二十四冊的百科全書。棕色和黑色的書脊整齊地排在一個全新的矮書架裡，書架是買這套百科全書免費贈送的。坡匠不只送書給松婭，還在家裡裝了一個擱板，類似石穴裡的那種擱板，斯洛維尼亞的鄉野處處可見那種石穴，用來祭拜聖母瑪利亞，祈求聖母保佑。坡匠希望這份愛的禮物也能夠具有神奇的解放效果。他做了一個松木櫃，用來存放衣物和亞麻布。他把矮書架擺在那個櫃子上頭，好讓那套百科全書能夠顯眼一點。書架的兩端，各有一根沒有點燃的紅色蠟燭，擺在一個淺碟裡，放在櫃子上。書架上只有百科全書，沒有別的書，因為屋子裡沒有別的書，於是坡匠在書架上驕傲地陳列沙拉碗。

松婭直盯著，看得一頭霧水。坡匠往後站，笑容滿面。

「**大英——該死的——百科全書**。」沉默許久後他這樣說，聲音充滿驚嘆和驕傲。他很興奮，好像終於找到可以讓他們倆一起獲得自由的鑰匙，好像那二十四本裝訂得一模一樣的書就是鑰匙。

松婭感覺到這個沒有用的信仰在她周遭凝結成重量，走到書前面。她用手指滑過暗色的書脊，書脊擺在一起，像履帶一截一截的。她鼓起勇氣拿出一本，掂掂書的重量，打開來翻閱，看著緊密的書頁滑過指尖。

「妳好好學英語。」坡匠驕傲說道，「以後才不會跟我一樣。」

雖然這份禮物古怪又格格不入，松婭還是感到一股興奮的情緒，一方面是因為那份禮物，更重要是因為父親送書給她，顯然很開心。不過她也覺得有點擔憂。她一個字都還沒讀，心裡就不禁擔心自己能不能看懂所有內容，甚至是任何內容，因為書裡沒有故事，沒有她認得的人可以引導她認識這座文字的迷宮。她知道如果沒有指引，她一定會迷路。還有另一件事突然也令她擔心了起來。

「阿提。」她問道，「這一套要多少錢呀？」

「錢的事妳不用擔心。銷售員答應我，我現在不用付錢。」坡匠溫柔微笑道，「我只要在三年內付清就可以了，每個月分期付款。」他聳聳肩，「不過這個問題我來處理就好了。」他跪到松婭身旁，目光炯炯地抬頭看著百科全書，好像那是聖母瑪利亞顯靈似的，一隻手摟著松婭的腰。「銷售員說，要學英文，最好的辦法就是讀《大英百科全書》。」松婭似乎心存懷疑，坡匠繼續說，想點燃她的熱情。「妳只要讀就對了。」他說道。

松婭覺得百科全書有趣的時間很短，非常短，大概只有二十分鐘而已。大部分的時間，她單純是因為尊敬父親才讀的。她從第一冊開始讀，下定決心要一頁一頁、一冊一冊地把整套百科全書讀完，不管讀起來會有多困難。坡匠覺得松婭這樣讀聰明又勤勉，能充分運用這套書。松婭乖乖讀幾百頁之後，就會無法自已地眼神呆滯，一開始會跳過幾個字，接著跳過一些句子，甚至跳過整篇文章，乃至於一大節。她發現仔細讀這類文章，可能會發現文章毫無意義，完全無法讓她獲得知識。她漸漸默認，她想要達成的目標顯然是徒勞無用的。

幾個月來，每天早上他們坐在粉紅色的大理石木紋飾皮餐桌旁吃早餐。每人面前有兩個碗，一個裝著冒著蒸氣的金黃色熱義式玉米粥，另一個是空的。松婭會把空的那個碗斟滿濃濃的黑色土耳其咖啡。接著他們倆會把湯匙放到玉米粥裡，舀起滿滿的金黃色玉米粥，放進黑色的甜咖啡裡，身子往前斜靠在碗上方，把淋著糖漿的玉米粥舀進嘴巴裡。坡匠會把《運動環球報》摺成四分之一大小，這樣比較容易拿，手臂打直，把報紙拿離眼睛，讀著報紙，因為有些老人休息抽菸時是那樣拿報紙的，那樣拿好像比較合適，比較正確，哪怕他只有偶爾看得懂幾個句子和一些圖片。松婭則會在身旁放著一冊厚重的《大英百科全書》。她會乖乖讀，但是一點都不喜歡，也沒興趣。偶爾父親會問她讀到哪了，她會回答：「第二冊，第三百一十六頁。」或「第三冊，Cr到Da的部分，第一千五百六十二頁。」為了證明自己讀得很認真，讓父親認為這樣讀一點都不蠢，她會好奇地問父親沒辦法回答的問題，像是：「你知道有超過七百八十二種甲殼綱動物嗎？」

「這可問倒我了。」坡匠總是會用最標準的澳洲英語回答，有時候會哈哈笑，一方面笑自己愚昧，一方面得意地笑女兒竟然懂這種知識。不過坡匠也是在笑知識的空洞，他可一點都不笨。他認為知道這類知識通常沒有用。他這個想法是對的。不過他還是認為，人生會失敗或成功，差別就在於懂多少這種沒有用的知識。他這個想法則是錯的。松婭總是回以微笑，而且每次看到舀滿金黃色玉米粥的湯匙沉入咖啡的黑暗之中，總會想起太陽落入黑夜之中。

第四十章

一九六二年

那天天氣炎熱，天色明亮得不像是這個季節，那天一整天，還有前一天的大半天，他們都在摘蘋果，摘考克斯柳橙蘋果。摘蘋果的時候，松娅從頭到尾一直想，到底要多久她的粗麻袋才會滿？蘋果樹有那麼多嗎？她能比在另一邊摘蘋果的父親還快摘完一排蘋果樹嗎？如果可以，如果她比父親還快摘完一排，如果她比父親還快把袋子裝滿，父親會永遠待在她身邊嗎？生活會永遠像這樣嗎？或者要父親先把他的袋子裝滿才可以？但是每次父親已經把袋子裝滿兩次了，松娅還沒把自己的袋子裝滿。問題始終沒有獲得解答：可以永遠像這樣生活嗎？可以嗎？可以嗎？問題沒有獲得解答，因為她的袋子從來沒有裝滿過。

松娅去廁所。她喜歡在白天去上廁所，害怕晚上去上廁所。廁所是一間在室外的木造茅廁，跟比薩斜塔一樣稍微斜斜的，內部更奇妙，是特別為孩子裝飾的，從上到下都貼了從雜誌報紙剪下來的圖片當壁紙。有些舊，泛黃，有些脫落，有些是新的，顏色還很鮮豔。

牆上有些地方貼著一張張遙遠地方的明信片。有一張舊照片是觀光客在威尼斯的一處廣場；有一張是倫敦的一輛雙層巴士；另外還有一張褪色的舊照片是杜布羅夫尼克。

松娅好喜歡待在那間茅廁裡頭發懶，陽光照進門縫，照亮了裡面。裡頭有一張木製長凳型馬桶，新刷成綠色，松娅坐在上面，內褲拉到腳踝，沉重的木製馬桶蓋漆成亮紅色。還有貼滿牆壁的照片，著實令人著迷！

她聽到老亞契爬上小坡往茅廁走來，用平調的老嗓音唱著歌，發出像蘋果分類機般的喀啦喀啦聲，唱著摘考克斯柳橙蘋果的日子結束了，令人聽了著實寬心。

這一季最後一批蘋果採收完了
黃色葉子從樹上飄落
最後一箱，包裝好了，標籤貼好了，印子烙上了
先用火車運送，再用貨船載到海外。

我們像任人驅趕的愚蠢牲畜一樣辛苦幹活
背著採收袋；
對抗害蟲和天氣
防止作物遭到破壞。

松娅坐著看那些裝飾牆壁的雜誌照片，照片裡都是遙遠浪漫的地方。她早就忘了坐在馬桶上是要幹什麼，心思遊蕩在彩色的歐洲夢之中，耳裡迴盪著亞契的微弱歌唱聲——

我拋棄了犁柄；
我讓它們走，連一口氣都沒嘆；
我對著以後要長出來的蘋果說，
再見，蘋果先生，再見。

「你去過杜布羅夫尼克嗎，亞契？」松婭問道。

松婭盯著翹起來的杜布羅夫尼克照片看，在她的想像裡，有精靈和蘇丹王的城市，看起來就是那個樣子。

「有嗎，亞契？你有去過杜布羅夫尼克嗎，亞契？」松婭問道。

在外頭，亞契把將吊帶固定在褲子上的別針重新別好，把褪色的藍色法蘭絨襯衫塞回褲子裡，吸最後一口手捲菸之後，丟掉菸屁股。

「沒有。」亞契說得好像在跟天空講話似的，「我為了等妳離開那張寶座，都逛一圈回來了。」

到了下午三、四點左右，天氣悶熱和辛苦工作，讓松婭累壞了。她在果園裡躺下來休息，不一會兒就睡著了。她醒來時渾身懶洋洋地，看見阿珍站在梯子最上面的那根橫檔上，摘樹上的蘋果，那棵樹離松婭躺的地方並不遠。坡匠站在阿珍下面，把蘋果放進一個木箱子裡，附近一排排的樹木形成了綠色的避暑洞室。接著阿珍爬下來，他們輕輕擁抱，親吻。

「松婭……？」阿珍問道，朝松婭所在的地方使了眼色，顯然不希望那個孩子看了不高興。松婭在附近一塊陽光照得到的草地上，看起來像在打盹。

「別擔心。」坡匠說道，「她睡著了。」

松婭眨了眨眼，瞇起眼睛，沒有動，專注看著發生什麼事。她不安地看著坡匠用手輕輕撥開阿珍的頭髮，同樣溫柔地把手貼到阿珍的一邊乳房上，非常慢地揉了起來。這些舉動令松婭看得很不安，奇怪的是，看見父親跟阿珍在床上反而不會。在床上，他們倆感覺很尋常，現在卻感覺很親密。松婭從來沒看過父親做那種親密舉動，那種親密舉動令她看了心神不寧。不過由於陽光強烈，草地柔軟，加上她很愛睏，而且知道自己看了不該看的，於是又閉起眼睛。

結果她的白日夢變成了可怕的惡夢。她又出現在央博投・皮寇提的龐帝克後座，瑟縮在角落。央博投坐在前座，頭轉向松婭，笑吟吟地叫她過去副駕駛座。松婭偷瞄了一眼窗外，看見坡匠在果園裡跟阿珍講話。她扯嗓大叫，向坡匠求救，卻什麼都聽不見。她赫然發現，坡匠也聽不見，因為坡匠轉過身背對松婭，抱住阿珍。松婭愈來愈害怕，不停發出無聲的尖叫，他們兩人似乎完全沒注意到她身陷危境，反而擁抱親吻得愈來愈激情。看似沒希望了，不可能安然獲救了。

後來松婭記得那場惡夢跟現實無縫結合。車子晃了一下，猛然將她晃醒。她坐起身之後，發現自己回到FJ裡。FJ捲起大片塵土，行駛在兩側都是蘋果園的荒僻小徑上。坡匠笑吟吟地看向松婭。

「妳醒啦。」他說道。

松婭仍舊很睏，只是喃喃回答。坡匠吸了一口氣。他看見前面有一道舊圍欄，老舊的樁都破裂了，亟需要換新；還有一間包裝小屋，鐵皮屋頂鬆動，需要在冬天來之前重新固定。他看見很多事情需要做，不過基於種種原因，沒有人處理。

「這個週末還不錯吧？」坡匠問道。對松婭而言，這個週末跟那年夏天的其他週末大同小異。她茫然點了點頭。「松婭，如果阿珍跟我結婚，阿珍變成妳媽媽，妳覺得好不好呢？」坡匠說得若無其事，好像那不是什麼重要的事，好像在問松婭要在油沙拉上多加或少加點醋。

松婭終於恢復思緒了。那個夢讓她覺得好害怕，好脆弱，亟需父親陪伴。但是父親現在卻說可能會把自己給別人。她看見ＦＪ外面的世界是綠色，天空是藍色的，人們似乎規矩有序，生活順遂。她經歷太多改變了，不想要再改變了。她感覺到愛拉扯著她，令她心亂如麻。她好想要一切維持原狀，心裡對抗著想要改變一切或忘掉一切的渴望。她感覺到對愛的恐懼，害怕另一份愛可能會淹沒她的愛。

「不要，不要，阿提，不要……我不要。她……」松婭尋找理由，想反對父親選擇阿珍，卻找不到。她喜歡他們整個夏天的生活，阿珍付出關懷，他們同甘共苦，一切都沒有威脅到松婭。松婭緊抓住明顯的點。「她太老了。我只要跟你在一起。我不要跟她在一起。我只要我們兩個人在一起就好了。」

坡匠的笑容慢慢消失。

「一起。**我們**。住在我們的家。」

坡匠吞了一口口水。在漫長的回家途中，兩人都不再說話，這次的路途是兩人記憶中最漫長的。

第四十一章

一九六二年

從那之後，情況就不一樣了。下個星期六，他們在木工場裡工作，松娅又跟以前一樣站在一旁觀看，坡匠在一塊廉價的塔斯馬尼亞橡木上畫記號，準備裁切，製作一個小書架的擱板，嘴裡叼著悶燃的香菸，工作臺上放著一罐打開的啤酒。

那天跟一般的秋天不一樣，異常悶熱，令人昏昏欲睡，但是壓迫感並沒有因此消失。兩人都沒有說太多話，松娅感覺到父親的沮喪沉得好像真的有重量似的，鼓起勇氣問令父女倆都煩惱的事。

「我們這個週末去果園好不好？」

坡匠的憂愁瞬間消失。他更加仔細地看著直角尺，好像接下來要切鋸的東西比松娅要說的話重要多了。

「你說你愛阿珍。」松娅說道。她原本並不想要說這句話，她原本什麼都不想說，但是這句話卻不知不覺脫口而出，因為她不想要父親的表情讓她沉默。

「對啊。」坡匠說道，「我好像說過，又好像沒有。但是我有妳。」為了不讓對話中斷，他繼續說道，「我們不回去了，松娅。永遠不回去了。如果妳不想回去，我們就不要回去。」

松娅當下並沒有嚇到，因為她不知道父親的話是什麼意思。她知道父親在生氣，但是她以為父親氣消之後，他們就會回阿珍的家，一切就會恢復跟以前一樣。她當時並不知道，父親會用好幾年來展現自己永遠不回阿珍家的決心，同時也證明他自己當時說的話是多麼不公平。

松婭不肯放棄。她談起父親從來沒談過的話題，她最近對這個話題很感興趣，以為父親也會感興趣。

「斯洛維尼亞美嗎，阿提？」

坡匠站得直挺挺地看著她。松婭發現父親在聽，沒有生氣，於是繼續說。

「歐洲呢？跟阿珍的廁所裡那些照片一樣嗎？」

這似乎觸碰到坡匠的傷心處。

或許是坡匠想娶阿珍，卻沒有勇氣獨自決定。或許是他需要松婭支持這個想法，因為他很害怕。或許是他跟松婭一樣，終於覺得不要冒任何險比較安全。每天晚上他一想到要再跟別的女人一起生活，都會出現一些令自己害怕的想法。記憶和自卑在背後沖擊，導致他害怕一旦做了再婚那種看似不會幸福的事，結果不知道會如何。因為他愛阿珍，阿珍愛他，但是他不再相信愛情。他最後斷定，這個世界上有比愛更強大的東西。

「是嗎，阿提？」

他回答的時候，似乎不只談論歐洲，也談很多阿珍、他自己和他們。他每個字都說得很慢，無意間讓句子的意思變得完全不一樣。

「那裡真是，」他說道，「……**天殺的**——」他停下口，說著陌生的英語，腦袋似乎有點混亂，「——美。」

他彎下身子，把直角尺放回塔斯馬尼亞橡木上面，準備重新開始工作，但是，驀然想起了往事，停頓片刻之後，又打直身子。他再次看向松娅。

「我知道一個跟歐洲有關的故事，很有趣喔，我說給妳聽。這個故事發生在戰爭之前。我們村子裡最有錢的男人，身材高大肥胖，是個壞心眼的混蛋，老天爺呀，妳真該看看他的模樣！——這個混蛋把大部分的財產都藏在豬身上，把那些豬養在大豪宅下面。

「結果呢，在冬天的某個晚上，到處都是雪，那個有錢人的房子失火了。所有村民都去幫忙把豬從失火的房子裡救出來。不過村民把豬從失火的房子裡救出來之後，豬又馬上跑回火裡。」

「為什麼？」松娅問道。

「為什麼？」坡匠跟著說一遍，「妳問我為什麼？誰知道為什麼？那裡是歐洲呀。這就是我要說的意思呀。妳能相信嗎？我沒辦法相信。沒有人能相信。簡直像是火在豬身上施了魔法，讓豬愛上火。」他哈哈笑起來，顯然他不認為這個故事好笑。「最後豬全被燒死，村子裡好幾天都瀰漫著烤豬肉的味道。」

「這個故事好笑吧？」

但是他臉上沒有笑容。

就這樣結束了。冬天來了。掛在舊木窗框上的白色蕾絲窗簾泛黃了，窗戶上有個蛹，蝴蝶很久以前就從蛹裡飛走了。阿珍站在窗戶裡面，雙臂交疊放在胸前，凝望著窗外的遠處，好像在等坡匠和松娅回來。

她站在那裡等好多天了，有些胡恩的居民說等好幾個月了，甚至有些人說等好幾年了。不過即便只是站著等一個小時，也是沒有意義的。從飛揚的塵土就可以看出來有許多車子經過，但是坡匠的ＦＪ

比他對阿珍的愛還要大，或者比阿珍對他的愛還要美，覺得住在一起能夠感受到一種幸福。

卻從來沒有經過，載著像甲殼一樣的新傢俱。坡匠製作那些傢俱的時候，心裡懷著一個脆弱的想法，比他對阿珍的愛還要大，或者比阿珍對他的愛還要美，覺得住在一起能夠感受到一種幸福。

開始下起雨來了，一開始是斷斷續續的毛毛細雨，接著緩慢敲打著鐵皮屋頂。天色愈來愈黑。過了一段時間之後，阿珍停止凝望，不再沉思，鬆開交疊的雙臂，拉下那扇老舊的窗子，把蕾絲窗簾後頭的那道沉重暗色窗簾拉起來遮住窗戶。蕾絲窗簾停止在早晨的微風中玩耍，變得靜止脆弱，積了厚厚的灰塵。雨繼續落在玻璃上，在窗戶的塵垢上形成一道道涓涓細流。

阿珍的臥室窗戶旁邊的玫瑰枯萎凋謝了，花瓣掉到地上，些微僅存的顏色、形狀與氣味徹底消失。阿珍看到花慢慢凋謝，回到潮濕的土地上，一點也沒有感到欣慰。她很久以前就認定，除了別人，任何事物都沒辦法令她獲得太大的慰藉。而她不確定自己還有沒有力量再追尋如此脆弱的慰藉。

第四十二章

一九六二年

松娅沒辦法讀書了，彷彿在夜晚他們睡覺的時候書脊悄悄被折斷，所有事情都無法如他們所願，甚至無法維持原狀。坡匠又喝起酒來了，松娅很討厭他喝酒，噢，天呀，松娅實在很討厭他喝酒，不過她只能跟父親周旋到底，因為她只是個孩子，因為她是坡匠的女兒，坡匠是她的父親。不過這兩件事現在都不再是事實了，變成只是文字，他們倆都不信任也不瞭解的文字。坡匠不知道自己該怎麼辦，更不知道該拿松娅怎麼辦。松娅雖然知道自己想要什麼，卻找不到辦法得到，因此，每天下午放學之後，她只好去找坡匠。

她會步行或搭公車到坡匠當時工作的建築工地，通常是搭公車一段路，步行一段路。然後在ＦＪ裡等幾個鐘頭，等到坡匠下班。在ＦＪ裡，她不會讀教科書，因為她認為閱讀是個她註定無法熟識的陌生人。她會畫花的圖案。她會下車閒逛，從遠處看著父親，景仰父親，心裡想著自己要永遠記得父親的這個模樣，穿著舊工作服，彎著腰工作，舉止優雅。在短暫的人生裡，她自己就幹了好多體力活，所以一點都不羨慕父親的「苦活兒」（坡匠都學同事這樣說）。但是她喜歡看著父親工作，有時候甚至想要跟父親一起在工地工作，有時候真的會跟父親一起工作，幫忙清理，拿材料和工具。因為觀察父親跟別人一起工作，她能看見父親最美好的一面，能瞭解父親怎麼看世間萬物。

不過一天工作結束後，坡匠不會回家，他開車到酒吧，把車停在滿地碎石子的小停車場裡，叫松婭留在車子裡面等。

「別擔心。」他總是這樣說，「我喝一杯就好。」

太陽落到低處，擋風玻璃閃閃發亮。夕陽照得新的福特西風、希爾曼、霍頓反射黃光。照在比較舊的車子上，卻像沉入了生鏽凹陷處的土色之中。太陽沉到地平線下，坡匠還在酒吧裡。黑暗降臨停車場之後，街燈就會亮起來，松婭仍舊在車子裡等待。

就在她完全沒意料到的時候，就在她徹底絕望的時候，坡匠就會突然出現在車窗旁，揮動手裡拿的東西。終於，松婭一開始會這樣想，我們終於可以回家了。她會露出笑容。坡匠會把頭伸進車門，露出古怪的笑容，給松婭一大塊包起來的巧克力。

松婭會對巧克力視若無睹，直視坡匠。看著他那雙因為喝了啤酒而變得呆滯的眼睛。松婭會面無表情地低聲說：「阿提，我們可以回家了嗎？」

坡匠總是喝得醉醺醺的，總是一邊傻笑一邊說：「那是家庭號的。」又笑了幾聲，「巧克力——家庭號的。」他喝醉的時候都會那樣，解釋自己說的笑話，好像笑話不好笑是因為他講話講得不夠好似的。

「我想要回家了。」

「哪裡？」坡匠會這樣問，「什麼家？妳和我沒有家呀，松婭。難道妳不明白嗎？」他會再笑幾聲，接著笑聲變成眼淚，洗去啤酒造成的呆滯眼神，「我們只有移民公寓，松婭。移民公寓。難道妳不明白嗎？」

他會轉身走回酒吧。那天晚上稍晚從酒吧裡踉踉蹌蹌走出來的那些人，跟之前許多個晚上一樣，看到有一盞街燈照亮附近的一輛車子，車子裡頭有一個小女孩。有時候他們會看到那個小女孩坐在駕駛座，看著地平線，好像正開向遙遠的某個目的地，已經開了好多、好多個鐘頭。有時候，如果他們走近，可能會發現她在後座熟睡。有時候，在深夜，他們可能會注意到她靠著乘客座的側窗，把手貼在車窗上大聲尖叫，那尖叫聲可怕極了，又長又微弱又悲傷。

酒吧裡吵吵鬧鬧的，盡是成年男性在稱兄道弟，可悲至極，單純出於自私自利。當然，小孩跟女人一樣，沒辦法進入這種場所。不過如果有個小孩進到裡頭，坐到吧檯桌前，那他只能看到玻璃杯反覆被舉起又放下，桌面上有一灘灘啤酒，菸屁股被丟到菸灰缸裡，手比著各種手勢。玻璃啤酒杯一個個立著，活像監牢的鐵杆。從杯子之間，那個孩子或許能夠看到窗外有一輛車，松婭坐在那輛車子裡大聲尖叫。不過那個孩子聽不到尖叫聲，只能聽到玻璃杯叮叮噹噹的聲音和男人們飲酒作樂的嘻笑聲。那個孩子可能會聽到坡匠的一個酒友偷偷告訴朋友祕密，無意間聽到他說：「叫那個移工請你喝酒。他每天晚上都會來這裡。他不在乎錢花在哪。他們花錢把媽媽從希臘帶到這裡之後，就不管錢了。」

接著聽到他的酒友回答：「坡匠，你這混蛋，你到底要不要再請一杯啊？」

接著聽到坡匠笑哈哈地說：「當然要呀，你要喝多少啤酒，我都請。操，不然我賺錢幹嘛？」

大家哄然大笑。如果酒吧裡那些飲酒作樂的人有看到，他們會覺得松婭在宛如監獄的車子裡，看起來並沒有不開心，反而像放在標本鐘形罩裡的昆蟲，看起來好像心滿意足。

其實那隻昆蟲在尖叫，而且她每尖叫一聲，就會更加遠離她想靠近的那個人，但是只有那個人能讓牠變回人類。

第四十三章

一九九〇年

好久以前那個神奇的夏天在雨中結束之後，坡匠拋棄阿珍的愛，重回酒瓶的懷抱之後，松婭就不再吃蘋果，結果反而更常夢見蘋果。她後來吃了蘋果，當然吃了，不過是許多年之後，過了好久之後。當時她已經成年，住在雪梨，確定咬得破碎的果皮果肉和酸甜的汁液填滿嘴巴的感覺，不會把舊世界的力量帶回她的生活裡。吉夫斯頓蘋果、約拿金蘋果、塔斯馬尼亞雪蘋果和考克斯柳橙蘋果在雪梨都買不到。在擁擠的火車站，水果攤只賣到處都有賣的金好吃蘋果。咬下之後，松婭只嚐到完全空虛和失落的味道，因為那顆蘋果肉質粉粉的，吃起來味道像紙一樣。她忽然明白了，她擁有的，只有那些她帶在心裡的，長久以來她都否認這一切，如今想拿回來，似乎是不可能了，覺得一切都無法挽回了。於是她突然坐到水果攤前的人行道上哭了起來，幾千個通勤的人來來往往，對她視若無睹。

在酒吧當服務生的松婭今天放假，跟海薇借了老舊的卡羅拉，行駛新建的公路到胡恩。她彎錯幾個路口，找了幾次才找到山坡上那個地方。許多年前，他們第一次去拜訪阿珍，就是在那裡，坐在ＦＪ裡面，坡匠把領帶拉緊又鬆開，拉緊又鬆開。這次下著雨，磨損的雨刷刷來刷去，松婭從擋風玻璃望著車外，看著以前阿珍的果園所在的地方。所剩無幾了。從一下子被雨刷刷清楚、一下又被雨滴得模糊的扇形，她看見果園變成了一塊草地，整座花園都不見了，屋子變成破爛的穀倉。蔓生的玫瑰不見了。蕾絲窗簾不見了。

大雨繼續下個不停，她注意到阿珍以前的家，從屋頂上掉下一條破爛生鏽的排水管，一道又長又劇烈的雨水順著流到一朵正在發芽的紅色鬱金香上，把那株在地上的鬱金香給沖扁了。

她心想，剩下來的，只有她了。還有父親。除此之外，家變成了穀倉，果園被夷平，變成空蕩蕩的草地。還可以聞到一棵沒有開花的樹。還可以看見阿珍的那扇窗戶沒了蕾絲窗簾。還可以聽見一隻手在拍手。

從阿珍投入坡匠的懷抱裡，到松婭在雪梨跌坐到骯髒的人行道上，這些年間，松婭每次看到果園就會感到內疚，認為當初是自己背叛了父親；每次聽到熟悉的蘋果名，就會瞬間看到父親滿心歡喜地仰頭看著阿珍，接著幸福跟著蘋果一起消失，老亞契喀啦喀啦唱著摘考克斯柳橙蘋果的日子結束了的歌聲也隨之消失——

我拋棄了犁柄；
我讓它們走，連一口氣都沒嘆；
我對著以後要長出來的蘋果說，
再見，蘋果先生，再見。

——全都消失了：阿珍、坡匠、老亞契、考克斯柳橙蘋果，還有所有獨特的滋味，有苦，有甜，還有脆。

第四十四章

一九九〇年

造訪胡恩回來之後的那天晚上，松娅做了一個可怕的舊夢：

她又回到兒提時候，放學之後在工地等候，看著父親和工人們在一棟房子裡鋪地板，地上有一大片濕軟的泥漿。結果坡匠不小心掉進泥漿裡，吉利不在他身旁。事情發生得很快，快得他瞬間就消失在泥漿裡，只剩身體掉進去的地方泥漿擾動著。也可以說發生得很慢，慢得松娅能看見他扭動身軀，臉先掉進泥漿裡。松娅看著這一切，既不害怕，也不驚慌，心懷期盼地等待坡匠浮上來破口大罵。但是他把上半身和頭稍微探出泥漿，就沉了下去。她不知道，也沒辦法知道，不知怎地，卻能看見坡匠的連身工作服被隱藏的固定鋼線勾住。坡匠愈是掙扎，衣服跟鋼線就勾纏得愈嚴重。泥漿不停擾動，坡匠又浮出泥漿，臉、衣服、頭髮全都覆蓋著水泥，變成黑色，濕濕亮亮的，好像塑像似的，好像鬼魅似的，一隻手臂伸向松娅，大叫松娅的名字，用悽慘的聲音求救。松娅不知道該怎麼辦，不知道該如何救他。松娅猶豫之際，他的手指像濕掉的鐵，明知道沒有用，仍舊拚命伸向松娅，好像松娅救得了他似的，好像松娅能夠搆到他似的。松娅不知道該大聲尖叫，還是趕緊跳進去危險的泥坑救父親。她搖著頭，就在那一刻，吉利衝過她身邊，像水難救生員跳進凶險的海裡一樣，跳進泥坑。水泥濺到他龐大的身軀，濺到橡膠靴上方。他拉著坡匠的身體，坡匠的身體朝上，像被蠟封起來似的。他使盡全力拉，把坡匠的連身工作服從鋼線上扯下來，過程中坡匠的大腿被劃破一道嚴重的傷口。坡匠又怕又痛，放聲大叫，不過也鬆了一口氣，終於獲救了。吉利哈哈笑起來，他用救了坡匠的那隻強而有力的手拍拍坡匠濕透了的背，拍得灰色的泥漿飛濺到早晨的天空，天空的顏色像虎皮鸚鵡身上的藍色。接著泥漿往下掉，顏色變成深紅色，形狀變成一道簾子。有一隻手把那道簾子拉開綁起來，讓早晨的光線填滿臥室。

「懷孕的狀況怎樣呀？」

松娅在床上抬起頭，看見海薇端著放著早餐的托盤，有芬蘭甜麵包和茶。松娅凝視著窗外，感覺膀胱徹底脹滿。

「很好。我沒有再吐了。」松娅轉過臉，看著窗外，努力跳脫夢境，重新回到現實世界。「我戒掉咖啡了。我的背會痠痛，腿會抽痛。」她爬下床，好想要獨處，直到夢境徹底消失；直到她確定父親掉進泥漿坑，她救不了父親，都不是真的。「還有，我如果不馬上去上廁所，我會尿在臥室裡。」

第四十五章
一九九〇年

海薇反覆壓，反覆拉，直到麵團像嬰兒胖乎乎的屁股，又軟又圓，麵團被拉得緊繃，壓得密實，滾得圓滑。「這可是一門藝術喲。」海薇會這樣說，「揉的時候，要把麵團拉長，不是用打或用敲的，也不是死命壓。要反覆壓和拉，壓和拉，這樣麵團就會變柔軟，直到麵團活起來，可以發酵。」

「做麵包一定要這樣，」在那些漫長的日子，她們一起在家裡做麵包，海薇會這樣告訴松婭，「要讓酵母和麵粉知道，它們和在一起，可以發酵成更棒的東西。」松婭看著海薇用關節突出的雙手熟練地揉著那一大團圓滾滾又有彈性的麵團，「我好喜歡這個味道。」海薇說道。她吸著那股像啤酒的氣味，鼻子幾乎要碰到麵團了，「好像嬰兒頭的味道。暖暖的發酵味。妳要聞嗎？」

「老實說，不是很想聞。」松婭說道。

「噢——妳懷孕。」海薇說道，「妳長得很漂亮，但氣色感覺很差。妳背痠痛，腿抽痛，會嘔吐，連咖啡都不能喝。還有妳，松婭，連麵包都不能聞。」

松婭微微一笑。

海薇繼續揉麵團，剛拿起麵團，松婭就開口說話。「不是因為懷孕，海薇。」松婭停頓想了一下才繼續說，聲音聽起來很疲倦，說得很慢，「我小的時候，有一次阿提打我打得太用力。」海薇讓麵團掉到長凳上，發出沉悶的咚一聲，繼續揉，一邊專心聽。

「我鼻子血流個不停，到醫院接受燒灼治療，才把血止住。但是我現在聞不到任何東西的味道。」她講話的時候，臉上從頭到尾都掛著淡淡的冷笑，「不論是花，還是麵包，我都聞不到味道。」

海薇不知道該說什麼。她覺得不應該對這個故事發表任何評論。她臉上閃現一抹同情的笑容。她把長凳上的麵團推給松婭。

「來——換妳揉。」

松婭笨手笨腳地揉起麵團。

「妳爸寫信給妳了嗎？」

「還沒，他不會寫的。他從來不寫信給任何人。」

「或許妳應該去找他談談。」

「為什麼？」松婭說道，雖然一副興趣缺缺的樣子，但似乎還是懷抱著一絲絲希望，「沒意義呀。太遠了。而且已經過太久了。」接著她悵然坦白稍微說出心裡的話，「那樣固然是好，海薇，真的很好。但是人生本來就不是好的呀，不是嗎？」

海薇伸手把松婭手中的麵團搶了過來，繼續熟練地揉著麵團。

「要讓麵團伸展，松婭。要伸展。麵團要伸展，才能夠成長。」海薇笑了起來，「就像妳爸爸呀。」她把麵團推回去給松婭。松婭再試試看，這次手法比較熟練，反覆把麵團拉開又摺起來，拉開又摺起來。

「這是坡匠麵包。」松婭說道。海薇把麵團丟進麵包烤模裡，再把烤模放進烤爐裡。「要讓那個老混蛋伸展，得用肢刑架才行。」

兩人都哈哈笑起來。不過松婭笑一會兒就停了，抬起頭來，把目光移開烤爐。

「要是我變得跟爸爸一樣怎麼辦？如果我變得跟媽媽一樣怎麼辦？有時候我會想，海薇，我會是什麼樣的媽媽，擔心自己會是個壞媽媽。如果孩子需要我，我卻老是不在孩子身邊，那該怎麼辦？如果我火大就會打孩子，那該怎麼辦？」

海薇什麼都沒說。她真希望知道該說什麼，但是她實在不知道。她只能把自己的家和麵包給松婭。

「我好害怕，海薇。」松婭說道，「我好怕自己沒辦法堅持到底。有些部分的我已經死了，但是我不知道是哪些部分。」

松婭還記得，多年前剛到雪梨的時候，她印象最深的就是那座城市的冷漠。當時在機場，她突然大叫父親的名字，沒有人回應，於是她笑了起來，一方面是因為害怕，一方面是因為寬了心。人們不再完全無視她了，變成刻意躲避她。這座城市絲毫不在乎，聰明的人和愚蠢的人都盡量不去瞭解任何事。而且在雪梨，她覺得好自由，覺得好像加入了大型墮落者互助會，大家全都拒絕承認惡魔如影隨形跟在後頭。過得有目標的生活只存在於謠言和廣告裡面。在大片煙霧裡，有十億個煙霧粒子，那是數百萬同樣燒毀的生活所產生的腐蝕殘餘粒子。這座城市用別人的無名填滿她，在共有一事無成的巨大沖刷中，大家像工廠的母雞那樣聽命行事，像騾子一樣拚命工作，只有做惡夢的時候才會變成人。松婭最後感到有點寬心。

她最後在壓抑悶熱的氣候中找到慰藉，那股平淡的熱氣籠罩著所有事物和所有地方，她在那股熱氣中找到一種安全感。城市裡的人都渴望獲得更多空間，但是她卻不想要，反而喜歡缺乏空間，這樣她就有源源不絕的機會可以拒絕私生活。她寧可待在生活的表面，每當有人喜歡她，想要帶她下去陰暗的深層，她就會覺得好煩，他們認為既然要當朋友，終究得瞭解彼此的根本真相。她想要待在淺水處滑水，因為在淺水處隨時都能夠逃跑，而且能保持神祕，甚至能對自己保持神祕。

不過那天到來了，那天就在幾個月之前而已。

那天松婭剛好在編輯室查詢一些收據，他們正在剪輯一部戰後澳洲水壩興建熱潮的電視紀錄片。他們正在審視一名工會成員的訪談，那個人叫普雷斯頓，他談論歐洲難民、暴力、酗酒、自殺、謀殺等問題。他們想要把普雷斯頓的部分評論剪接到一九五〇年代初期在塔斯馬尼亞興建一座水壩的檔案影片裡，那部影片畫質粗糙，而且刮傷了，沒有聲音。

就在此時，她看見了那隻發狂的動物，揮動著大錘子。

松婭看了一會兒才認出來那是誰。名叫普雷斯頓的工會老員工說了一個悲慘萬分的故事，故事的主角是他從來不認識的一名女子，不過在許多年前的一場暴風雪中，他曾經短暫巧遇那名女子。當時他只有從機車上瞥了一眼那名女子。當時是晚上，下著雪，而且他騎著機車，他依舊記得女子穿著鮮紅色的外套，外套底下是有蕾絲的洋裝。

「那段剪掉。」坐在編輯旁邊的紅色短髮女子說道，「那段沒有意義，多餘。」

影帶倒轉，重新播放一遍。不過松婭已經跑得比影帶還要快，跑過走廊，跑下樓梯，跑到樓下的街上，大口深呼吸，活像一個溺水的女人，剛被從海裡救起來。

接下來松婭做的事，海薇並沒有叫她做，連暗示都沒有。那並非沒辦法避免的，不過松婭認為自己如果不做點事，她迄今在生活中忍受的無可避免的結果將會出現。不妨全部寫下來，吉利以前經常這樣說，或許海薇回答得對：「或許吧，但是你最好**自己**寫，別讓別人來寫，因為那些王八蛋只會寫你不好的部分。」

從現在起，松婭決定要自己寫些東西，至少要想辦法修復一些令她苦惱的變動，修改成**她**想要的形式，不能讓她的人生，還有她周遭的人的人生，被視為多餘的片段剪掉。

松婭看著臥室的窗戶外頭，凝視著遠方早晨的天空，太陽像一團火焰，在灰色的水裡燃燒。她看到眼睛被太陽照到痛得受不了，才瞇起眼睛，別過頭去，又想起了許久以來刻意不去想的事，好想知道父親到底在哪裡，現在在想什麼。

她也想知道：父親為什麼不寫信給她？為什麼？

第四十六章

一九九〇年

在那個天氣惡劣的冬夜，在孤寂的單身男子宿舍，雨不停敲打鐵皮屋頂，活像在酒吧裡打架的人，就算把對手打到血肉模糊，渾身發抖，無法從地上的血泊中再爬起來，還是繼續痛毆那個可憐的混蛋。風，像是來自西方的報喪女妖，不停尖嘯，時不時還猛力重擊單身男子宿舍。在坡匠那間簡陋的房間裡，地上擺著一臺小型暖氣，亮成一條細細的紅線，看起來好像很暖和，其實並沒有散發出熱氣。

坡匠低聲咒罵上頭雨聲吵個不停。燈泡的光直接照射著一個卡斯卡德啤酒的硬紙箱，硬紙箱快要空了，擱在床上，坡匠的旁邊。形狀古怪的影子從啤酒紙箱延伸到小房間外圍，彷彿啤酒紙箱是房間裡唯一真實存在的東西。

坡匠．布羅在心裡咒罵：「我操它的。我操所有東西。我操這個爛地方。我操我自己。」他把手伸進紙箱裡，又拿出一瓶啤酒。他把瓶頸伸進嘴巴側邊，用後側牙齒用力咬住金屬啤酒瓶蓋。就在這個時候，他注意到房間裡有別人，聽見了那個人的聲音。

說：「我懷孕了。」

他沒有抬起頭來看，反而把頭往側邊一扭，慢慢把被牙齒咬住的啤酒瓶往上扳，把瓶蓋撬掉。壓力釋放之後，啤酒發出嘶嘶的聲音。他把打開的啤酒瓶從嘴裡拿出來。

把瓶蓋吐到房間的地板上。

直言說道：「我知道。」

「我以為你沒收到我的信。」松娅說道。

坡匠一手拿著香菸，一手拿著打開的啤酒瓶。他喝醉了，但是醉得很安靜，講話的聲音很壓抑。外頭夜色漆黑，氣溫寒冷。坡匠一下子吸菸，一下子又大口灌酒，一隻手舉到嘴巴，一隻手垂放著。吸菸，灌酒，雖然這些動作只有動了幾公分，卻做了一輩子。他好希望自己能夠融化在大雨之中，被沖到很快就會被他們永遠破壞掉的那些河流裡。坡匠心裡暗罵：「我操那些河流。」

「有啊。」他說道，「我有收到。」

兩人都沉默下來。

一陣陣強勁的暴雨猛烈敲打著上頭疲憊的鐵皮。松娅覺得暴風雨就像一股壓迫的重量壓著他們。坡匠反而覺得嘈雜的雨聲像個繭，讓他能夠躲到裡頭，獲得些許安全感，不用擔心被別人傷害；那個繭雖然禁錮了他，但也保護著他。這個想法給了他力量繼續說下去。

「我能怎麼辦？」

松娅什麼都沒說。

坡匠呼了一口氣，把拿著酒瓶和香菸的手往外翻。「我沒有家。」他說。松娅什麼都沒說。「沒錢，沒財產，只有這個工作和這間房間。」

「你可以打電話給我呀。」松娅說。

「打給妳幹嘛？」

彷彿要強調自己根本不在乎，坡匠拿起酒瓶放到嘴裡大口喝了起來。松娅看得又是難過，又是厭惡。坡匠頹廢卻又得意的模樣，令松娅又是著迷，又是厭惡。啤酒流過喉嚨的時候，布滿鬍碴皺紋的喉頭像海鷗的喉頭一樣，規律地起起伏伏。他一口氣灌下了將近半瓶，不過瓶子被他搖得冒起大量泡沫，松娅很難看出來他到底喝了多少。

「難怪媽媽會離開。」松娅說。

坡匠把瓶子拿離嘴巴幾吋，高度到胸口那裡，角度還是很斜，準備接著喝。他看著松娅，氣松娅喚回關於瑪利亞的記憶。

「妳知道什麼？」他說得不屑。

我操妳的松娅。

「我知道你的事。」松娅說。

操她的。

「妳什麼都不知道。」坡匠說。

松娅心想：「或許吧。但是至少我知道我是誰，或許這沒什麼了不起，至少我還知道。」她想都沒先想過，就聽到自己低聲說：「閉嘴。」聲音微弱但卻強硬，不是像坡匠那樣突然大吼。

這句話實在是出乎意料之外，坡匠沒料到，松娅也沒料到。坡匠的舉止很正常，幾乎就像儀式一樣，松娅的行為卻令他們倆都覺得陌生。

「閉嘴。」她又說了一遍，幾乎就像在暗自許願，幾乎就像在自言自語，不想要別人注意到，但是不知怎的，卻說得很強硬。

她說出來之後，她第二次說閉嘴之後，坡匠的頭忽然稍微往後一晃。不過松娅和坡匠都知道衝擊其實很大，彷彿她出其不意地揍坡匠一拳，打得坡匠頭昏目眩。坡匠裝出絲毫沒有受到影響的樣子，下巴上仰，頭抬高，好像戒備著松娅再攻擊，警告她別再出手。彷彿那又是深夜在酒吧外頭的倒霉鬥毆，以前松娅在ＦＪ裡看過。

松娅注意到了。

注意到他微微發抖。

注意到父親的臉在抖動，彷彿整張臉都抽搐個不停。松娅在父親臉上看見她原本以為只有她知道的東西，但是那些東西現在全都顯現出來，每個人都看得見。她原本以為父親的臉還沒變老，但是在那個陰冷的夜晚，她坐在那裡，赫然發現父親的臉老得很厲害，老得比啤酒肚和禿頭還糟糕，老得又難看又討人厭，老得好快，才短短幾秒鐘，臉上就出現老了好幾年的殘酷痕跡，一分鐘不到，就老了幾十年。松娅看著他的臉上到處都出現皺紋，好像有個隱形的天使用隱形的指甲抓出那些皺紋似的。

在松娅的眼前，坡匠從她原本認識的人，漸漸變成她幾乎猜不出來的人。坡匠頭髮突然變得稀疏灰白；皮肉凹陷，布滿皺摺，顏色暗沉；眼珠子變得模糊，失去光芒。還有滿臉都是皺紋！滿臉都是抓痕！她害怕那張被抓得傷痕累累的臉，好像傷痕會莫名其妙地綻開流出血；她害怕抓出傷痕的東西，雖然那只是她想像出來的；她害怕復仇天使和祂的指甲和祂抓出來的傷痕，遠遠超過她害怕可憐又虛弱的父親。

不過她知道她沒有選擇的餘地，只能繼續說。於是她說：「我受夠你了。我還以為你變了——」

她還沒說完，坡匠發抖的嘴唇就打開來，身體劇烈起伏，大聲咆哮：「妳什麼都不知道！」

而松娅，完全不是故意的，突然也咆哮：「閉嘴！閉嘴！」她用力打了坡匠一個耳光，打在坡匠那飽受摧殘、髒兮兮的臉頰上，坡匠長滿鬍碴的臉皮像粗硬的砂紙，扎得她打下來的手掌發疼。她以前從來沒有做過這種事。從來沒有報復過父親。坡匠「詫異地」看著她，以前從來沒有那樣看過她。

坡匠舉起手，來回摩擦著發紅的臉頰，感覺熱燙燙的。他把手往下滑到嘴巴，緊閉雙唇，最後別過頭去。或許他是在思考，抑或許只是想再忘掉一件事。

「妳變強悍了。」坡匠最後這樣說。

松娅渾身發抖，搖搖頭，低頭瞪著坡匠，最後開口說話，沒有同情或憤怒。

「我這輩子過得真操他媽的苦。」

坡匠抬起頭來看著她的眼睛。松娅惡狠狠地回瞪著他。松娅繼續說，聲音微微發抖。

「所以我操他媽變得強悍。」

慢慢地，強烈地，在話哽住的時候，她在那句話裡發現了她從來沒想過的事情，不過她知道那些是無法逃避的事實。

「你操他媽最好能夠習慣。」

不知怎的，她的話似乎改變了他們之間的力量平衡。坡匠嘲弄不屑的態度消失了。衝突的動能消失了。他們以對等的夥伴身分面對彼此，身處於兩人都無法完全理解的悲劇裡。或許正因如此，兩人都不知道接下來該說什麼。

坡匠的臉跟冒出瓶頂的殘存啤酒泡沫一樣，死氣沉沉。他轉向床邊的桌子，拉出收藏照片的舊鞋盒，開始翻找，最後找出松婭外公的那張照片。松婭曾經夢到去世的外公。坡匠把一根手指放在遺體的臉上，把照片推過去給松婭，問：「妳記得嗎？」

松婭以為坡匠是想轉移到比較輕鬆的話題，聊聊家族往事，於是簡短回答：「那是媽媽的阿提——我外公。」

「那他是怎麼死的呢？」

「戰爭期間，他送食物給游擊隊員。」松婭講了一個她以前常聽到的故事，「村裡的神父向國家防衛隊通風報信，黨衛軍歐根親王師的人就把他抓去槍斃。這張照片——是死後拍的。」

坡匠仔細思考這段回答之後，才要開口說話，就馬上停下來，過了一會兒才又重新開口說話。「瑪利亞……」

松婭這才漸漸明白，自己並不是什麼事都知道。

「媽媽，」她說，「媽媽……親眼看到？」

坡匠呼了一口氣，別過頭。他放下酒瓶，又點燃一根香菸。「當然。」他說。他看起來好像是失望松婭不瞭解某些事，不過其實他是失望自己沒有勇氣說出完整的故事。他說：「她必須看——不能不看。」他說：「妳瞭解我說的話嗎？」

松婭點點頭。她嚇得目瞪口呆。她從來不知道母親必須親眼看著外公被殺害。她開始思考這件事和她以前完全想不通的那些往事之間有什麼關聯。

坡匠左顧右盼，就是不看松婭。他吸了一口氣，仍舊不看松婭，從擺成倒V的雙臂之間看著地板，兩邊手肘都擱在膝蓋上，雙手交會處拿著香菸。他開始說故事。他說得很慢，因為這個故事很重要，不過不知怎的，只能用寥寥幾句話來說。他這樣告訴松婭。

「接著他們強姦妳阿姨和妳外婆。」

他停下來，喉嚨哽住。

「接著他們強姦瑪利亞。」

松婭感覺無比輕盈，彷彿她和這個世界維繫在一起的連結全都被切斷了。她未曾聽聞過母親遭遇到這種事。她遭到這件新聞的重量衝擊，腦袋一片混亂。她說了兩次「他們強姦媽媽」，只有嘴巴動，沒有發出聲音，覺得每個字的形狀就像嘴巴裡的乾石頭，確定她真的聽到了她認為她聽到的話。

「誰？」她的聲音在顫抖，不穩的音調明顯透露出恐懼，「你說的是**誰**？」

坡匠覺得自己說太多了，於是停下，心中的怒火暫時消退。他抬起頭來看松婭。

他再度開口說話，說得很小聲。

「瑪利亞。」

松婭無法理解。

「黨衛軍強姦媽媽？」

坡匠目光往下移。「沒錯。」坡匠說，「妳看照片的背面。妳看。」

松婭把照片翻到背面。照片背面隆起，上頭有酸性物質弄髒的汙跡，還有褪色藍色墨水寫的「一九四三年四月九日」。

「她當時十二歲。」坡匠說。

「她告訴你的嗎？」

坡匠回答得很激動，有點惱怒女兒似乎不明白那是多麼大的恥辱。

「她**什麼都沒有說**。」

坡匠繼續說，說得更加堅定。他之所以那麼激動，一方面是因為氣憤發生了那種事，一方面是驕傲瑪利亞從來沒告訴過他。

他說：「她從來都沒說過。」

他說得很驕傲。

他發現松婭全神貫注看著他，他們從來沒有像這一刻這樣瞭解彼此。他停頓了一下，繼續低聲說下去，心中一股怒火開始擴大。

「不過全村都知道。」

他伸出右手指著松婭，每說一個字，就用悶燃的香菸點一下，彈得菸灰掉個不停，在空氣中留下一縷縷煙霧。

「妳看。」

坡匠拿起照片，再度看著躺在棺木裡的岳父。他把香菸拿到岳父的臉上，放在那裡，慢慢把岳父的頭燒出一個洞。他似乎心不在焉，一邊燒，一邊繼續講話。

「那是戰爭造成的。」他說，彷彿在講遙遠的夢似的，沒辦法把細節講清楚，「如果有人跟妳說不是，千萬別相信。」

坡匠抬起頭來看向松婭。他把照片拿向松婭，好像那是無可置辯的證據。松婭不知道該怎麼辦，只好接過照片，收到手提袋裡。坡匠的眼睛快要流眼淚了，懇求著，乞求著松婭說她瞭解那一切是多麼地恐怖。

但是松婭什麼都沒說。坡匠張開嘴巴，好像要說話，卻沒有說出話來。他的嘴脣和舌頭都動了，不過還是沒有說出話。

突然間，他看清楚那場悲劇是多麼的巨大，感到驚恐不已，這個他無法表達出來的重擔，他已經背負了好久。

「他們殺了妳外公。」他突然咆哮，「然後強姦妳媽媽。妳明白嗎？他們強姦她呀！」

他說得傷心欲絕，好像在唸一首超越人類苦難的詩。

「我的瑪利亞。」

他哭了起來。

「他們強姦她。」

他兩隻手掌張開抱著頭，好像思緒會從痛苦的記憶中爆發出來。

松婭轉身離去。坡匠啜泣著。

「瑪利亞，瑪利亞，瑪利亞。」

松婭走到外頭，匆匆離開單身男子宿舍，在下著雨的黑夜之中走向自己的車子，一開始快步行走，漸漸慢跑起來，最後全力奔跑，想把一切都拋到後頭。

她摸來摸去尋找車鑰匙，結果手提袋掉到水坑。她跪到濕答答的碎石子上，趕緊把掉出來的東西都撿起來丟回濕答答的手提袋裡，匆忙之中漏撿了外公的照片。她把一支鑰匙插進車門鑰匙孔，結果打不開，換一支之後才打開。她只聽得見坡匠慟哭的聲音。她進到車子裡面，甩上門，發動引擎，用力踩下油門，讓車子發出巨大聲響，想要把坡匠的聲音完全蓋過去。

不過她還是聽得到坡匠繼續在寢室裡慟哭，每個字都是心碎的悲嘆，夾在一聲長長的用力啜泣之間。那哭聲就像為失去的東西而痛苦祈禱的聲音，在她開車回荷巴特的漫長旅途中緊緊追著她。

聖母，聖母，聖母。

瑪利亞，瑪利亞，瑪利亞。

車子開走之後一段時間，有個喝醉酒的土耳其鍋爐焊接工正要走回寢室，途中停下來尿尿。霧氣把街燈照射出來的磷光變得柔和，在街燈的照射下，他看見自己尿出來的那灘尿裡有奇怪的東西：一張被水浸濕的照片，照片裡有個死人，臉部的地方被燒出一個洞，躺在棺材裡。他試著瞄準，改變尿流角度，最後成功讓尿滴到燒破的洞，不禁暗自得意自己技術高超。結果他嚇了一大跳，原本破洞的地方出現了一張臉，從尿裡往上飄，愈變愈大，最後變得跟他的臉一樣大，顏色像雪花石膏一樣。那張臉盯著他看，表情極度哀傷，土耳其醉漢看得心慌意亂，踉踉蹌蹌退回黑暗之中，一邊咕噥誠心道歉。不過他好幾晚都睡不好。

第四十七章

一九五四年

她穿著有蕾絲的服裝，這點松婭記得。

有多少蕾絲？

她不記得了。

哪種蕾絲？鳶尾花圖案的？還是玫瑰花圖案的？打結粗糙的？或是織工細膩的？

她不知道。

是印度棉布的顏色？還是雪的顏色？

她記不起來。反正那也無關緊要。不論是只有在領口或袖口，不論是什麼顏色、形狀、大小、樣式，總之是漂亮的。松婭記得那是一種解放的美，她在不同時間回想，就會呈現不同的顏色、形狀、大小、樣式。那不會令她擔心，她何必擔心？因為她知道媽媽穿得跟參加義大利地道挖掘工人的喪禮時一樣（那名工人是被落石壓死的）；她知道媽媽是為了正式的離別才那樣穿。

媽媽穿著有蕾絲的服裝，蕾絲很漂亮，她要離開了。松婭知道她要走了，但是卻無能為力，只能眼睜睜看著她走，接著開始把她所看到的一切，深深埋藏在心裡，只有失落記憶的輪廓會永遠烙印在她的靈魂上面。她只有一個詞可以代表那些過往的痕跡，那個古怪難解的詞就是蕾絲。有時候她會夢到一塊蕾絲在面前飄動，每當她伸手要去抓，蕾絲就會飛走，她會趕緊追過去。每次追逐的過程都不一樣，但是結果都一樣：蕾絲消失在風中。

媽媽穿著有蕾絲的服裝，蕾絲很漂亮，她離開了。不過離開之前，她輕聲唱歌給松婭聽，用一種語言唱了一首搖籃曲，那種語言當時聽起來輕柔又美妙，而且跟母奶那種親密的味道一樣熟悉，但是松婭現在卻覺得很陌生。她聽不懂歌詞，但是覺得那首歌唱起來不只充滿異國旋律，而且極度悲傷。

「*spancek, zaspancek*。」媽媽唱了起來：

crn mozic
bodi po noci
nima nozic...

蕾絲乘著古怪的文字飛翔，最後飛越了雪，飛進管家谷的小屋住宅區，化為松婭的媽媽瑪利亞·布羅。年輕的瑪利亞穿著鮮紅色外套和破爛的酒紅色鞋子，三歲的松婭出現在她緩慢搖晃的雙臂裡。瑪利亞對著松婭輕聲唱歌。

她在唱什麼呢？

用母語唱著一首搖籃曲，熟悉又令人安心。

Lunica ziblje:

aja, aj, aj
spancek se smeje
aja, aj, aj.

當然，有可能是瑪利亞唱的歌詞把她帶回到另一片土地，她一方面拚命想要忘掉那片土地，一方面又拚命想記住。甚至有可能是她坐在那裡搖著膝蓋上的孩子時，看見家人位於朱利安阿爾卑斯山的家，幾乎被冬天的雪掩埋了；看見雪融化了，阿爾卑斯山變成綠色，春天到來，花朵盛開。或許當時她看見了她想要忘掉的記憶和她想要記住的記憶，但是記憶沒辦法分割，令她痛苦萬分，無法承受。在松婭的記憶中，確實有眼淚滑落瑪利亞的臉頰。為了阻斷眼淚，中斷記憶，瑪利亞不再用斯洛維尼亞語唱歌，改說英語，不過這一切或許都是徒勞。

「我的寶貝。」她說，「我的寶貝。」

唱完了輕盈的歌曲之後，說起英語變得刺耳沉重，聽得瑪利亞不禁感覺自己的舌頭好像被割掉似的。她把松婭放下來，再次用沉重的英語跟聽不懂的孩子說話，話語像稜角粗糙銳利的石頭，從她的嘴巴裡掉出來，像小山崩一樣壓到女兒身上。

她說了什麼呢？

真相，古怪而且難以理解。

「松婭，我必須離開。」

瑪利亞把女兒放回床上。不過就在她準備離開之際，女兒又起來了，在臥室的門口看著她。瑪利亞打開前門，外頭一片漆黑。

「別擔心。」她說，「阿提很快就會回家了。」

瑪利亞在一盞街燈的亮光裡，看見雪花飄落。她不禁想，亮光後面有什麼呢？

「松婭可以一起走嗎？」松婭問。

「不行，松婭。」瑪利亞輕聲說，「我必須自己走。」

瑪利亞回到松婭的臥室，再次把孩子抱回床上，緊緊抱住松婭，接著突然放手，立刻轉身走回前門，試著哄孩子去睡覺，不敢回頭看她。瑪利亞對著牆壁和天花板說：「aja，aja。」走到屋外，抬起頭只看到夜空。夜空裡什麼都沒有，什麼都沒解釋，什麼都沒給。她徹底絕望，不顧女兒苦苦哀求，還是把門關上了。這跟松婭總是夢到的畫面一樣：蕾絲永遠消失了。

第四十八章

一九六六年

一隻強而有力的臂膀抱住她熟睡的身體，慢慢施力把她搖醒。他不知道自己為什麼要搖醒她。

他想要說：「就是這樣。」

他想要說：「妳睡覺的時候好美。」

他什麼都不想說。

他只希望她知道，那些就是他希望她聽到的話。他完全不想要她知道他心裡的感受。他希望他們兩人都能逃跑，他的腦海短暫出現恐怖的想法，想要殺了他們兩人。最後他再一次驅除這種想法，立刻鬆開她的手臂，不由自主地抓著她的手在他自己面前畫了個十字架，最後他停下來，憎惡自己差一點尋求宗教的庇護。

他一方面想要她逃離他，一方面他又希望她留下來。

因為她完全瞭解，而且什麼都不知道。他又搖了搖她。

在松婭的腦海裡，下雪和蕾絲消失的寂靜，變成了外頭車子停下來的聲音；門甩上突然發出的巨大聲響；喝醉含糊說著歐洲語言的說話聲。

「媽媽。」松婭咕噥說著內心某處的一段記憶。接著嗚咽說：「媽媽……？」她專注聽著風，聽見風說「aja，aja」。不過她抬起頭來，卻看見他盯著她看，看見原來是父親在搖她，她不禁轉過頭去，不想面對他那帶著淡淡酒味的話語。

他說：「醒醒呀。」當時是半夜。

他說：「起來，妳給我去弄吃的。」

aja，aja。

她出去客廳，眼睛剛剛在夢裡睜得很大，現在卻瞇得小小的，朦朧的煙霧中散射著尿黃色的光線。她辨識著五、六個喝醉的歐洲男子，人數不多，卻鬧哄哄的。他們圍著木紋飾皮餐桌坐，那張桌子現在搬到客廳中央，漂亮的粉紅色大理石桌面鋪著一塊芥末色的布。桌上有紙牌和瓶子，有些瓶子是滿的，有些是空的，有些又大又長，冒出氣泡，有些小的，裡頭裝滿烈酒。暫時，眼睛還沒徹底適應之前，她不確定哪些容器快喝完了；不確定瓶子是人，抑或人是瓶子。

他們喝酒不是要享受當下，而是有更迫切的原因，想要遺忘過去，還有否定未來。他們的目的地不是作樂，而是遺忘。他們希望能夠儘快到達。

他們喝著大肚酒壺裡的葡萄酒。

他們喝著可樂瓶裡的私釀酒。

他們喝著長頸酒瓶裡的啤酒。

而且他們每喝一杯，就會接著用小酒杯喝一杯敬神。為了讓烈酒快點流到肚子，他們會把頭用力往後甩，好像有一把刀子突然插進心臟。就在這個恐怖的時刻，他們赫然明白，他們的傷是致命的，他們可憐的靈魂很快就會離開已然毀壞的軀體。

她想要說：「阿提，我早上要上學。」

但是她卻說：「阿提——弄義大利香腸嗎？」

那些人大動作比劃手勢，講話咄咄逼人，說著不流利的波蘭語、斯洛維尼亞語、荷蘭語、新澳洲英語，你一句，我一句。松婭感覺他們的對話就像電鋸，鋸著夜晚的森林，電鋸加快轉速之後空轉一會兒，開始不斷切鋸，發出巨大的聲響。

「當然啊。」坡匠答得比他們的喧鬧聲還要大聲，「還有奶酪麵包、義大利燻火腿、我醃的甜椒、我醃的蘑菇、我燻的鱒魚。」

松婭雖然完全不認識那些人，卻瞭解他們所有人。他們說的話，沒有別人能懂，他們的心，沒有別人能解讀。她瞭解他們所有人，卻也討厭他們，更討厭她自己。她去廚房準備一盤又一盤的義大利香腸、起司和麵包。她非常仔細地把盤子裡的食物擺好，每片義大利香腸切片都整齊地插到下一片的下面，豬肉片和豬油擺得像一條千足蟲，從盤子邊緣繞向中心。她抬頭看廚房的時鐘，上頭顯示時間已經快要半夜兩點，想到再過短短幾個鐘頭，自己又要昏昏沉沉地坐在學校的教室上課，不禁微微一笑。以前這讓她很生氣，不過現在她認為這樣的生活快要結束了，唯一的辦法就是離開。什麼時候或怎麼離開，她不知道。她只知道自己好想要離開，不再認為自己命該如此。

松婭敏捷地服侍那些人，絲毫沒有熱情或興趣，只是乖乖端上一盤盤食物，把杯子斟滿酒。其中一名男子還伸手摸她。松婭不理他，其他人也都不理松婭。通常那些人都完全當她不存在，好像他們只要想喝酒，就能神奇地憑空變出那些酒菜；好像他們認為她只是不存在的幻影，而她也覺得他們全都只是存在她幻想中的幽靈。

沒有燈罩的電燈泡在他們頭頂上發熱，像他們背負在心裡那些無言的事情。她努力不去看他們：這些人曾經愛過位於遠處的別的地方，愛過別人，那些人不是老早就死了，就是跟老早就死了沒兩樣，因為彼此不可能再聯絡了。所以他們激動的談話總是避免談論堅強，避免談論愛，或者恨。她努力不去聽他們說話：他們嘰嘰喳喳談論著心裡的慾望、烈酒、工作和其他空洞的事，說得很激動，不只是要讓對方，最主要是要讓自己，認為自己講的事很重要，認為自己有能力應付，認為生活雖然難過，但是死不了。他們喝到月亮落下，喝到太陽升起，不過其實他們不只不屬於黑夜，也不屬於白天。他們迷失在時間裡，如同他們迷失在一切事物之中。

有些人把跟他們一起來的女人留在這塊新的土地，但是他們年輕的婚姻像泥土一樣，變成了有銳利硬角的石頭。有些人失去了他們的女人。有些人找到了澳洲女人，那些澳洲女人大多年輕固執，願意把命運交給那些外來移民，大部分的澳洲人不只認為，也知道那些外來移民注定要成為次等居民，但是那些澳洲女人傻傻地相信，愛可以克服一切，包括恨；有些罕見的例子證明了她們的愚蠢其實是睿智的，不過代價很高。

然而，大多數的男人都是獨自來到塔斯馬尼亞，在某個時間點明白自己將獨自度過餘生，獨自死去，因而始終都懼怕黑夜。

於是，他們大半輩子都獨自度過，只是偶爾有女人陪伴而已。那些女人，至少有一個晚上，會在他們身上看到他們自己沒看到的東西。有時候有妓女陪伴，妓女只看見男人們給的東西，少少的，一是錢，二是幾種陌生語言的呻吟聲。如果妓女靠近去聽（她們可能有，也可能沒有），如果她們把冰冷的耳朵湊近那些極度敏感的嘴巴，或許能夠聽出那些聲音裡帶著一股深切的思念，不過那是另一種語言，聽起來很原始（確實很原始），而且沒有意義（其實是有意義的）。男人們讓電燈敲打著他們的頭，直到頭痛；拿起酒瓶猛灌，直到酒瓶空了。松婭完全不想去知道那些事，不過她卻瞭解一切。

在後頭的巨大森林裡，惡魔[3]、袋鼬、袋貂、長鼻袋鼠、袋熊、沙袋鼠，都在夜裡甦醒，展開古怪的生活。牠們到處遊蕩，只能找到稀少的食物，勉強維生。到處都有新鋪的碎石路入侵牠們的世界，當牠們誤闖到那些碎石路上，會被移動的電燈突然嚇得愣住。在電燈的照射下，牠們不再是巨大森林或原野的元素，變成了可憐又孤獨的生物，注定要被壓死於橡膠和金屬之間。在電燈的照射下，每隻動物變成炫目的剪影，看起來像不存在，或是沒有意義，或是失去了世界，人們往返工作地，或是往返比較大的城鎮，去嫖妓、喝酒、打牌時，經常酒醉駕駛，容易把那些動物撞死輾斃。

白天時，道路上會有一處一處紅紅的，那是大屠殺造成的結果。老鷹大快朵頤吃著屍體之際，受到驚嚇，會趕緊飛到空中，後頭拖著快速展開的內臟，一串血淋淋的腸子在藍色的天空中拉長，好像世界本身受傷了似的。

吉利告訴坡匠，有些人相信動物死後會變成鬼魂，或投胎成其他動物，甚至會投胎變成人。不過每次坡匠撞到動物的時候，總是希望自己幫了牠一把，讓牠永遠卸下活著的重擔。

3 編按：即袋獾。塔斯馬尼亞島的特有動物，因叫聲駭人，故被當地人稱為塔斯馬尼亞惡魔。

第四十九章
一九六六年

牌局在早上四點左右結束，一如往常，在惡言中結束。黎明將近，一天的工作又要開始了，似乎沒有人想要用拳頭解決事情，如果是在晚上時間還早的時候，他們大多會用拳頭解決。松娅對此感到慶幸。男人們零零散散消失，最後只剩松娅和爛醉的坡匠在廚房兼客廳裡清理髒亂。

松娅看著瘋瘋顛顛、渾身髒亂的父親，心裡納悶自己到底知不知道他在這種時候是誰。松娅想把他當成其他時候的他。不想把他當成現在的他。或許這就是為什麼她忘了自己是誰，愚蠢地說：「我來收拾就好，你去睡覺吧。你喝了一些酒，需要睡個覺。」她說得輕聲，幾近溫柔。坡匠的腦袋被酒灌得醉醺醺的，把松娅輕柔的說話聲吸收進去，甚至聽見了松娅完全沒有意識到的話：她受不了看見父親那副模樣。

坡匠氣憤地把一隻手臂高舉過頭。

「我他媽的沒醉——」他說。

「我沒說你醉了呀。」松娅說。她馬上發現自己根本不該說這句話。

「操，妳說**我**醉了是什麼意思呀？」

「沒有啦。」松娅說，覺得呼吸已經變得急促，緊張得話脫口而出，好像她本來就知道坡匠以為她說的話是什麼意思，「沒有啦，沒有什麼意思。」她發現自己喘著氣，不過坡匠並沒有在聽。

「我偶爾爽一下呀。我不能爽一下嗎？操，我敢打賭，我不在這裡的時候，妳肯定在爽。我敢打賭，妳在外頭操男人。操，我敢打賭。妳這臭妓女我清楚得很。」

松娅感覺腦袋搖搖晃晃的，感覺土地隆起傾斜，不知怎的，她知道自己必須保持平衡，絕對不能跌倒。她手掌彎成杯狀，摀住耳朵，避免聽到聲音。但是她的頭一下這裡隆起，一下那裡隆起，最後整個塌陷消失。她彎成杯狀的手掌只是形成了恐怖，並沒有阻擋住恐怖。

坡匠大吼了起來。

「操！跟妳媽一樣是臭妓女！」

坡匠說最後一個字的時候，氣憤地啐了一口。松娅看見自己的手掌形成一面盾牌，父親的手揮向她的臉，大手的手背愈來愈近，愈來愈大。

「操！跟妳媽一樣！」

松娅放聲尖叫，不是因為恐懼，而是一種超越恐懼的感覺。她不經意惹怒父親了，她不是故意的，她不是。

「不要！」她大聲尖叫，知道緊接著會發生什麼事，躲不掉了，心裡害怕，「不要，不要，不要。」她大叫。

「我讓妳瞧瞧誰他媽的醉了。」

他聲音冰冷，不帶感情，只有臉在顫抖。

「看。」他說得很慢，像試圖向他們兩人證明他沒有醉，「我證明給妳看。」他用手背打了松娅第二下，松婭仍舊面無表情，沒有哭，要不是皮肉裂開，血流下來，她可能會以為父親打得不痛不癢。坡匠的臉又顫抖起來。松婭用斯洛維尼亞語央求他，像被關在籠子裡的鳥，激動地唧唧啾啾叫。

「不要，阿提，不要，不要，不要，不要……」

不過現在什麼語言對坡匠都沒有太大的意義。他不停打松婭。最後松婭倒地，他痛苦萬分地放聲大叫，好像被打的是他，不是松婭。

「他們強姦妳！他們強姦妳！」

松婭討厭他，好希望自己能夠像西尼太太的孩子抱著媽媽那樣緊緊抱住他，這樣自己就不會那麼討厭他了。

「他們強姦妳！」坡匠最後大叫一聲，便踉踉蹌蹌走去床上睡覺，途中被椅子腳絆倒。

她不記得是什麼時候開始。回到從前，對他們兩人而言，都是承認現在不好，但是他們現在只擁有現在，以後也只能擁有現在。她記不起父親怎麼會開始這樣打她，倒是發現自己被打的時候反應變了。父親第一下打下來的時候，她以前會害怕到無法動彈，現在變成感到喜悅，因為快要解脫了，因為就快要結束了。被打的幾天前就出現的恐懼隨著血流出來，她覺得血聞起來甜甜的，很像雨水落在嚴重乾旱的土地上。最後，有一天晚上她發現自己完全不再害怕父親用手背和拳頭打她，因為她知道她心裡有東西還沒破碎，還沒流血，父親永遠打不到那個東西。

第五十章

一九六六年

隔天早上松娅躺在床上動也不動，眼睛睜開，臉上滿是瘀青腫脹，小心警戒著。坡匠的臥室傳來酒醉的打呼聲。她一動，就感覺到臉上刺痛。她慢慢坐起來，緩緩把身體移出被子。她沒有換衣服，穿著睡衣就去洗衣服，把一個水桶打滿熱水，再倒入一些洗衣粉，從水槽櫃下面找出一塊抹布，走到牆壁前面，牆上濺著已經乾掉變黑的血。她用濕抹布在牆上擦出一道又一道的弧形。她擦拭牆上和下面同樣染著血跡的地板時，看見抹布來來回回擦出粉紅色的圖樣。她清洗牆壁時，看著漩渦出現又消失，洞裡面還有洞。她唱起歌來，這樣就聽不見父親打呼了。

「噢，光澤先生。」她唱得很輕柔，唱得很慢，唱得比這款噴霧清潔劑的廣告歌曲還要慢，唱得猶豫不決、結結巴巴，「噢……光澤先生，你讓所有東西……所有東西變得**乾淨得**亮晶晶。」

她把牆壁擦乾淨之後，打開窗戶和前門，把地拖乾淨，把晚上打牌留下的髒汙洗乾淨。她最後把自己清洗乾淨，洗澡的時候，盡量不去看自己的臉。父親醒來的時候，屋子乾乾淨淨的，麵包臭酸的味道暫時消失了，但是消失的時間愈來愈短。

第五十一章
一九六六年

我現在習以為常了。

他情緒不穩，沒辦法預料他什麼時候會爆發，火起來總是口出惡言。不管他到哪個房間，我都會趕緊溜出去，躡手躡腳，壓低聲音，像老鼠一樣，悄悄地靠著牆壁走，以免他注意到我在裡頭。他走過我身旁的時候，我會側身，讓他有更大的空間可以走過去。他講話的時候，不論是說好事還是壞事，不論是說笑話還是談嚴肅的事，我都閉口不語。我絕對不會說話。有時候，他會單純閒聊，我知道他想要引起我的注意，要我看著他的眼睛。不過我不會也不要看他的眼睛，因為我一看到他的眼睛，就會頭昏眼花，他的眼睛就像水很深的藍色湖泊，我站在湖泊上面很高的地方，深怕會失去平衡，從那麼高的地方掉到湖裡，溺死在那些深藍色的湖泊裡。我知道他想要引起我的注意，每當他這樣做，我就會不由自主發抖。但是我必須努力克制，不要發抖，因為他看見我發抖也會生氣。他會說：「妳在抖什麼？」一開始感覺像是在問：「妳怎麼了？」後來他就會生氣，因為他知道我為什麼發抖，他討厭我發抖的原因。他會口出惡言，說：「操，別再抖了。」他會大吼大叫，手臂高舉過頭。我好想逃跑，但是我嚇得雙腳動不了，我知道他看到我的眼睛的那一刻，他的手就會打下來。他會破口大罵：「操妳的！妳以為妳是誰呀？誰呀？」我不知道我是誰。我應該知道，我因為不知道而遭到處罰。或許我活該吧。或許這樣是對的。或許等我知道我是誰，等我可以看著他的眼睛，不會發抖，回答問題，不會發抖，或許他就不會再打我了。我想都沒想，就聽到自己突然大吼，好像在大吼阿提我愛你。我聽著自己吼出來的話，心想我只知道我愛阿提，其他的事我都不知道。我赫然發現自己看著他那雙好像在遠方的湖泊的眼睛，忽然失去了平衡，掉了下去。我聽見他說：「操他媽的愛！」他哭了起來：「操，什麼是愛，松婭？」他的手打了下來，我溺水了，沒辦法呼吸，看不見上方的光線或太陽，我溺水了。

第五十二章
一九六六年

操，她惹火了我，搞得我很想揍她，像隻小老鼠，我跟她說話，她從來不回答我。非得等到我揍她，她才肯聽我說話。我沒有打得很用力，沒有用拳頭，大部分只用手背打。她必須學習懂事，如果她不學習，她長大會跟我一樣，會沒出息。我打她，是為了教育她。為什麼她就不能跟好孩子一樣乖乖的？我知道她討厭我，每當我看見她看著我的眼睛時，我就知道她討厭我。我不在乎。我為什麼要在乎？我是廢物，我是移工，操他媽的垃圾移工。她不是。她看起來像澳洲人，講話像澳洲人，那很好，不像我，不是快要倒塌的木頭老房子。為什麼她要傷害我？她看著我的眼睛時，就像默默說著難聽的話，她根本不應該說那些話，讓我感覺像電鑽鑽著我的頭似的。我知道她討厭我。我打她，就是要她說出來，要她說：「你是廢物。」說：「喂，你這個移工。」要她說：「我討厭你。操，你這個老垃圾移工。」我打她，就是要她知道我有多痛苦，要她說出我想聽的話，結束這一切，讓我遠離這一切，孤獨過生活。

我操他媽的痛打她，結果什麼事都沒發生。或許是我喝太多了，以為我有打她，其實沒有打。或許是我看了一部電影，以為電影在演我打松婭，其實我和松婭根本不在電影裡，那只是電視播放的電影而已。因為不論我怎麼用力打，她的臉就是什麼都不說。她的嘴巴不說話，眼睛也不說話，臉上都沒有任何東西說話，沒有任何東西告訴我，那樣打她是錯的或不好的。甚至沒有東西告訴我，我正在打她，因為或許我並沒有打她，或許那只是喝酒造成的恐懼。如果我真的有打她，她會哭、會叫、會叫我別打了。但是我操他媽的打她，卻什麼事都沒發生，所以我不可能有打她。有時候會有血濺出來，有時候我覺得聽到她大叫，甚至是聽到我自己大吼，但是聲音聽起來卻像是從很遠的地方傳過來的，像是隔著一道牆傳過來的，像是遠處別人發生的事。有時候我覺得我看到牆壁上有血，但是那應該不是真的，因為隔天早上我跟平常一樣，起床洗完澡後，出來卻發現牆壁上沒有血，跟平常一樣乾乾淨淨的，因為松娙很乖，不會偷懶，總是把牆壁維持得那麼乾淨。她很乖，但是笨手笨腳的，有時候會跌倒摔傷自己，摔得滿臉瘀青。

所以我會打她，拿皮帶抽她，打得很用力。而且每次用手背打她，我都會很溫柔地這樣問：「松娙，說說話呀，拜託。」我每打一下就會說一次：「拜託說說話呀。」

第五十三章
一九六六年

我走到外頭寒冷的黑夜裡，我可以看見遠處有一條巨大的河流，在月光下，像一片銀色的草地一樣，閃閃發亮。

我彎下身子，躺到草地上，把臉貼近濕濕的土地，臉上滿是瘀青，感覺帶著露水的長草無比脆弱。我的臉灼熱得像火在燒，每根長草描繪著我那瘀青的臉的輪廓，好溫柔，好像具有冷卻作用的羽毛。我好希望自己是那塊土地裡的一顆種子，好希望自己是一朵花，可以跟其他的植物一起在陽光裡成長，知道雨水是生命的泉源；當可怕的寒冷降臨到我身上時，我會跟其他植物一起死去。

我的手滑過地板，把蟲脫掉的皮壓扁。濕濕的草拂過我的鞭痕。他沒有打我的時候，我觸碰到濕草，就不是現在這種感覺。優美的項鍊。露珠在我的臉上擴散成宛如一片薄膜。我躺在潮濕的大地上，輕聲呼喚母親的名字。她那美麗的名字。

瑪利亞，我對大地說，我的瑪利亞。

第五十四章

一九六六年

來看看坡匠·布羅在這個令他懊悔的夜晚做了什麼事。

他開著ＦＪ穿越澳洲邊境郊區，試圖再度逃跑。他沿著道路行駛，經過新蓋的房子，有一隻袋鼠肚破腸流，血淋淋的內臟剛剛才飛出樹叢。道路跟深泥水混在一起，延伸到這塊土地，沒有步行小徑，沒有水泥邊，只有幾座花園，但是情人絕對沒辦法在那些花園裡找到星形花朵。看他掃視著這片荒地，上頭有還沒蓋好和剛蓋好的建築。他尋找著關於現實的徵兆、預兆、異象，他覺得這個世界愈來愈不安定，他的頭不禁開始飄到別的地方。他的腳好像跟腿分離似的，重踩著離合器、煞車和油門。他的ＦＪ獨自行駛在空蕩安靜的道路，道路懷抱期盼的渴望，等待著這個新世界的新居民買得起車子，不只每個家庭都買得起，最好是人人都買得起。

他尋找、尋找、再尋找，尋找著某個東西，但是他已經不知道是什麼了。他，坡匠·布羅，曾經擁有魅力，能夠吸引女性，即便女性厭惡他的行為。現在他知道一切魅力都跟健美的膚色和濃密的頭髮一起離他而去。現在他見到人，就覺得自己是個蠢蛋，不知道要說什麼，感覺自己彷彿赤身裸體，感覺這樣赤身裸體會令人厭惡，感覺自己總是愣了很久之後才講話，很尷尬，給別人時間恐懼地盯著他這個赤身裸體、渾身發抖的呆子看，他找不到文字可以遮蓋住他的恐懼。

他極度渴望證明自己還活著，證明ＦＪ開過的那個不真實的世界不是地獄，證明他的存在雖然有裂痕，但他還沒注定要去探測那口深井，證明他不會永遠是個幽靈，只能在近似世界的地方過生活，那裡是殘酷至極的戰場，光是活在那裡就是懲罰，慾望在他的腰間變硬發燙，那種感覺很古怪，卻又不可否認。

坡匠的旅行在泥濘的前院結束，那片前院能夠停放幾輛車。他把ＦＪ停好，下車時微微一笑，因為這間郊區妓院跟他對妓院的印象天差地別。他曾經在貝爾格勒對妓院留下了無法抹滅的印象，他當時被徵召到南斯拉夫人民軍當兵，在軍中同袍的陪伴下，第一次花錢嫖妓。在他看來，那間妓院裝潢得好像是土耳其高官的官邸，到處都是漂亮的地毯，懸掛著五顏六色的簾幔，整棟屋子充滿強烈的神祕感。直到一名斯洛維尼亞同胞和兩名馬其頓人大打出手，那股神祕感才突然消失。

反觀這間郊區妓院卻是樸素無華，一點都不神祕，跟它服務的那個世界一樣：一棟用磚塊和膠合板蓋的房子，簡單樸素，座落在陡斜的車道下端，被蔓生的長隔木遮蔽著，避免郊區的鄰居注意。他感覺到一陣刺骨的寒風吹來。寒風從南極的白色大地行經幾千哩的海洋，來到這個古怪的終點站，猛力推著他的背。他走上沒有人看守的水泥階梯，按響門鈴。他聽見腳步聲，知道有人從窺視孔打量著他。他聽到門閂轉開，抬起頭來看，一名看起來體面的中年婦女在門口問候他。婦女穿著整齊閃亮的骨頭色洋裝，戴著角質鏡框眼鏡。坡匠看到她，不禁想到沙漠蜥蜴豎起褶皮，想嚇退掠食者。她歡迎坡匠光臨，好像歡迎坡匠參加特百惠特賣會似的。

「布萊恩，布萊恩，你好呀。要找四月嗎？四月，布萊恩來找妳囉。」

坡匠不發一語，先塞一張五元鈔票給她，再跨過門檻。

「布萊恩──真的很抱歉。」那女人說，「我們漲價了喲──」她豎起七根手指頭──「漲到八塊錢喲。」她突然又豎起拇指，比出新的價碼。除此之外，她一動也沒動。「八塊錢喲。」接著又說，「這種新的十進位貨幣，肯定把你給搞糊塗了吧。」

坡匠把手伸進口袋，又掏出兩張棕色的一元鈔票遞過去。他問自己，沒有原因，因為沒有答案，既然結果必然會發生，而且必然會發生很糟的結果，為什麼他還要做。

有一名身材矮胖的女子出現在蜥蜴女後面，她一頭黑髮，目光銳利，跟坡匠第一次光顧時一樣，穿著相同的紅色浴袍。他想不到理由不選那名女子，而去選比較有魅力但是年紀比較大的女人。

風吹襲著坡匠的背，吹進了門，把紅色浴袍吹得緊貼著那名目光銳利的女子的矮胖身軀，身形畢露無遺。本來屋子裡昏暗的燈光幫她和她的同事都加上了偽裝，風卻揭露了她的女人原形，也揭露了坡匠的男人原形，虛弱又平凡，彷彿在說：「為了什麼？就為了這個？」不過坡匠自從第一次光顧，在這間郊區妓院看過很多不同的女人，每次都挑這個目光銳利、穿著紅色浴袍的女人。坡匠想要說好，好，就為了那個原因；他也想說不要，因為那永遠不可能。她看起來都沒變，只是剪了新的短髮造型，坡匠認為這個髮型不適合她，他第一次光顧時的長髮，比較適合她。不過坡匠沒有告訴她，她也沒有跟坡匠說任何話。坡匠關起身後的門。

第五十五章
一九六六年

坡匠・布羅想要騎到四月身上，四月卻不肯讓他騎，他心裡想著：我聞到她的味道了，我聞到了割傷我的東西了，那些東西讓我覺得好噁心。那個女人的味道很強烈，很像塞爾維亞人用炙叉烤的羊肉。我討厭那股味道，討厭塞爾維亞人，討厭教堂焚香的味道，討厭蘋果花的味道，強烈又貼近，令人聞得頭暈，可能會暈倒，永遠起不來。

坡匠・布羅想要做他來這裡要做的那檔事時，抬起頭來看聖母，不由自主開始向祂禱告。坡匠停止禱告，搖搖頭，閉上眼睛，試著回想跟瑪利亞做愛，回想躺在她身邊，想像現在在自己下面的是她，不是別人。坡匠總是覺得那個簡陋的小臥室的天花板太低了，牆壁上貼著紫色毛氈鳶形圖案的厚壁紙，僅有的裝飾是一個廉價相框，掛在牆頭上，照片裡是心臟流著血的聖母。坡匠・布羅心想：「那張照片和祂實在很討人厭。操，那張照片實在很討人厭。」他又低下頭去看四月，四月還穿著睡袍。她左手拿著一本《婦女週刊》，摺成一半，遮住臉。坡匠用手指摸她的右手，想觸碰她的身體。她右手啪一聲把坡匠的手拍掉，抓住雜誌的另一邊。

把美乃滋、葡萄酒和檸檬汁加在一起，再加入鹽和胡椒，四月唸出來。

坡匠心想：「我感覺到她，我感覺到她的肉體很冰冷，像火腿一樣濕濕黏黏的。我感覺自己軟綿綿的，像死豬的耳朵一樣軟綿綿的；沒辦法通過她的入口，進入她的身體。我沒辦法操這塊冰冷的肉。」

「天呀。」四月說，「你還沒完呀？」說完便繼續看食譜。

坡匠心想：「如果我是男人，我該怎麼做呢？但是我不是男人，她不是瑪利亞，她的味道和肉體。那股味道，天呀，操，我實在很討厭那股味道。我把那股味道推開，痛苦呻吟，希望那股味道離開，別再嘲笑我。」

坡匠在四月的雙腿之間笨手笨腳地摸呀摸，但是完全沒有用。如果沒有葡萄酒，就用醋和糖代替，四月唸出來，努力全神貫注讀著每個字，身體在坡匠的擺弄下，搖搖晃晃的。倒到沒有脫水的菠菜裡攪拌均勻。把醬汁淋到魚柳條上。

他們兩個人只聽得到雜誌翻頁的窸窣聲，還有坡匠緩慢的呼吸聲、微弱的呻吟聲，接著是幾聲沮喪的啜泣聲。他哭了起來，最後說：「對不起，我沒辦法，我實在是沒辦法。」

接著他爬起身，趕緊穿好衣服離開。

ＦＪ發動車子駛離之際，四月開口跟蜥蜴女說話。

「我猜，」四月說，「妳跟他收了移民特別價吧——比澳洲人貴了三分之一。」

蜥蜴女不發一語。蜥蜴女動也不動。四月繼續說。她有點激動。不過只有一點點。

「妳應該跟他收半價。他不是來這裡做愛的，他是來這裡哭的。」

蜥蜴女忍無可忍，目光突然從前門射向四月，緊緊瞪視著她，嘴巴張開，藍色的舌頭開始快速動來動去。

「別講下流的話。」她說，「這裡可是體面的地方。」

四月轉身走開去抽菸。一陣殘忍的氣流從地板往上升，四月覺得紅色睡袍比冰還要冷。她好想要溫暖。她不想要回去那間牆壁上都是毛氈花朵圖案的房間。門鈴響起來了，可能又有客人上門了。四月希望沒有人去應門。她動也不動。她知道自己必須保持不動才受得了，不過她的手指顫抖著。

門鈴又響起來了。

「老天爺呀。」四月低聲咕噥。最後她深深吸了一口菸，努力要手別發抖，不讓菸灰飄落到地板上。她好希望自己是煙，能夠消失不見。她大聲喊叫：「等等啦！等等啦！老天爺呀！等一下啦！」不過不管她等多久，還是沒辦法讓手停止發抖。

第五十六章

一九六六年

「告訴各位，」狄恩．馬汀說，「這是適合闔家觀賞的節目。男人可以帶著老婆小孩、爸爸媽媽坐在酒吧觀賞我們的節目。」攝影棚的觀眾哈哈大笑，狄恩一臉笑嘻嘻的，樂隊開始演奏，狄恩開始唱歌。他唱了三分之一突然停下，怕觀眾聽完整首歌，就不去買他的新專輯。他也是在提醒坡匠和松婭，因為他們倆每個星期通常都會坐在一起觀賞這個節目，這是他們最愛看的節目。狄恩跟肯恩．藍恩還有照例都會出場的金髮美女說笑，狄恩不看提詞機，而是看金髮美女裸露的肚子上寫的字，介紹下一個單元。「我只是要確認她不是替身。」狄恩的臉離金髮美女的胸部近到不能再近。一語雙關和弦外之音。唱歌和乳溝。大人物和酒。在《狄恩馬汀秀》裡都一樣是曇花一現。在節目裡，狄恩既是舊世界的希望，也是對新世界的報復。狄恩才不在乎，坡匠經常笑著這樣說，但是狄恩跟坡匠不一樣，狄恩並沒有惡意。松婭好希望父親沒有受到壓迫，沒有歷史，沒有陰影。

松婭喜歡跟父親一起觀賞狄恩的節目，他和她，他們坐在一起笑狄恩的愚蠢笑話，羨慕他那俗氣華麗的移民舉止。他騙得世人讚賞那樣的舉止，但是松婭反而學會否認那樣的舉止。在小狗牌收音機的散射藍光中，她和坡匠共享某個東西，她知道有一種她永遠都沒辦法形容的感覺。不過那種感覺跟狄恩的笑話一樣，愈來愈令人覺得厭倦乏味。

去年孟夏，他們再度搬到他們現在住的地方，那裡跟其他地方沒有什麼兩樣，只是比較大一點而已。不過那裡仍然是移民公寓，松婭仍然覺得那裡不像個家，也認為永遠不會覺得那裡像個家。坡匠現在賺比較多錢，他們有真正的地墊，不再用毯子頂替；還有一張新的紫色膠皮躺椅，松婭喜歡躺在上頭看新的黑白電視。不過坡匠酒卻愈喝愈多，那裡感覺不像個家。

冬天到來了，她幻想自己讓身體跟著植物一起沉睡，等待太陽回來，除了等待，她沒有其他事可做。坡匠酒愈喝愈多，她覺得那根本不像生活，但是她知道總有一天等待會結束，真正的生活會開始。那年春天比往常潮濕許多，處處生機蓬勃，松婭自己也長了成年身高的最後幾吋，身材變得豐滿。她聞到樹木和野草的味道，處處樹木和野草蔓生，甚至長到外頭道路上新鋪的瀝青。接著雨突然停了，比春天更加引人注目的夏天開始，酷熱經常維持好久。植物停止生長，野草枯萎，牧草死亡。太陽似乎永遠都高高掛在天空，劇烈燃燒，大地變得安靜，心懷期盼。

彷彿早就知道會發生這樣的情況。

今晚，狄恩繼續談天說地，但是坡匠卻不在，沒有共享這一刻。松婭獨自觀賞節目，假裝父親跟往常一樣坐在她身旁，笑得滿臉皺紋。她喜歡聽收音機，她喜歡看電視。松婭對所有老電影的臺詞倒背如流，會模仿約翰．韋恩，模仿金姐．羅傑絲跳舞，還會叼著從坡匠那裡偷來的香菸，模仿貝蒂．戴維斯。她喜歡那個沒有陰影的世界，可以加設框架，可以預料，在那個世界裡，她從一開始就知道結果會是如何；仁善總是會獲得獎賞，絕對不會受到懲罰；生活不斷向前進，除了偶爾要解釋過往之外，沒有人必須往後看；悲傷也只是用來寫歌的藉口，對於那些歌的歌詞，松婭都耳熟能詳。

但是對於父親，她幾乎一無所知。松婭和坡匠現在很少跟彼此說話，更少去思考文字。「愛」這個字，描繪出松婭的故事所隱藏的根本特質，但是他們的心裡與舌頭很久以前就把這個字丟棄了，因此他們兩人都沒注意到愛早已不存在了。文字，請注意，是文字，不是想法本身。他們的語言現在很像他用的工具：講究實用，他們會使用像鑿子一樣能夠鑿刻得很深的文字，或像大頭錘一樣能夠重重落下、用力敲擊的文字。因此他們用得頗有技巧，這點不可否認。不過他們只有在需要描述、回想或展開行動的時候，才會使用文字，就像他們只會把工具用在選定的用途。

那片郊區後面是山丘，山丘上有一片灌木林。那天晚上，松婭放學後到灌木林裡閒逛完回到家，發現父親坐在木紋飾皮桌旁邊，把半滿的咖啡壺裡的土耳其咖啡倒到一個小咖啡杯裡，杯子附近有幾張舊的黑白照片，看到他那樣，著實不尋常：沒有在喝酒或工作或看電視，或一**邊**工作一**邊**喝酒，竟然坐著想事情。

接著他把照片收拾好，放到一個舊鞋盒裡，走到外頭，站在移民公寓的小陽臺上。他跟白天工作的時候一樣，沒有變，只穿著一件藍色內衣和卡其工作褲。他倚著牆壁，站在燈泡下抽菸。煙緩緩飄向沒有燈罩的燈泡四周的黃色燈光。他好像是在想事情。

不管當時是星期四晚上，《狄恩馬汀秀》播放日，他還是出門了。坡匠把放舊照片的鞋盒藏在衣櫃下層，松婭找了出來。鞋盒裡放著一些人的照片，他們穿著滑雪板，帶著槍，在歐洲阿爾卑斯山的鄉村裡。有幾張照片裡有一個女人，松婭知道那一定是母親。在其中一張照片裡，那個女人和坡匠在積雪很厚的阿爾卑斯山前面，擺出互相擁抱的姿勢，她拿著一朵形狀像星星的白花，他們兩人把嘴脣貼在白花的兩邊。她好美麗，松婭心想，他好英俊。

松婭看著照片，心裡出現好多疑惑，但是許多問題都沒有答案，雖然那些問題還沒完全成形，她也不完全瞭解，卻迫切想要知道答案。她把鞋盒放回衣櫃。一切都不合理。那些照片看起來太像電影了，她之所以喜歡電影，正是因為電影跟她的生活完全不像。

第五十七章

一九六六年

狄恩的節目接近尾聲之際，前門突然打開，坡匠踉踉蹌蹌、吵吵鬧鬧地走進門。他醉得很厲害。他從松婭面前走去浴室，看著電視的松婭抬頭瞥一眼。

「你要喝茶嗎，阿提？我弄了斯洛維尼亞香腸。」

坡匠從浴室走回來。

「不要。」他說，「我什麼都不要。」

「你為什麼要喝那麼多酒？」

「操妳的。」坡匠低聲咕噥，接著加大音量，「操，年輕人以為——」他忽然忘了自己要批評年輕人的什麼想法，改罵一些連他自己都懶得當真的話。

「每個人都會在某個時候愛上某個人。」小狗牌收音機播放著狄恩溫柔的歌聲，為節目劃下句點。

「操妳的！」坡匠低聲咕噥，「操妳的——操妳的——操妳的。」

松婭想要坡匠，她的坡匠，她的阿提，不是這個嗜酒如命的醉漢，這個醉漢只會模仿她以前認識的那個坡匠。

「你叫我去弄吃的給你呀。」她說。

「我做我他媽想做的事。」坡匠說，「妳做妳他媽想做的事。」

「就連肯恩也一樣。」小狗牌裡的狄恩笑嘻嘻地對肯恩說。狄恩早就完全失去興趣了，不過還是繼續唱著歌，單純想再博取一些笑聲，肯恩呵呵笑個不停，「——對不對呀，肯恩？」

坡匠側身走過松婭面前，不小心稍微踉蹌，輕輕撞到她，一邊重新穩住身子，一邊說：「酒在哪？」他打開冰箱，拿出一大瓶啤酒，「沒辦法平心靜氣喝個啤酒。」

他用刀子把瓶蓋撬掉，仍舊站著，粗短的喉嚨規律起伏，一口氣把整瓶都灌完。他坐到餐桌旁，看著對面的松婭。

我們是陌生人，他心想。他看著松婭動也不動地坐在椅子上，怎麼看都覺得松婭一點都不像小孩子。松婭似乎徹底失去了熱情與活力。松婭坐的那個房間瀰漫著貧窮的氣息，他先是環顧那個狹小的房間，接著看向外頭，看見別人的曬衣繩。他只知道今天晚上他會再喝酒，好忘得一乾二淨。生活不是生活。小孩不是小孩。父親們失蹤了，母親們離家了，父母們找不到孩子們，反正孩子們也已經離開軀體了。

肯恩被狄恩的俏皮話逗得笑呵呵，繼續彈著三角鋼琴。狄恩繼續閒聊，節目裡的觀眾被狄恩的自信魅力迷得如癡如醉，配合亮起來的鼓掌燈拍手。「登—德—登—德—登—德—登，」狄恩哼唱著，接著說，「真希望能夠知道這首歌是誰唱的，好跟原唱請教歌詞。」觀眾又鼓掌大笑，「督—答—答—督—答—答—登。」

「別再喝了，阿提。」松婭說，「別再喝了。」

「滾開。」坡匠對著冰箱說，頭微微轉過去看她，看起來卻像什麼都沒看見。他一個懶洋洋又漫不經心的動作，把空啤酒瓶輕輕拋向松婭。沒有用力拋，比較像是懶洋洋地表達不屑。他用那種奇怪的方式丟酒瓶，或許是因為恨，不過不是恨松婭，而是恨所有東西。酒瓶緩緩以弧線在他們之間移動，好像一把長柄大鐮刀將他們割開。酒瓶沒有打到松婭，至少差一呎，砸在她後面的牆壁上破掉。不過坡匠完全沒看到，他又把身體探進冰箱裡，再拿出一瓶啤酒。

這個舉動嚴重羞辱了松婭，因為這感覺好像坡匠現在完全不在乎了，連大發脾氣都懶了；好像打她多少都會洩露對她的某種感情，沒辦法再用不斷自我毀滅來隱藏。他扔出酒瓶後，完全不在乎酒瓶怎麼了，是打到松婭，還是沒打到，這種態度令松婭感到傷痛，她沒有料到這麼愚蠢的事竟然會令她那麼難過。

他上床睡覺之後，松婭便起身，穿上牛仔褲、針織套衫和灰色連帽粗呢大衣，走到外頭，有點想要去散步。她沒有要逃走，只是想要逃離一下子。她在屋子旁邊散步，從一個窗戶聽到坡匠喝醉的打呼聲。她轉過身，看著那扇窗戶一會兒，臉好像凝固成岩石似的。她覺得對所有東西都憎惡到極點，尤其厭惡自己和自己的生活。她覺得坡匠的打呼聲愈來愈大聲，愈來愈沉重。坡匠用鼻子大聲呼吸，偶爾乾咳，發出呼呼的聲音。松婭覺得自己在他是什麼和他不是什麼的火山口中呼吸困難，覺得自己受到他束縛，他的睡眠像熔岩一樣將她永遠埋葬。

她舉起一顆拳頭，再舉起另一顆，閉上眼睛，慢慢搖搖頭，試著把打呼聲推開，試著逃離。但是坡匠的打呼聲愈來愈吵，愈來愈堅定，愈來愈完整，無法逃避。她好希望能夠解放自己，能夠有感覺，什麼感覺都好。突然之間，出乎她的意料，她把兩顆拳頭揮向父親的臥室窗戶，玻璃破掉的聲音遠比皮肉被割破的感覺更令她震驚。

因為她什麼感覺都沒有。

她變得感覺不到痛，她好希望能感覺到痛，但是她現在不知道要怎樣做才能感覺到痛。不論她有多麼痛恨自己，失去自我，容許別人傷害她，或傷害自己，她絕對不會引爆抑制住痛苦的那座水壩。

她搖搖頭。一點都不痛。她覺得好害怕。一點都不痛。如果她連這都感覺不到，她自己怎麼能知道發生什麼事。她的手掌在父親的臥房裡面，手臂在外面，手腕抽動著，插滿了窗戶的碎玻璃。她死了嗎？這裡是地獄嗎？或是她還活著？會不會這裡也是地獄？活著卻不知道自己還活著。

她覺得好虛弱。她覺得好疲倦。尖端染紅的玻璃碎片脫落掉到地上。

松婭眼睛仍舊清澈，動也不動地看著熱血從手腕流到冰冷潮濕的窗臺上。她覺得好虛弱。她覺得好疲倦。她什麼都感覺不到。她看不清楚。她在殘留的碎玻璃上滑動手腕，好像把手腕當成火腿切似的。她什麼都感覺不到。現在不重要了。

不重要了。過了一段時間之後——好像過了一輩子，又好像過一瞬間而已，不知道過了多久——她聽見西尼太太發現她倒在地上，大聲求救，接著問：「妳爸在哪？」西尼太太把松婭扶到自己的大腿上，低聲罵著難聽的髒話；她以前從來沒罵過髒話，至少沒有像男人那樣罵難聽的髒話。

「操，那個沒用的王八蛋。」她罵得又慢又小聲，又問，「他在哪？」

松婭知道父親在床上睡覺，不過他在哪裡呢？他在哪裡，松婭說不出口。她講不出來。她沒辦法告訴西尼太太不合理的事：他們兩人都在等風再次刮起來。

後來救護車的警報器聲音吵醒了坡匠。警報器的聲音停止後，他翻身側躺又繼續睡。

風勢慢慢增強。但是強風來襲之前，在寂靜之中，監測器發出嘟嘟的心跳脈動聲，用力跳動，穿越那片黑暗。

第五十八章
一九九〇年

咚咚聲愈來愈快，彷彿愈來愈猛烈的砲火，呼西喂西——呼西喂西——呼西喂西。白色刮擦的形狀出現，跟其他的形狀融合在一起，隨著網格螢幕畫面莫名一抖而消失。一開始白色刮擦的形狀似乎跟機器發出的巨大聲響一樣，難以分辨位置。接著，突如其來一陣清晰，她明白那個聲音是洗衣機的白噪音之中的搏動聲，是超音波擴大掃瞄的聲音。原來是超音波掃瞄著一個五個月大的胎兒的心臟，那個胎兒在母親的子宮裡的海洋航行著。

她的子宮。

她的孩子。

松婭吸了一大口氣。

胎兒令人著迷的心跳持續咚咚搏動，伴隨著規律的靜電音。有個形狀動來動去，占據整個螢幕。

一根胖胖軟軟的手指頭出現在螢幕前面，指著一個白色影像，那是她的孩子。

「胎兒看起來很好，看起來沒有前置胎盤。」

那根手指頭上有個有點醜的大金戒，戒指上有一個浮凸的新月圖案。

「頭、身體、手腳、手指……看起來都很好。」

戴著戒指的手指消失了。

「出血呢？」另一個聲音問。不過松婭實在沒有氣力抬頭看是誰在問。這個聲音比較高，或許是比較年輕的醫生，也可能是女醫生，也可能是她母親。她不知道。她不在乎。

「六個小時內不會。」她猜說這句話的是手指戴著戒指的那個人，「看起來是胎盤邊緣上升，導致過度出血。」

她的視線開始變得模糊。有一個身影，她實在很難看清楚，她認為那個人一定是醫生，因為他大部分都是白色的，而且不可能是她母親，因為他是男的，沒有穿有蕾絲的衣服。那個身影走向她，最後高高站在她身旁，模樣恐怖，活像深夜恐怖電影裡的人物。他露出詭異的笑容，聲音聽起來扭曲，而且很遠，彷彿是在另一個時間從遙遠的另一個地方叫喚。

「布羅小姐？布羅小姐，妳實在是很幸運。妳流了好多血，但是妳不會有事的，妳的孩子也平安。」

松婭開始發抖，彷彿快要崩潰啜泣，是因為寬心，還是因為失望，就連她自己也不清楚。她沒有哭。妳絕對不能哭，她記得這句話，不管發生什麼事，妳絕對不能哭。

「布羅小姐？」

不過她已經離開軀體，溜出軀體，在一段既無限又有限的時間裡，強烈意識到周遭，醫院空氣近得令人窒息；病床墊硬得古怪，既令人無法原諒，又令人欣慰；醫院的睡衣粗糙，貼著她的身體，像兩條鬆鬆掛著的茶巾。她同時也將這些事和所有其他事物都擺脫得愈來愈遠。

脫離這個世界，這個世界過了一段時間之後，先變成藍色，又變成綠色。又過一段時間，那段時間既長又短，永遠延續，才剛開始而已。綠色嗖一聲打開，松婭發現自己變成簾子，在空中飄蕩，圍著一個人。那個人走過來要看她，但是看不見她，因為她變成了簾子。她現在知道那個人是海薇。海薇一直看著床，床上躺著一個看起來病得很嚴重的女人。她現在知道那個女人是她自己，卻沒辦法變回自己，因為她是簾子。有個護士穿過簾子走進來，那道簾子是松娅。護士和海薇看著生病的女人，那個女人也是松娅。松娅臉色像上了蠟似的，灰綠色的，看起來毫無生氣，雙臂軟綿綿地垂在身體兩側。

海薇說：「我好擔心。我覺得她可能會死。」護士說：「不會啦，現在不會死了啦。現在一切都很好。她剛剛確實差點死掉，但是現在沒事了。」

第五十九章

一九九〇年

松婭，她是我的。

不是啦，操，我的意思是——

松婭，她是一切。我們活得，我們活得比狗還不如，我不想要狗活成那樣，但是我沒辦法，我必須打她，必須打她才能停止這種痛，必須喝酒才能麻痺這種痛，必須讓她知道這種痛，必須讓她知道我感受到這種痛。這種痛好像火在燒，好像火紅熱燙的刀子，每天晚上把我切成狗。每天早上我又會長回人。痛不會停，聖母瑪利亞，反覆地痛。火紅熱燙的刀子又開始把我切成狗。松婭，我的痛就是妳的痛，我必須對抗它，妳必須感受它。

我好痛。我好痛。我好痛。

它從來沒停止過。我不是狗，不是嗎？因為如果我是狗，肯定會有人開槍打我，至少會那樣善待我，至少會對我展現那樣的仁慈。但是妳回來了，卻不罵我。所以如果我不是狗，那我是什麼？

第六十章
一九九〇年

最後松婭終於醒來了，聽到模糊的說話聲，覺得好虛弱，但是腦袋終於清楚了，一心只想要快點好轉、痊癒與出院。海薇仍舊坐在她身旁，不過衣服不一樣，松婭猜測應該又過了一天，甚至可能過了好幾天。

那說話聲化為肉體，變成一個身材高大、穿著棕色制服的女人，穿過綠色簾子，走到松婭身旁，端著一個托盤。托盤上擺著一些不鏽鋼餐具，看起來是醫院的餐點。

海薇一隻手臂伸到松婭的腋下，把她扶起來坐直，把枕頭墊在她背後。醫護人員把餐點放到床桌上便離開，松婭和海薇心照不宣地在一旁看著。

海薇把一個塑膠碗的蓋子掀開，碗裡裝著清淡的雜燴湯，湯裡浮著一片片軟黏的紅色東西，看起來像紅蘿蔔。另一個碗裡裝著一塊紅色果凍，邊邊有一圈往下滑的包裝卡士達醬。主菜是兩片切得像紙一樣薄的烤小羊肉，旁邊有一些凝膠狀的格味斯牌調味醬汁，和兩小坨東西，一坨是黃色的南瓜泥，另一坨是白色的馬鈴薯泥。

「他們想要毒死妳呀。」海薇說，嚇了一大跳，趕緊把蓋子蓋回去，認為那份餐點爛透了。

海薇像變魔術一樣，變出兩片大塊的歐式麵包。松婭小心移動，探出身子往下看。海薇在非常老舊的藍色膠皮ＡＮＡ手提袋裡摸索，袋子上有ＤＣ－10飛機的圖案，裂成一片片剝落。海薇從這個幾十年前就該丟掉的珍貴贈品裡，拿出一瓶油，把一些油淋到麵包上面。海薇把那瓶油收回袋子裡之後，又拿出一小罐維吉麥醬。她把黃色的瓶蓋旋開。「來。」海薇說，「吃這個才能早點復原。」她一邊說，一邊揮舞一把菜刀，把刀子深深插入維吉麥醬的罐子裡。刀子抽出來之後，上面有一大坨泥漿狀的維吉麥醬，她在麵包上塗了厚厚的維吉麥醬。

「蒜頭，」海薇說，「對寶寶有幫助，也能夠提神。」她仍高舉著左手，搖動一根手指，右手同時從吉利那個沒有底的袋子裡拿出一瓶裝滿真正咖啡的保溫瓶。松婭突然露出痛苦的表情，接著痛苦的表情變成困惑的表情。她伸手摸肚子。「咖啡對——」海薇說，誤解了松婭，把雙手貼到松婭的乳房下側，其中一隻手還抓著保溫瓶的提把，「——分泌乳汁有幫助。」海薇放下雙手，認真地點點頭。

「海薇，」松婭說，「我覺得……**胎兒**剛剛動了。」

「妳必須吃點東西。」海薇說。她拿起一片塗了蒜泥的麵包，笑嘻嘻地遞給松婭。但是松婭全神貫注地看著自己的身體，完全沒有注意到。

「寶寶。」松婭激動驚奇地說，「寶寶剛剛動了。」她轉身抬起頭看海薇，「我感覺到它踢我，海薇。」

「喔，當然。」海薇說，「它當然會動呀。以後它會狠狠踹妳喔。」她咯咯笑得像老巫婆一樣，「來吧，趁吃得下，趕快吃吧。」松婭雖然沒有食慾，但是無法否認，她心裡出現了一股新的決心，於是接過麵包吃了起來。她對著海薇微笑。咯咯笑了一會兒，接著哈哈大笑好久。

「噢，天呀。」她突然說。

「怎麼了？」海薇問。

「我覺得，我剛剛笑的時候，尿濕了褲子。」

第六十一章

一九九〇年

坡匠·布羅或許曾經採取驚人的手段脫離了這段人生，就像他很久以前脫離斯洛維尼亞一樣，他花了幾個月，偷偷攀爬朱利安阿爾卑斯山，每天早上觀察與記錄邊境守衛的生活形態與例行工作，反覆策劃；還有觀察自然界可能會怎麼阻礙他們逃亡，以及可能會怎麼保護他們。瑪利亞迫不及待想要離開，經常問他們什麼時候要走。但是他卻等了好久，等到他的弟弟獲釋出獄，等到他覺得準備周全。規劃好路線之後，他每天在冰天雪地中勘察路線，反覆重新思考，重新規劃。他帶著弟弟從德國士兵屍體上撿來的雙筒望遠鏡。他把望遠鏡拿近眼睛，發現望遠鏡仍保有人體的溫暖，不禁感到不安。儘管大雪紛飛，寒風刺骨，望遠鏡貼在冰冷的眼睛上，總是感覺像血一樣溫暖。有一天，他用望遠鏡看到那朵非常稀罕的花，小白花，在懸崖上，那是小白花最喜歡的生長地點。男人會冒著生命危險去摘那種代表愛情的星形白色花朵，送給心愛的女人。他等到天快黑的時候，趁著巡邏人員換班，沒有用繩子就爬上崖壁去摘那朵小白花。他午夜過後才回到家，發現家人十分擔心，以為他被守衛抓走或槍斃。

隔天晚上他把那朵小白花送給瑪利亞。小白花的花瓣尖尖的，看起來很像航海用的指南針。瑪利亞把小白花放在一張地圖上，把指向路線的那片花瓣拔下來，在他面前吃掉。「西北。」她說，伸出布滿白點的舌頭慢慢舔嘴脣。

坡匠覺得這個古怪的動作格外能勾起性慾，瑪利亞兩年後在奧地利的難民營又做出這個動作。她順利把乾燥的小白花保留了下來。這一次她把花放在一張世界地圖上，為了慶祝終於獲得接受，成為移民，她拔掉指向下個目的地的那片花瓣。「東南。」她說。坡匠低頭看著學生地圖集裡的單頁世界地圖，看見被拔掉的那片花瓣如果沒拔掉，能夠碰觸到澳洲的北端。他的反應跟以前一樣。他身子前傾去吻瑪利亞，手伸進裙子裡慢慢往上撫摸瑪利亞的大腿。瑪利亞跟以前一樣，讓他感覺舌頭上嚼成小碎塊的花瓣。但是這一次瑪利亞沒有把他的手撥開。瑪利亞笑了起來。「等到沒有花瓣的時候，」她說，「我們就不能再去世界上的其他地方了。」

於是，兩人在古怪的氣氛下開始做愛，坡匠一方面擔憂，一方面又興奮。結果瑪利亞懷上了松婭。

坡匠以前或許曾經脫離悲慘的人生，但是現在他在等待，等好久了，要等到某件事發生，但是他現在已經不知道自己到底在等什麼事發生。有時候他會認為自己應該死才對，他死掉會比較好。不過他們翻越阿爾卑斯山之前那幾個月他經歷的痛又出現了，只是現在變得模糊，沒有了目的。於是他等待著痛苦加強成他能夠理解的感覺，或消失，讓他死去。

坡匠坐在鋼床側邊，看起來不像人，反而像彎曲的外套衣架，上頭掛著褪色的藍色內衣和卡其工作褲。他搖晃著身體，想著事情。他一手拿著一瓶快喝完的賓得寶黑蘭姆酒，另一手拿著三張舊照片，像打牌一樣抓在手上。從微微晃動的身體可以明顯看出他醉了，但是有多醉就不得而知了。

有人大聲敲著門，大聲喊叫。

「喂——坡匠——要去酒吧嗎？」

「不要。」坡匠說。他停下來用鼻孔吸氣，「不要，今天晚上我不去。王八蛋，走開。我在想事情。」他心裡有東西轉變了，有東西改變了他，他穿越到另一片土地了。就連別的移民也覺得他變成真正的移民：永遠不一樣了，就連外國人也覺得他像外國人。

坡匠繼續搖晃，前後搖晃，眼睛專注盯著不近不遠的地方，沒有看著任何東西。他把酒瓶放下，從小刨花板抽屜櫃拿出松婭的信。他把信拿在面前，用手指摩擦信紙，好像上頭有盲人點字似的，好像裡頭藏著線索，能解決他的悲慘困境。他舉起一隻手，把信拿向燈光，另一隻手也把照片高舉向燈光。他輪流看著顫抖的雙手拿著的東西，好像在比對X光片似的，好像能看出其中的關聯似的，好像仔細研究一邊，或許能發現另一邊的問題。最後他把所有東西整齊地收成一疊，放在大腿上，繼續沉思。

我好想要這種古怪的東西，坡匠心想，這種古怪的小東西一點都不大，想要似乎沒有錯，或者不會得罪人。不過他卻再度感覺到瑪利亞的呼吸，聽著瑪利亞睡覺時唱出來的歌曲，聽見她用鼻子呼吸，甚至是打呼、喘氣、嘆息，天知道她做著什麼夢。我不只在乎她夢見誰，也在乎她夢見什麼。最後她的呼吸消失在風中，風無所不在，我知道她的呼吸迷失在風中。

坡匠記得，跟瑪利亞一起上床睡覺時，她會側躺，坡匠會躺在她後面，臉貼在她背上，聞著她的味道，永遠感激能夠那樣聞著她的味道。味道把記憶和慾望綁在一起，坡匠又聞到了她的香味。坡匠想起自己的腰貼著她的臀部，感覺她的力量，每次感受到總是心生敬畏。坡匠前臂貼著她的上半身，手掌捧著胸部的柔軟重量，好想要永遠為她捧著那份重量。他記得他們接下來會做愛，有時候很激烈，他和瑪利亞會挑逗彼此到極度興奮，瑪利亞會像野獸一樣呻吟，身體扭曲成他無法理解的模樣，讓他看得不禁害怕。他知道瑪利亞很不喜歡他讓她出現那樣的感覺。有時候他沒有把瑪利亞挑逗得很興奮，做愛時比較收斂，瑪利亞的性滿足雖然大大降低，但是瑪利亞卻反而比較喜歡他這樣。這樣的矛盾令他摸不著頭腦，因為取悅瑪利亞他會覺得很開心，但是他又希望瑪利亞能像他愛瑪利亞那麼地愛他。

他曾經向瑪利亞許下不可能實現的承諾：一棟用香水蓋成的房子，用歌聲織成的衣服。瑪利亞則對他許下可能實現的承諾：只要他跟瑪利亞在一起，瑪利亞就會跟他一起工作，一起睡覺，必要的時候，也會為他而戰。他感覺到乾燥的小白花花瓣在瑪利亞的舌尖上，他的手把瑪利亞的雙腿分開，她那強壯又美麗的大腿。他知道自己掉進了風裡面，風聞起來像海，摸起來也像海。他用另一隻手的手指撫摸著瑪利亞的頭髮，接著緊緊抓住，把瑪利亞的頭往後拉，直到瑪利亞的嘴巴、喉嚨、心臟和他的抽插和慾望都變得急促。瑪利亞的低聲呻吟彷彿從地上升起，沒有受到阻礙。

過一段時間之後，又出現了敲門聲。這次的敲門聲跟上一次不一樣，比較節制，近乎禮貌。坡匠再次抬起頭看著門大吼：「滾開！老天爺呀……我告訴過你了！我不想去該死的酒吧！我討厭酒吧！」

禮貌的敲門聲第二次響起。坡匠不甘不願地下床，搖搖晃晃走向門，一邊繼續咒罵。不過坡匠打開門之後，表情從惱怒變成驚訝。他停止咕噥咒罵，盯著站在門口、被黑暗包圍的那個人看。兩個人看著彼此，坡匠驚訝不已，吉利卻沒有看著坡匠的臉，反倒是看著他的身體、服裝、姿勢，好像第一次見到坡匠似的。

「坡匠，」吉利說，「這幾個禮拜我經常打電話到餐廳。每次你都不在。他們告訴我，說找不到你。」

坡匠往後站離門口，張開手掌指向房內，不耐煩地揮揮手。

「你要不要進來？」

吉利走了進去。坡匠要拿房間裡的唯一一張椅子和蘭姆酒給他。吉利搖搖頭，婉拒說都不用。他的任務很嚴肅，因此他的態度拘謹而顯得尷尬。坡匠坐回床上等。

「坡匠……」吉利一開口旋即停下來。他用粗大的手指順著僅存的一縷縷稀疏長髮。他被雨淋得渾身反光發亮。坡匠沒有說話。吉利看著他，心想自己一輩子幹過的傻事多不勝數，這次是不是最傻的。他在夜裡，冒著風雨，開著老舊的卡羅拉，在危險的道路上行駛將近六個鐘頭，從荷巴特開到塔拉，把想說的話告訴坡匠之後，再調頭開六個鐘頭回去。不過他沒辦法逃避，因為這些話不說不行。

「她差點死掉。」

坡匠直接拿著蘭姆酒瓶灌了起來，蘭姆酒喝起來毫無滋味，跟單身男子餐廳提供的、用一加侖容器裝的溫茶一樣，輕鬆流入喉嚨。他知道自己大可以立刻把那一瓶喝完，他也想要那樣做，然後一瓶接著一瓶喝下去，把全部都喝完，希望把自己喝倒，這樣就不用聽吉利要告訴他的話。不過他把瓶口從嘴裡拿出來，因為他必須說些話，任何話都可以。

「我知道。所以呢？」坡匠說完如釋重負，不再覺得自己必須回答，又喝了一大口。

「你必須戒酒呀，坡匠。」

坡匠慢慢將蘭姆酒瓶從嘴裡拿下來，開口說話，說得很小聲，說得很慢，好像是在說別人的事，不是他自己的事。

「怎麼戒？你那麼聰明，你知道，吉利，你來告訴我——怎麼戒？」

他想起自己以前也以為能戒掉酒；曾經希望能把靈魂變成冰，這樣就沒有東西能夠穿透；想過如果用足夠的酒來麻醉自己，跌倒的時候，或在酒吧裡被打的時候，就不會感覺到痛；後來也不會感覺到另一股痛，那股痛並不是身體實際的痛。

「那股痛就像一把刀子，」坡匠說，眼睛盈滿淚水，「像一把刀子不停在五臟六腑裡轉動。」

他的聲音漸漸變弱消失。蘭姆酒像火焰一樣衝上喉嚨，他整個身體開始顫抖，被憤怒的巨大重量壓得劇烈顫抖。

「你告訴我，吉利，拜託，拜託，我求你，你告訴我——到底要怎麼戒？」

第六十二章

一九六七年

其實，那把刀子在那裡已經很久了，久得坡匠都懶得去記了。其實，那把刀子一直在劃來劃去、劃來劃去。結果他、她、他們倆都四分五裂了一段時間，落向某個時刻，落向某個他們倆都能直覺瞭解的動作，那個動作代表結束了。不是沒有被說出來的事情，而是那些被說出來的事，愈來愈多，堆積如山，現在重新變成愈來愈寬的深淵，就像他們之間的沉默，曾經像鋼環一樣把他們箍在一起。

用力揮動犁頭，吉利說，更用力拉網子，吉利會這樣告訴他，不要放棄。不過關鍵不是要不要努力，因為關鍵不在於他們，不是他們能抓在手中塑形的那些東西，像是一塊木頭，而是更重要的東西，是那些抓住他們的東西。雖然這點他們兩人都不明白，但是卻都直覺知道，都在等待，就像他以前曾經在一個寒冷的建築營地等待，在杳無人煙的地方，受到愈來愈強烈的恐懼感所侵襲。或許吉利是對的，他們錯了，不應該任由更大的命運所擺布，不過他們做的事似乎都改變不了結果。他們的痛苦依舊每天早上都會重新出現，愈來愈強烈，愈來愈糟糕，愈來愈無法接近。

在那個平靜的星期六早晨，冰箱上面有一臺電晶體收音機，裝在深色皮革袋子裡，播放著珮西・克萊恩（Patsy Cline）的歌曲，那似乎是世界上僅有的聲音。松婭打開臥室的門，走進主廳，拎著一個小行李箱。坡匠沒有假裝不理她。坡匠在權充廚房的地方只有稍微坐久一點，又用小咖啡杯喝著土耳其咖啡，看著妻子的舊照片。松婭有注意到照片，但是他在看照片，完全沒有注意到松婭。

松婭看著他，想著他們在一起的時光，想著本來應該有很多故事，有一天她可以告訴自己的孩子，但是實際上卻沒有那樣的故事。她在那一刻完全想不到快樂的故事，只想得到不值一提的悲傷故事。最悲傷的故事大概是幾天前才發生的事吧。

松婭為自己舉辦十六歲的生日派對。坡匠喝到爛醉如泥，因此既沒辦法阻撓，也沒辦法幫忙。她跟坡匠要錢，坡匠把皮夾丟給她，叫她想要什麼就去買，操他媽想買什麼儘管買。她想要辦她想像中的那種成人派對，不想要辦她看過的那種派對。她烤了幾個蛋糕，不是小孩喜歡的那種蛋糕，兩個巧克力蛋糕和一個起司蛋糕，是澳洲人喜歡的那種。她買了義大利香腸、起司和高級麵包，在盤子上擺得很漂亮。她叫坡匠幫她買四瓶帝國酒莊冷鴨酒。她自己買了洋芋片和花生，裝在小碗裡。她邀朋友來參加，還邀了幾個她不熟但是喜歡的人。

在派對前的幾個鐘頭內，她換了四次衣服，一下子穿她最愛的漂亮洋裝，一下子換成休閒牛仔褲，苦思著無法決定，兩者她都只有一件。最後決定穿休閒牛仔褲。她拜託坡匠不要喝酒，這是坡匠第一次聽進去，一滴酒都沒喝。他們看電視等待著。松婭喜上眉梢，笑得合不攏嘴，就連坡匠也無法抵抗，被女兒高昂的情緒所感染。他們一邊等待，一邊說笑，玩愚蠢的遊戲。坡匠在每隻眼睛上各放一片洋芋片，大聲嗡嗡叫，模仿麗蠅。生活應該這樣子才對，她心裡這樣想，但是沒有說出來。然後，更大膽地想：生活以後會這樣子。這個想法像個自信的年輕人一樣成長，變成認為他們的生活即將發生重大的改變。或許，情況還是有可能會好轉的。

他們等到下午六點。半個鐘頭後，還是沒有人到，她查看一下邀請函，時間和地址都沒有寫錯。

他們等到七點，松婭的笑容消失了，笑聲停止了。他們等到八點，坡匠走過去冰箱，打開當天的第一瓶酒。

半個鐘頭後，她把牛仔褲換掉。

人難免都會找藉口，有些理由充分，有些很蹩腳。松婭隔天在學校聽見一個她完全不認識的女孩故意在她背後對另一名女孩竊竊私語，讓她聽見：「那個移民跟她睡耶，移民跟她，妳懂我的意思吧？」松婭轉過身去問她是什麼意思。那個女孩告訴松婭她的意思人人都知道，那正是為什麼沒有人去參加松婭的十六歲生日派對。

隔天松婭沒有再去學校，反而走到市區，拿坡匠給她用於打理家務的錢，買了一件短袖上衣。那件奶油色的衣服上面有荊棘的圖案，衣邊有蕾絲。她一直到某天早上才穿上那件衣服。那天早上她站在廚房，等著父親抬起頭來看她，準備告訴父親，突然之間有些事似乎永遠無法避免。

第六十三章
一九六七年

坡匠轉過身微微一笑。他很冷靜，心裡感到挫敗。他知道沒辦法再假裝把碎片拼湊在一起。除了酒瓶，沒有別的東西可以依靠了。

「我要走了。」她就只說了這句話。

坡匠哈哈笑起來，露出笑容，笑得冷峻。他準備好了，準備接受命運慈悲地送給他的禮物。他大半輩子都活得沒什麼尊嚴，但是這一刻他想要擁有尊嚴。或許是自尊心使然，抑或許只是想要向自己證明，如果松娅離開，在一發不可收拾的混亂之中，會有事情接著發生。

「這個妳最好帶走。」坡匠說。他站起身，從冰箱上面的櫥櫃拿出一個用紙包裝得很漂亮的盒子，交給松娅。那是他買給松娅的生日禮物，但是當時醉了，忘得一乾二淨。他羞愧得無地自容，不想承認自己的愚蠢，不敢在事後送給松娅，於是把禮物留到這一刻才送出去。在松娅打算離開之前，他老早就預料到這一刻遲早會到來。「現在別打開。」他說，「裡面的東西是妳需要的。我不需要了。妳絕對會需要的。」

他把盒子遞向松娅。他的眼睛——像斷掉的連接暗榫，嵌在一片破碎的傢俱上面——跟松娅的眼睛四目相交，不過很短暫。松娅接過盒子，上身湊過去，尷尬地在他的臉頰上親了一下。他表現出一副不想要或不接受松婭親吻的樣子。最後松婭用斯洛維尼亞語跟他道別。

「再見，阿提。」她說。

坡匠．布羅看著她，看著漂亮的女兒。他覺得自己好愛女兒，覺得自己會萎縮消失，彷彿他的愛是火，他只是愛燒出來的灰燼。因為他對女兒的愛超越了他，在他變化無常的時候能夠繼續忍受，在溶入空氣裡的時候能夠保持穩固。他一方面希望女兒留下來，一方面又想要女兒馬上離開，以防他破壞自己對女兒的愛。

他用澳洲英語回答。

「再見，松婭。」他說。

他沒有對松婭做任何舉動，松婭很感激他也想避免承認他們的感受。所以他們沒有觸碰彼此。松婭轉身走出去，坡匠．布羅突然大聲叫喚她。

「松婭！」

她停下腳步，轉過身來，看見父親把雙手伸到身前，不是在懇求，只是狂亂地動著，彷彿想要把神祕的東西塑造成可知的東西。他的嘴巴也在動，但是沒有發出聲音。他站在松婭面前，像個沒有黏土的陶藝家，或是不會講話的舌頭。彷彿發現了他們自己的舉動有多荒謬，他雙臂突然不再動了，放下來，目光也跟著往下移，從松婭的身上移到地板上。接著坡匠的嘴巴恢復說話能力了。

「松婭！」他大聲叫喚——這是他跟松婭說的最後一次話，二十二年後兩人才會再說話。他將目光往上移，想要尋找赦罪與悔過的聲音，結果什麼都沒看到——什麼都沒有，只剩下空蕩蕩的門框。

松婭走了。

她走之後，坡匠終於找到自己老早就想要告訴她的話了。「妳和我，」他說得又小聲又結巴，「我們活得，我們活得比狗還不如。對不起。我不敢期待妳會回來。相信我，我完全不希望妳回來。喝酒，打人，這些移民公寓，有時候事情就是會發生在妳的人生中，不論一切如何，不論妳希望什麼，妳就是沒辦法改變。」

流利的說話能力來得快，消失得也快，他一講完心裡的話就消失了。

他只跟從外面世界吹進來的微風說一句話，就走去冰箱喝當天的第一瓶酒，沒有察覺時間還很早。

「我們來澳洲，」坡匠．布羅說，「是為了自由。」

第六十四章
一九六七年

當時，那年夏天發生了一場大火，老人們記不得以前有出現過那麼可怕的火災，年輕人像緊張的牙鱈，聚集在德文特河和胡恩河這兩條大河沿岸的淺水處，永生難忘。有一天清晨刮起了大風，在白天裡，太陽愈燒愈熱，風愈吹愈強，天空愈來愈暗，一些火星引起了幾處小火，小火延燒，多處灌木叢燒起大火，最後多處灌木叢大火燒在一起，不可收拾。人們停止嘗試撲滅現在從大地燒到天空、燒成一片的烈火風暴，發現現在能做的，最好就是逃離正在吞噬這座島嶼的恐怖大火。松婭從位於穆納區的家中觀看，大火燒進市區。她看見空氣變成了煙霧，看見煙霧變得跟夜晚一樣黑，天空飄滿灰燼，天堂落下餘燼。她發現自己覺得又害怕又興奮。

在那個恐怖的日子，太陽像一顆沸騰的巨大血球開始滾向地面之前，超過一千棟房子被燒成了平地，無數豢養和野生的生物被燒成了灰，六十二個人死亡。接下來幾個禮拜，松婭不管朝哪個方向看，景象總是一片死寂，一團漆黑，面目全非。全鎮驚呆，擠滿難民，難民在來襲的大火中失去了一切，大火的中心不斷變形，把半座島嶼捲了進去。城鎮的背景原本是叢林遍布的藍色山脈，現在變成一塊燒黑的岩石。原本的廣大叢林是一片綠色植物濃密、潮濕神祕的世界，現在只剩樹木的骸骨，巨大的殘幹從焦土上插出，好像在指控的鹽柱。殘幹下面是煤灰和灰燼。那麼在那片黑色的大地底下呢？有一天早上松婭走到丘陵，挖了挖泥土，發現地底下有新生命的第一證據——新叢林的綠色嫩芽。

這場大火讓松婭頓悟，事情其實是可以徹底改變的。現在她想要那樣的改變，想要加入難民，拋開她所知道的一切。她想要離開這片濱水之地，化為火焰。

當時，時間不一樣，童年不是一生的一部分，而是好幾個一生結合成一個無止盡、灰塵瀰漫的早晨。當時情況跟現在不一樣，如果認為當時的人跟現在一樣，那就錯囉。那天早上松婭站在公車站等候，穿著便宜的緊身褲，雙腿瘦極了，消瘦的上身穿著有蕾絲邊的短衫，一手拿著用禮物包裝紙包著的盒子，另一手拿著一個舊的硬紙板行李箱，一點也不像她即將要變成的那個女人。

某種東西耗盡了松婭的一切。瑪雅．皮寇提太太曾經在禱告中懷疑松婭的靈魂脫離了軀體，松婭現在不禁有那種感覺。松婭大可以氣憤怨嘆人生，但是她卻不那樣看，甚至不那樣覺得。她覺得自己的身體裡彷彿只有灰燼，其他什麼都沒有。她走上公車時，看見裸露的手臂已經覆滿黑汙。黑汙是從遠處荒蕪的丘陵吹下來的，丘陵最近才在大火之中燒得一無所有。她甩甩手臂，擦一擦，油膩膩的煤灰被抹成黑色的汙跡。

公車司機抬頭看後視鏡。在他後面，陽光照進髒兮兮的公車窗戶，光束照亮了灰塵，灰塵在光束中緩緩飄旋。他看見公車空蕩蕩的，只有後側有個瘦瘦的年輕女孩坐得直挺挺的。他覺得那個女孩故意穿得像大人，反而凸顯出年紀輕。

松婭拆開禮物的包裝紙，發現裡頭是一個來自亞洲的木製音樂盒，上了黑色亮漆，這個造價便宜的東西肯定賣得很貴。她打開音樂盒，蓋子上面嵌著鏡子，基座是紅色毛氈飾面的珠寶收藏分格，中央裝飾物是一尊芭蕾女舞者的塑像，轉緊發條之後，塑像就會開始在平圓的玻璃鏡上旋轉。

在一個側邊分格裡，有一張舊照片，用五張二十元鈔票包起來。

松婭把鈔票取下來，收到盒子底部的一個分格裡，接著盯著照片看。照片裡是坡匠和瑪利亞在管家谷，瑪利亞抱著當時還是嬰兒的松婭，托著她的屁股。松婭以前從來沒有看過這張照片，照片裡的父母很快樂。她不禁露出微笑：原來他們真的曾經快樂過，她始終認為他們曾經快樂過，哪怕時間短暫，哪怕只有一年、幾個月、一個星期、一天，哪怕只有拍那張照片的那一刻，至少他們曾經快樂過，曾經一起快樂過。接著她的笑容消失了，她好想哭，但是沒有哭。

松婭轉緊發條，看著女芭蕾舞者墊著腳尖在玻璃鏡面地板上旋轉繞圈，發條裝置彈奏著電影《齊瓦哥醫生》裡的配樂〈拉拉主題曲〉。她看著蓋子上斜嵌的幾塊鏡子照出了好幾個女芭蕾舞者的鏡像，彷彿召喚出一群美麗的舞者，專門為她表演。

當時，荷巴特原本就空空蕩蕩的，猛烈的大火像恐怖至極的戰爭一樣來襲，導致當地更加空蕩。巨大的寂靜包覆著所有東西，包覆著大型公車和松婭。公車吃力地開過這座城鎮，只載寥寥幾名乘客，乘客全都迷失在旅途之中。松婭正要進入荷巴特的市中心，想要永遠離開這裡，腿上擱著一個打開的音樂盒播放著音樂。她看著女芭蕾舞者小塑像和它的鏡像繼續在音樂盒裡面的紅毛氈上面和鏡子裡面跳舞，卻看見突如其來的車禍，突然終結了幾個人生。在那個寂靜的繭裡，什麼聲音都沒有，只有發條裝置憂鬱地彈奏著〈拉拉主題曲〉的聲音。

在鏡子構成的那個神奇凹陷裡，松婭看見了旋轉的舞者變成新的模樣：變成八歲的她，穿著聖餐禮服在密西尼克家的餐桌上轉身；變成年紀大一點的她，穿著父親親手縫製的新粉紅色派對洋裝，在餐桌上轉圈，跟父親跳舞。接著一切都消失了，音樂發條漸漸停下來，只剩下玩具芭蕾女舞者一抖一抖地旋轉著。音樂變慢，愈來愈孤寂，直到最後一聲響起，女芭蕾舞者小塑像完全停下來，她的雙臂高舉，保持優雅，臉凍結成永恆的笑容，左大腿永遠向外舉，左腳板永遠貼著右膝，腳趾完美打尖。

好希望我能變成那個女芭蕾舞者塑像，松婭心裡這樣想，好希望我能永遠不停跳著一種優美的舞蹈，永遠在一個圈圈裡轉圈圈。

沒有回頭路了，松婭心裡這樣想。木頭和蕾絲。都沒有了，她心裡這樣想。那些奢侈品是留給別人的。木頭和蕾絲，都不見了，永遠。松婭關上音樂盒，鏡子被上著黑色亮漆的盒子取代，女芭蕾舞者被關起來的蓋子壓倒，幾個一生和一片可怕的寂靜劃下句點。松婭抬起頭往外看，感覺到公車運轉得費勁的柴油引擎發出隆隆聲，透過震動的座椅傳到她的身體裡。

當時的荷巴特跟現在世界上任何一座城鎮都不一樣，一片寂靜，唯一的聲音就是音樂盒演奏那首歌發出的最後一個聲音。

車子外面輕柔的微風把一陣灰燼吹得打旋，司機咒罵黑汙弄髒擋風玻璃。在路邊，非常微小的黃綠色嫩芽開始長向光線，冒出厚厚的灰燼。

第六十五章

一九六七年

坡匠．布羅從早上就一直獨自坐在廚房裡，陰鬱地深思。或許當時他看到了不想看的事情。很難知道他是看到怪物、瘟疫、戰爭，抑或只是發現自己無法解讀、理解自己看過的所有事情，只知道那些是有害的謎團。通常這種感覺只是短暫的，當那些感覺纏身的時候，當天還有接下來幾天，他會咬定牙根瘋狂喝酒，喝到徹底永遠擺脫那些感覺。但是要驅散那些感覺並不是那麼容易。

廚房裡充滿夏季剛入夜的陰暗光線，小咖啡杯裡是空的，他把杯子倒置於杯碟上。他等了一會兒，等到杯子乾掉之後，把杯子翻正，盯著裡頭形成的咖啡渣圖案看，判讀自己的命運。

坡匠．布羅凝視著木紋飾皮桌面、杯子、算命用的杯底咖啡渣，還有他覺得彼此沒有關聯的各種東西——放著菸屁股的菸灰缸、隨便放的照片、他的右手。他的眼睛只看得到一大堆抽象的形狀與顏色，看不見圖案，算不出命運。只看見一片混亂，沒有理由或結果，一場沒有止盡的風暴，由沒有關聯的痛苦所組成。在他的腦袋裡，音樂發條裝置不停彈奏著悲情的〈拉拉主題曲〉。

老天爺呀，真希望不是這樣子，坡匠．布羅心裡這樣想，真希望聽不見該死的發條音樂反覆播放。真希望不是這樣子，真希望音樂停下來，真希望我不是這樣子，真的好希望。

他伸直的右手手指在發抖，從木紋飾皮上面升起來，蓋住杯口，把咖啡渣揭露的可怕祕密隱藏起來。手指緩緩彎起來，彷彿手掌很痛苦似的，變成顫抖的拳頭，捏著那個小咖啡杯。

他高高舉起拳頭，捏著破舊的杯子，砸到桌子上，動作突然又劇烈。拳頭打到桌子時，手掌像一朵短暫綻放的花一樣張開，手指像花瓣一樣展開，杯子在破掉之前的那個短暫瞬間，就像雄蕊一樣。杯子破掉，破碎的瓷片從坡匠攤平的手掌下面飛出去。

他不再看見混亂。暴風停止了，歌曲終於結束了。

血依照脈搏頻率從攤開的手掌下面流出來，坡匠看著散落在血泊中的碎片，預示著一段人生，一種古怪的感覺油然而生，近似安靜的恐懼。

我好希望，他心裡這樣想，我好希望，我好希望，我好希望。

第六十六章

一九九〇年

耶穌呀！坡匠．布羅在心裡暗叫。

他對瑪利亞的記憶實在是少之又少，少到他一直誤以為自己看到了瑪利亞。有時候他造訪荷巴特時，會在人群中看到一張臉，但是走近仔細一看，發現臉下面的身體並不是瑪利亞的；有時候他會瞥見一個肢體動作，像是手勢或臀部擺動，追過去看那個獨特的小動作，卻發現跟那雙手或臀部相連的臉不是瑪利亞的。好像她的身體裡有個聲音，在古怪奇特的時刻繼續悲淒地迴盪著。彷彿她的存在太強大，無法直接那樣消失。世界形成了古怪的霧狀模子，鑄造出她的古怪部分。

有時候他沿街追尋的女人聽到他的聲音會轉過頭來，當女人看見他的臉，他的臉不再是臉，而是一個無法回答的問題，女人的表情會從困惑變成驚恐。有一次，一個女人轉過頭來，臉醜陋無比，臉皮像豬皮似的，少了一隻眼睛。她什麼話都沒說，只是跟冷酷凝視的坡匠四目相望。最後她用力打了坡匠一個耳光，然後跟其他人一樣走開。

一顆電燈泡照射出的白光像被囚禁的瘋子，在刷了亮光漆的房間牆壁上搖曳，把坡匠．布羅照得變白，法蘭絨藍色格紋襯衫、卡其工作褲、皮帶，還有他的身體和臉，似乎都褪色變乾了。他動也不動地坐在床邊，看起來沒有喝醉酒，其實醉了。

他聽著下個不停的雨不斷滴落在鐵皮屋頂上，聽見彎垂的天溝發出模糊的滴水聲，水聲逐漸加快變急，接著和緩下來，如此反覆。他很感謝規律的雨聲幾乎遮蓋外頭所有其他的聲音。他停止盯著活像黑洞的窗戶，把目光移回他拿在手裡的那兩張黑白照片。

她曾經是誰？坡匠．布羅心裡納悶。有時候坡匠看見酒吧的菸灰缸裡有一截壓得皺皺的菸屁股還在悶燃，上面有油油的紅色口紅印，心裡會被一個愚蠢的想法纏住，以為自己認出那是她的脣印；但是抬頭看離去的女子總是發現那不是她。有個女子的側影與她十分神似，瞬間喚醒坡匠的記憶，不過那名女子卻不是她。有個女子的聲音跟她相似，簡直一模一樣，坡匠還以為有燒起來的油倒進自己的耳朵，直燒到可憐的腦袋，但是那也不是她。

彷彿塔羅牌算出了可怕的命運，儘管他希望自己不知道，卻還是注定要承受，他極其猶豫地把兩張舊照片的其中一張放到褪色的壓克力纖維被子上面，被子上曾經開滿鮮豔的花朵，滿是色彩斑爛的紫色鳶尾花。那張照片是瑪利亞抱著還是嬰兒的松婭在管家谷拍的。

瑪利亞曾經是誰？他想要確定，卻愈來愈不確定。因為他以為自己想要記住瑪利亞，但是其實他不斷想辦法徹底忘記瑪利亞，擔心一旦聚精會神去想，會破壞他對瑪利亞殘留的印象，就像砂磨一片木頭砂磨得太久。雖然沒辦法承認，但是他感覺得到，所有的記憶仍舊保存在心裡某個神祕又遙遠的地方，為了安全起見，藏在很遠的地方；這些過去的痕跡，雖然完整無缺，卻極度脆弱，一旦那些蹤跡被釋放出來，就會粉碎成無數塵土。瑪利亞仍舊存在他的內心深處，他知道有一段無法彌補的記憶，那段記憶只會回應它自己的召喚法則，從來不會回應他的強烈渴望，這令他極度煩憂。他的身體裡有個東西不受他的強大動物意志左右，既令他憂傷，但也給了他力量繼續活下去。她曾經是誰？

他把第二張照片擱在床罩上。照片裡是年輕時候的他，在管家谷抱著還是嬰兒的松婭。坡匠把他抱著松婭的照片推過去跟瑪利亞抱著松婭的照片部分交疊在一起，讓那兩張照片看起來像一張照片。看起來就像缺了的那張全家福，坡匠、瑪利亞和嬰兒時期的松婭一家人合照，但是當時的一家人現在已經不再是一家人了。那張全家福他在松婭離家的時候給了松婭。

他把照片疊在一塊，站起身，放進一個舊鞋盒。鞋盒上放著松婭的信。

唯一比工作還糟糕的事就是沒在工作，坡匠．布羅心裡這樣想。如果喝得夠多，他會覺得自己像個沒有影子的人。他那樣告訴培沃。「只有死人才沒有影子。」培沃這樣回答。這就是為什麼在那一刻他好想要回到工作地點，回到木工場裡，回到帶鋸機、刨床、鑽床、抽風機震耳欲聾的噪音裡，接受灰塵、木屑、黏著劑臭味的撫慰。在那裡，有時候能夠消失在製作的世界裡。在木工場，他們不做俗豔的東西，只做普通的東西，像是櫥櫃、衣櫃、桌子、抽屜，給新的水力發電廠村莊，給職員辦公室，給住愈來愈多他們那種人的單身男子宿舍，其實就是給普通人的普通東西罷了。有時候坡匠．布羅明確知道自己在哪裡、自己是誰，會把連接處做壞掉，故意因為他們而把東西做得醜，把對他們的恨做成會卡住的門卡、會搖晃的桌子、不方正的抽屜。

「你看這個。」有一天培沃對坡匠．布羅說，指著一塊刨花板，「這是碎木料做成的——這就是我們。」不過是什麼讓我們連結在一起呢？坡匠．布羅心裡納悶，讓我們變成可能重要的東西呢？

那間大工廠裡，亮著霓虹燈，噪音喧雜，坡匠．布羅一邊工作，一邊思考這件事。他思考著培沃說他們是木頭是什麼意思，他再次感到失落，極度失落。

他開始為他擔心跟他一樣感到失落的每個人做東西，他為他們製作桌子、衣櫃和櫥櫃門，不再帶著仇恨，而是帶著愛，就像是濕敷的藥膏，讓他們能夠塗抹在悲傷的傷口，儘管生活百般不如意，那些堅固的東西絕對不會令他們失望。他希望人們能夠在木頭的光滑中感覺到，在木紋飾皮的仔細修邊中感覺到，在刨花板的堅固中感覺到，在角度的筆直與正確中感覺到；能夠知道他知道他們看過孩子死去，看過母親一去就永遠沒有回來；跟他一樣，在年紀還很小的時候就親手埋葬父親；跟他一樣親眼目睹過無辜的人遭到處死；看過有人發瘋，好人和壞人都有；目睹姊姊用身體跟士兵換一顆冷凍的大頭菜；看過他從來就不想看的畫面，有人被用木頭毆打之後，被鋸木機分屍。坡匠・布羅不在乎他們知不知道刨花板是用他的眼淚連接在一起的，木紋飾皮是用他的愛連接在一起的，他每天從那個像巨大洞穴的工廠偷偷傳送訊息給他們所有人，就像他以前把情報藏在挖空的洋蔥裡傳送給游擊隊員一樣。他要傳遞的訊息就是別人知道——**別人知道**——這是他們一起擁有、一起共享的唯一一件事。讓他們能夠成為人，不是人人以為的酒醉瘋狗，就是知道這件事不只發生在他身上，他們全都遭遇過。他在他製作的桌子、衣櫃、櫃子門裡訴說這個訊息，他試著懷著愛全部說出來。

坡匠・布羅拿起女兒的信，慢慢滑過臉頰，好像那樣觸碰能夠撫慰他似的；把信拿到鼻子前面聞一聞，好像信的味道能夠把藏在信裡的含意傳遞給他。

瑪利亞，坡匠・布羅心想，我的瑪利亞。

第六十七章

一九九〇年

坡匠的門開著。坡匠在裡頭工作。他的房間平常都是乾淨整潔，但是現在擺放著工具、木材和製作到不同階段的傢俱。牌桌上有一瓶沒有打開的啤酒瓶。臥室變成了工作室。坡匠把一塊倒置的木材快速地磨好之後，裝到一塊長木材上，那塊長木材上面有幾個一模一樣的倒置木栓，那是還沒完成的小床的一部分。

每個週末，其他的單身男子都會在外頭走來走去，拿著要洗的衣物，偶爾停下來閒聊抽菸，但是再也沒看過在酒吧裡喝醉酒的那個移民。他們難得會瞄一下他的房間，一道道陽光照進小窗，他們只看見他被囚禁在陽光裡，只看見他的剪影，他在往上飄旋的塵埃之中工作，好像他要讓自己從他們的世界消失。

坡匠賣力工作，又是敲錘子，又是鋸鋸子，又是鑽鑽子，又是咕噥呻吟，又是咒罵喘氣。只聽得見一個人辛苦工作發出的這些聲音，只看得見一個人的輪廓，彎著腰，頭和手臂上沾滿木屑。

第六十八章
一九九〇年

塔拉這座小鎮處於變幻莫測的沼澤濕地裡，坡匠．布羅感覺在霧飄得很低。在這片惡臭的沼澤裡，水和人在陰冷的山谷凹部惡化，山谷凹部活像一張破爛的吊床，吊掛在高聳的藍色山脈之間。他很高興能夠感覺到霧氣，感覺那宛如毯子的白色濕氣。霧氣讓他只看得到ＦＪ，他正把傢俱綁到車頂上。

霧氣弄濕了坡匠．布羅的衣服，衣服重重壓在身體上，像蛇一樣蠕動著。「你不知道女兒是多大的麻煩吶。」他告訴幫忙把防水帆布綁在傢俱上面的義大利人。坡匠．布羅把繩子拉直拉緊，感覺身上彷彿有蛇在蠕動似的。他笑了起來。「我也不知道。什麼都不知道，我什麼都不知道。我只知道這裡沒什麼好留戀了。」坡匠．布羅說，拍拍頭，「我腦子有問題，什麼事都記不得了，真是奇怪。」

「你要把螺栓弄緊嗎？」義大利人指著老舊生鏽的車頂行李架問。

「架子沒問題啦。」坡匠說。

「確實比車子好。」義大利人說。他合理懷疑這輛ＦＪ能夠載這麼重的東西開那麼遠，「你確定不開我的 Valiant 嗎？」

義大利人會擔心不是沒有理由的。ＦＪ排出大量濃煙，看起來像著火似的；而且很難操控。後車廂還放了幾包水泥，幫助減小車身搖晃。坡匠曾經拆開其中一包，攪拌成混凝土，倒到前乘客座的側門，解決生鏽的問題。計速表已經好幾年不會動了。里程表亂轉，好像ＦＪ的腦袋似的，有時陷入沉思，動也不動，有時又跑得比奧運碼表還要快。用來遮蓋前座破洞的灰色水毯一直掉落，馬鬃和生鏽的線圈都露出來了。門上的膠條老早就不見，被膠帶取代，駕駛座的車門內側貼滿膠帶，這樣貼不但不能解決漏水的問題，反而造成漏水，每次遇到下雨，車子仍舊會漏水。車子裡頭潮濕悶熱，瀰漫著腐殖質的味道，經常聞起來不像車子，比較像溫室。ＦＪ上面有許多凹痕，外露的玻璃纖維胡亂地往裡塞；生鏽的破洞愈來愈大，裡頭灌著矽膠。坡匠愚蠢地認為想去哪，這輛車都能載他去，因為他的意志和這輛ＦＪ的意志在遠處的某個點合而為一。義大利人和幾個蠢蛋偶爾會勸他把那輛車丟了，不禁令他感到一股恐懼，別人只有想到截肢的時候才會出現那樣的恐懼。坡匠搖搖頭。

「為什麼我要開你那輛該死的Valiant？」

現在霧很濃，坡匠．布羅的臉上有水滴往下流。霧飄過他的臉，建構出鼻子和顴骨的形狀，提醒著他是什麼人，形狀有多難看。彷彿地面上一片愚蠢的地衣。

「反正你一定很關心她。」義大利人說。那天義大利人的眼睛似乎特別大，而且很像狗的眼睛。因為義大利人連疏遠的女兒都沒有。他有老婆和一個兒子，兩人都在幾年前的一場車禍中喪命，但是他已經忘記那場車禍。跟他老婆和兒子有關的東西，全都不在了，連他們死亡的那條路也不見了，很久以前有一條四線道的公路蓋在那條路上面。

我不知道我關不關心，坡匠．布羅心裡這樣想。「我要去荷巴特，我只知道這樣。」他對義大利人說。或許我應該關心，不過我不知道那兩個字是什麼意思，坡匠．布羅心裡這樣想。

「我關心法布里奇歐。」義大利人說，「我關心安德里雅娜。」他的眼睛似乎有水，那是淚水，或是霧氣凝結而成的水滴，或是因為談到很久以前在路上喪命的妻兒時用錯了英文時態而感到尷尬，這沒辦法搞清楚了，不可能知道了。也可能是因為生氣沒有東西可以死守了，沒有人生，連死亡地點也沒有。

不過，坡匠．布羅心想，或許有些人至少知道一些事情。相信某件事情。關心一件事情，哪怕只有一件也好。

但是那不是我。

我不再關心任何事。我只是一棵老樹，生長在新的水力發電蓄水湖邊，坡匠．布羅心想，滿身瘡傷和寄生蟲，底部被上漲的水淹得幾乎徹底腐爛，頂部不再繁茂，只是沉重而已。

等待著。

不過等待什麼，他不知道。

太陽漸漸落下，坡匠希望至少旅程的第一個小時是有日光的。他最後一次檢查繩結，繩結綁緊藍色防水帆布，帆布蓋著車頂行李架上笨重的物品。他用粗粗的手指拉扯繩子，測試緊度，抓住繩子一會兒，吸了幾口氣。

接著放開繩子。打開車門，上車發動引擎。他什麼都沒有對義大利人說，只有點點頭。

啟程回去的時間到了。

他在山腳打到第三檔，看著道路，驚訝車子的速度，連一輛老舊的ＦＪ也能如此輕鬆就開到這麼快；心裡想著，在那麼多壞事裡面，能出現任何好事嗎。

第六十九章
一九九〇年

坡匠．布羅沿著彎彎曲曲的道路開到羅斯伯里，再開到皇后鎮，接著在最後的光線中向東轉，沿著蜿蜒的道路行駛在那座悲慘小鎮旁的光禿山脈上，海拔高得令人頭暈目眩。過了荒廢的琳達鎮，他打開車燈，不久之後，下起了暴風雨，他又打開雨刷。他爬上一個個山隘，從危險的側道下來，穿越那一大片杳無人跡的土地，偶爾有閃電出現，照亮ＦＪ，他會短暫瞥見他正在穿越的那片荒野。

雨愈下愈大。

坡匠要不是太過專注於旅程，可能老早就調頭回去了，因為雨現在不是用滴的，甚至不是大片灑下來，是像一片湖泊垂直落下。ＦＪ的雨刷沒什麼效果。能見度很差，因此他用一檔龜速開了超過一個鐘頭，這讓問題變得更加嚴重，因為雨刷的動能來自引擎，所以車速慢下來，雨刷也變慢了。

在他看不見的地方，雨洗刷著山林，填滿河流。移動了一些東西，那些東西不想要被移動，卻注定要被改造。

坡匠的決心動搖了。ＦＪ裡水滴個不停，滴得他又濕又冷，害他本來就很脆弱的情緒變得更加低落。他要做的事情很困難，非常困難，他不知道自己夠不夠堅強。疑慮下得比雨還要大。要是她不想要見他怎麼辦？要是她想要見他，但是他們又吵起來，吵得比以前還要厲害，他對她說連想都沒想過的難聽話，那該怎麼辦？他送的禮物最好能夠發揮什麼效果呢？那些荒謬的禮物看在她的眼裡無疑很醜。

經過東嘉帝納（Tungatinah）一會兒之後，快到塔勒利亞（Tarraleah）的時候，他心裡忽然湧現一股無法擺脫的慾望，好想回到他發誓過永遠不回去的那個地方。為什麼那天晚上，渾身濕透、心情哀傷的坡匠．布羅會感到如此古怪的強烈慾望，不只當時他無法置信，他到現在仍舊無法理解。或許他不知不覺在心裡逃避問題，不知道自己會不會貫徹任務，找到松婭。自然，接下來要發生的驚人事件之間有何關聯，沒有人預示。沒有預示，沒有前兆，完全沒有徵兆可以被解讀為預示即將發生什麼事。就算有，也沒辦法確定坡匠．布羅會不會注意到，因為他的視力不好，加上FJ毛病一大堆，像是車頭燈很暗、雨刷很爛、玻璃沒有除霧功能。不過當車頭燈模糊地照亮指示離開公路前往管家谷的指示路牌，他簡直就像被雨水直接沖刷著，在粗石子路上開一段距離之後，他才完全明白自己在做什麼。

他雖然明白自己要去哪裡，卻仍舊沒有思考原因。他只是覺得在黑暗中、在大雨中，會比較好。他會回去，不過由於天黑加上天氣不好，他不會待太久，以免碰上麻煩。

FJ的黯淡燈光像燭光一樣，在蜿蜒的碎石小徑上照出曲線，那條小徑通往他很久以前離開的地方。他開到要通往水壩的那塊高地時，雖然看不見，但是感覺得到，在車子下方遠處，德文特河洶湧湍急，在雨中奔騰，引擎冒著蒸氣，奔騰的水聲蓋過了隆隆的引擎聲。道路旁邊的排水溝變得像河流一樣，下方遠處的河流則像巨大的激流一樣。

就在此時，在車頭燈的照射下，他看見了令他震驚的畫面。他當然知道——他怎麼可能不知道？——水壩正常是不會滿溢的，只有在特殊的情況下才會滿溢。水是錢，水溢出來就是錢流走，水一旦溢出，就沒辦法再取回來發電。築壩攔河系統受到控管，確保絕對不會氾濫，確保在整個循環中，水流充分受到利用與控制，從頭到尾保持不變。多年前他揮汗幫忙興建這座水壩，水壩像岩石一樣峨然矗立，水壩的水泥感覺像是跟他的肉體緊密結合，水壩的形體則跟他的靈魂緊密結合。這座水壩應該是用來把水完全包容在裡頭才對，但是現在水卻暴漲溢出。他認為自己這輩子從來沒見過如此驚人的畫面。水壩滿溢，水以排山倒海之勢沖下洩洪道，末端形成劇烈的白色水花，在引水槽與河床交會的地方，巨大的水花遮蔽了屋舍。

坡匠．布羅走下FJ，伸展筋骨，扭擺身子。不顧身子一下子就被水噴濕，他拉下拉鍊，尿到車子旁邊發出呼嚕聲的排水溝裡。他看著起泡的尿沖到下方的黑暗之中，跟湍急的水流會合。

他沒有看見裂縫。就算有光線也很難看見了，這麼昏暗，他怎麼可能看得見。一開始只有出現小裂縫，細得得用顯微鏡才看得見。或許是被泛指為第六感的奇特能力吧，也就是動物察覺危險即將出現的能力。

他猛然轉身想要衝向車子，但是想跑卻跑不了，連動也動不了，因為他發現自己變成了水泥。不過後頭一條猛烈的巨流逼近，他崩潰了，慢慢崩潰，無法阻擋，再也無法控制他抑制多年的那些東西。

裂痕擴大成像線那麼細的裂縫，接著被囚禁的水用力擠壓，滲了出來，無數噸的水不斷向外推擠著水壩表面。裂痕擴大成裂縫，裂縫愈來愈大，水像被關在籠子裡的動物，發現現在正是脫逃的好時機，把破裂的水泥往外推，力道宛如飛彈爆炸一般，小塊水泥先掉出來，接著大塊的水泥也被推出來。

水泥崩落發出古怪模糊的碰碰聲，預示著不祥，第一聲穿過消音的雨聲傳到坡匠的耳朵時，他不知道是什麼東西摔碎了。他沒看見。那麼黑，他怎麼看得見？他當時也開始崩解，怎麼看得到？原本是石頭和水的他，現在裂解成灰塵和水氣；原本動也不動的他，現在乘著風，現在奔跑著，不知道自己怎麼會變成另一個人，坐在ＦＪ裡，拚命踩油門。

坡匠．布羅才開幾百公尺就遇到交叉路口，有一條岔路，轉回河流上游，爬上陡峭的高地，通往一座山脊的瞭望點，在水壩圍牆上方。

他知道主道路是沿著河谷延伸幾公里。循著主道路往下游開，至少就衝力而言是有利的，能夠逃離崩塌的水壩和隨之湧出的洪水。坡匠在車子裡想，如果開得夠快，或許能夠跑贏洪水，把洪水拋在後頭。

但是他的右腳似乎有不同的見解，他整個身體也是，他繼續盤算沿河谷加速逃離水壩潰堤的機會有多大，他的身體知道沒有時間想了。他的右腳倏地從油門跳到煞車，ＦＪ劇烈搖晃，車身打滑轉動一百八十度，他的身體已經準備好了，一手把排檔桿扳回二檔，另一手猛力旋轉方向盤。ＦＪ搖搖晃晃往上坡開，活像一隻老鱒魚，動作難看地逆流跳向水壩。但是二檔爬不上去，引擎突然熄火，車頭燈也隨之熄滅。

黑暗擊打著坡匠．布羅的眼睛，在沒有光線的世界，他只聽得見可怕至極的轟隆聲，彷彿山崩似的。他肚子絞痛了起來，呼吸變得困難。他轉動汽車鑰匙，結果用力過度，把鑰匙孔裡的鑰匙扭彎了。引擎緩緩啟動，但是第一次、第二次都沒有順利發動，第三次才動起來。他把油門踩到底，引擎大聲呼嘯。引擎發出尖嘯，但是他感覺到車子底下的震動不一樣了，大了許多。

因為地面也在震動。

後輪先是空轉，接著跟碎石子扎實地碰觸，那輛老車倏地往前衝，大聲呼嘯，開上有車轍的石子路。坡匠．布羅把這輛老車開到極速，結果衝過一處隆起的路面，車子飛了起來，落地時把消音器撞得掉下來。因此地面震動伴隨著尖嘯的引擎沒了消音器發出的轟隆聲，和排氣管發出的尖細噹噹聲。就在那一刻，坡匠．布羅看見車頭燈照出了駭人的景象，驚恐反而瞬間消失。一開始——雖然非常短暫——他以為是路直接通往懸崖。他旋即發現，是懸崖朝他移動，比他開向懸崖的速度還要快。他發現原來懸崖是一道巨大的水牆，他即將開進水牆裡。他知道那一刻古怪至極，恐怖至極，實在是難以言形。

坡匠．布羅覺得這是自己的命運，沒辦法逃避，早就注定好了，因此不再想要逃離恐懼的陰影，反而想要完成旅程，進入巨大又神祕的心臟。他用盡全力踩那輛老車的油門，鼓起勇氣開上那道山坡，開進那道懸崖，那道水牆，那片黑暗。他唯一想要的，就是儘快抵達。

他以為自己快要死了，準備乖乖受死，心裡覺得像他那麼可憐的人死了也是對的，只是納悶這樣的懲罰怎麼來得這麼遲。就在那一刻，巨浪沒有帶走他和ＦＪ，竟然從他下面捲過。坡匠這才發現自己已經開到崩潰的水壩上方，而且繼續往上開。他往下看，心驚膽顫地想，ＦＪ是不是飛了起來，長了翅膀，飛到夜空裡，他坐在車子裡，就像獲得第二次生命的天使。

在他的後下方，傳來異常溫柔優美的聲音，水沖刷著岩石與河谷，水泥被拋來拋去，好像跟水中的泡沫一樣輕似的。

接著他關掉引擎，下了車，聽著下方河水自由奔流。也聽見了森林裡的風聲。看見了自己的心和她的心永遠在一起，在那場狂風暴雨中跳舞，乘著突然下起的猛烈暴雨，滑進捲動的旋渦裡。那一刻清晰無比，結束後，坡匠．布羅回到ＦＪ裡坐，把臉埋在雙手裡。

第七十章
一九九〇年

坡匠沿著一條老舊的運木道慢慢開，道路沿著被水壩攔堵的湖泊延伸，這座湖泊不久前變成乾枯泥濘的坑洞。ＦＪ發出巨大的噪音，把化身為沙袋鼠、袋熊、袋鼬、袋貂、惡魔、老虎的亡魂都給吵醒了，嚇得從ＦＪ前面溜走。包括法布里奇歐和安德里雅娜，還有卡車司機的兒子肯尼，還有來自克拉科夫的歷史教授，還有許多其他人，最後他看起來活像驅趕牲畜到市集賣的商人，ＦＪ前面的大批動物活像是他的牲畜。

開了一段時間之後，那條路通向森林裡。他盲目地跟隨著亡靈動物，最後終於回到主道路，就在那一刻，那些動物消失了，跟出現的時候一樣令人莫名其妙。在交叉路口，坡匠沒有往西轉開回去塔拉，毫不猶豫就把車子轉向東，朝荷巴特開去，朝松婭開去。

他開得又慢又小心。他的心臟感覺到希望，他的胃感覺到恐懼。在那個狂風暴雨的漫長夜晚，徹夜開車。

他踩著油門的腳顫抖著。

他握著方向盤的雙手抖個不停。

坡匠・布羅現在知道自己正在繼續推進，往回推進。通過森林，駛出管家谷。破裂的東西短暫閃現在車頭燈中，飛過他面前。一件鮮紅色的外套。一雙酒紅色的鞋子。不過坡匠．布羅繼續推進，往回推進。那天晚上他被幻象纏住了，開車穿越一個又一個恐怖的幻象。穿越一隻纏繞在脖子上的蛇。穿越一條布滿白色花朵碎片的藍色舌頭。坡匠．布羅正全力倒轉那個漆黑的夜晚，開進北郊，開進那個老舊的小鎮。

直到他遇到了一個藍色的天使。

第七十一章
一九九〇年

松婭用櫃檯桌巾馬虎地擦了擦吧檯。她看著窗外的雨，雨下得顫顫巍巍，狂亂地刮著晦暗滑溜的街燈光線。在雨濛濛的夜晚，霓虹藍天使繼續在街道對面的芬蘭移民教會上方飛舞。她沒有什麼事好做，只好左右張望，做做白日夢。酒吧裡空蕩蕩的，只有遠處角落有一桌公車司機，還有一個吸食安非他命吸到瘋瘋癲癲的龍蝦漁夫，眼睛瞇得小小的，臉漲得紅通通，活像隻龍蝦，坐在吧檯遠端，喝著不加水的美國威士忌，喃喃自語。這是一個狂風暴雨的星期二夜晚。誰哪兒都不能去。她深吸一口氣，身子往後傾，緩解背部疼痛，接著繼續幹活，側身站在吧檯前面，避免凸起的肚子礙事。她聽見門打開，但是沒有理會。就算味覺還在，對她也沒有幫助，因為沒有臭酸的麵包味會預先警告她了。她看著時鐘，算一下還有幾分鐘就可以命令公車司機和瞇瞇眼的龍蝦漁夫離開，關店打烊。她雖然有轉過身，但是一直到他說話，她才認出那張被雨水淋得發亮的臉。

他很緊張。他露出尷尬的笑容。他輕聲說話。

「哈—囉。」他說。

松婭知道他是誰了。

出現尷尬的沉默。

坡匠不打算把水壩崩潰的事情告訴松婭。也不打算說他剛剛在外頭站著淋了半個鐘頭的雨，猶豫著到底要不要進來，衣服濕透了，衣服的重量把他往地面拉，他彷彿生了根似的，固定在人行道上，他盯著在芬蘭移民教會上方飛來飛去的霓虹藍天使看，天使伸出一隻手臂，指向莫里森街對面那間濱水的酒吧。他的女兒就在裡頭工作。

松婭不安地摸著吧檯桌巾。無可否認，她見到他著實嚇了一大跳。

他那麼久沒有跟松婭聯絡，現在卻想要回到松婭的生活中，他問過藍天使，這樣做是否明智，甚至對不對。但是他認為跟松婭提這件事會顯得魯莽。藍天使什麼都沒說，只是繼續指著酒吧，這讓坡匠更加覺得愚蠢與困惑，因為他竟然騙自己相信那個霓虹招牌可能是預兆。

「一杯啤酒。」松婭最後說，從上頭取下一個玻璃杯，放在啤酒龍頭下面，「我請客。」

坡匠抬起頭來看松婭，伸出一隻手揮了幾下。「不，不要啤酒。」他的臉就像一本松婭再也看不懂的書，「等等。」他說。松婭還沒回答，他就轉身走出門外。松婭吞了一口口水，搖搖頭，手從啤酒龍頭上放下來。

「那個移工要幹嘛？」一名公車司機問。他悄悄走過來要叫酒。

松婭緊盯著門看，心想坡匠出了門就溜走了吧。「沒什麼。」她把杯子斟滿，收下錢，看著那名公車司機，說：「沒什麼啦。」叮一聲打開收銀抽屜，把找零放在司機張開的手掌上，說，「他是我爸。」讓金幣帶著內疚的重量落下。

他**是**我爸，松婭心想，他應該是吧。他把我養大的時候，我不理他的時間比他不理我的時間還要長。這樣可以叫他爸爸嗎？不過我沒辦法在他的人生和我的人生之間取得平衡。沒辦法對他做他對我做過的事。連試都不想試。永遠不想再見到他。

永遠不想再見到那個王八蛋。

我爸就是那個王八蛋。

王八蛋，王八蛋，王八蛋。

松婭繼續清理酒吧。那名公車司機端著放著啤酒的托盤走回去找同事。酒吧裡重新出現嗡嗡聲，但是旋即又被響亮的咚咚聲和砰砰聲打斷。松婭抬起頭來看見一個巨大的物體被搬進酒吧。坡匠・布羅在那個物體後面，笨手笨腳地抓著，用力推得氣喘吁吁。

進門後，他站到酒吧大廳中間。他跟松婭看著彼此，彷彿隔著一段距離，隔著一道時間和情感的鴻溝，看似無法跨越。兩人都好希望能夠看別的地方，但是兩人都沒有動，因為兩人看對方看到出神，好像彼此是第一次見面似的。

兩人都出了神。

坡匠看到一個懷孕的女人，飽受折磨，卻一身光鮮亮麗的虛飾。還有倔強和勇氣，他認得的。松婭看見的他就像那天晚上在那間酒吧裡的任何人看見的他：沒有家的男人，以這種酒吧為家；垂垂老矣的移工，臉在正常的情況下看起來氣色很好，但是晚上淋了雨、反射著刺眼的亮光時，看起來就像人生飽經打擊，而且跟工作太辛苦、酒喝太多的人一樣，臉皮肥胖又紅潤。那身衣服，松婭心想，天哪，那身該死的衣服。她父親以前很注重整潔，瞧不起澳洲人穿得跟鄉巴佬似的，從他一身漂亮的衣服就可以看出他滿懷抱負，驕傲剛強。但是她父親現在卻穿得像個沒出息的無名小卒，一身便宜的衣服，整齊，但是破舊磨損，看起來只求舒適溫暖，能禦寒。那天晚上她還發現另外一件事，她以前從來沒有看過父親那樣子。

父親在害怕。

酒吧裡叮叮噹噹、嘰嘰喳喳的聲音減弱，公車司機停止閒聊，津津有味地看戲。就連瞇瞇眼的龍蝦漁夫也停止喃喃自語，把頭轉向他們。

那個老移工前面擺著一個搖籃，淚柏做的，裝飾華麗，充滿中歐風格，木面上布滿紋飾浮雕，邊緣飾工精緻。甚至還配附新的寢具、蕾絲緩衝墊等物品，非常齊全。木頭和蕾絲，松娅心想。她微微一笑。坡匠不確定她的笑容是什麼意思，擔心笑容預示著什麼。

瞇瞇眼的龍蝦漁夫走過來摸了摸搖籃。「這是淚柏。」他說，「真是漂亮呀。」坡匠什麼都沒說，「一百元跟你買。」龍蝦漁夫說，把手伸進牛仔褲口袋裡。

「吉利有告訴我妳在幹什麼。」坡匠說。他停頓，不確定自己是不是講太多了，旋即決定不管三七二十一繼續講下去。「所以……以……以，我想妳就留下來吧。」他又停下，擦擦嘴巴，看了一眼地板，才把目光移回來看著松娅，「我想，我利用假日過來看妳，松娅。」

「兩百。」龍蝦漁夫說，「這位小姐又懷孕了，她應該會想要這兩百元。」

坡匠沒辦法再對龍蝦漁夫視若無睹了，說：「不賣。」他轉回去，發現松娅不再看著他，而是看著搖籃，似乎有點困惑，「噢——那是給妳的。」坡匠不假思索就說，笑了起來，「呃，不是給妳啦——是給孩子的，不過……妳。」

松娅沒有說話，因此坡匠下了錯誤的結論。

「我知道做得不好。」他說，「那是我在工場裡做的。花了幾個小時。店裡賣的很貴，還是妳比較喜歡店裡買的？」他聳聳肩，好像他的禮物一點都不重要似的。松婭驚訝地發現自己接納了愛。她厭倦了憎恨，感覺整個身體和靈魂從她站的地方急速飛離，害怕腳底下那一小塊安全的地板正在裂解，且她下方什麼都沒有。她強烈感覺自己急速掉落，但是那種感覺又很像漂浮，飛翔。她到底是往上飄還是往下掉？她抓住啤酒龍頭，讓自己穩穩站在這個她選擇居住的陰沉世界。遠離愛，她警告自己，把愛鎖在外面。

「不！」她突然大叫，「不！」松婭對自己突然情緒爆發感到尷尬，從吧檯後面走出來，走到搖籃前面，閃現一抹笑容，低聲又說了一次「不」，語氣不一樣，她希望能夠掩蓋原本的意思。她搖搖頭，用更低的聲音說：「不，我不喜歡店裡買的。」

她蹲下來仔細察看搖籃，像細木工人那樣，察看是否完美無瑕。坡匠憂愁地看著她一會兒，什麼都沒說，接著才說：「我要走了——」

松婭雖然對自己心裡的想法感到驚訝，但是仍說出了真正的想法：「不，阿提，拜託——拜託別走……」

「——一會兒就回來。」坡匠說，故意露出帶有暗示意味的笑容。

他離開片刻後，搬了一張新做的木床回來。松婭露出燦爛的笑容，那個笑容是出於困惑，因為坡匠送的東西雖然慷慨又令人感動，似乎完全無法彌補他們之間發生的事。

「我會再回來。」坡匠說，「一會兒就回來。」

他搬了一張幼兒高腳餐椅回來，現在酒吧裡有一半的空間都被嬰兒用的傢俱占據了。松婭站在那裡，陷於想笑與想哭之間，陷於疼惜與鄙視之間。這些禮物——愚蠢極了，完全沒有用——但卻是父親好意製作的。

好……**好漂亮**。

在那個古怪的晚上，坡匠．布羅身上有一種近似純真的氣質。松婭心想，彷彿純真不是人天生就擁有的，不是經過人生的破壞才永遠失去；彷彿純真是人經歷過人生的種種邪惡，才能夠達到的境界。他很失落，注定要活在失落之中，他受到詛咒，跟受到詛咒的人活在一起，但是他經歷的一切讓他獲得了純真。

在那個下雨的糟糕夜晚，松婭在父親身上看見了純真，彷彿第一次見到父親似的，彷彿他們的愛第一次赤裸裸的，而且清晰可見，以一張床、一張幼兒高腳餐椅和一張搖籃的模樣呈現在他們面前。

她盯著那個渾身濕透、滿臉鬍碴的老男人，坡匠看起來就像她經常趕出酒吧的那些男人。她覺得自己好像雨雲，充滿水氣而沉重，很快就會化為水滴落下，本質卻是輕盈的。這種感覺十分奇特，她赫然發現，她花了一輩子才明白。

她好想說：我愛你。

我愛你，你這個王八蛋，你這個王八蛋，你這個王八蛋。

第七十二章
一九九〇年

或許是在當時。或許是在後來。或許是某件大事，或許是某件小事。或許是最後發生在松婭身上的那些小事的總合。她開始覺得自己和父親之間的關係或許不一樣了。坡匠會幫她做事。出其不意送小禮物。跟她在一起顯然很開心，但是不敢太常看她，彷彿擔心她會厭倦他的陪伴。對待她總是極度溫柔，令她意想不到。

不是因為他說話的方式不一樣了，而是因為他竟然會開口說話。無可否認，他說的盡是不重要的話，像是前一天晚上電視遊戲節目的內容、政客的最新發言、天氣，不過重要的**是**他會開口說話，還有他說話的**方式**，還有他會專心聽松婭講話，似乎想要知道，想要瞭解，而不是裝作沒聽見。這一切讓松婭感覺到她最害怕的東西：希望。

或許是因為最後那幾個月父親至少陪她度過了一段時間，當她感到疲倦厭煩，情緒起伏不定，前一刻開開心心，下一刻沮喪消沉，她知道自己並不孤單，知道自己不是孤軍奮戰，至少在這件事情，她沒有被遺棄；門沒有在暴風雪的夜晚打開又關上，永遠抛下她。

不過她還是覺得自己像個傻瓜，因為這些感受最後只會像玻璃一樣被打碎，坡匠會打碎它們。她瞭解坡匠，他們的感受就像隱形的光，射穿稜鏡，經過古怪奇幻的折射，變成了一道希望的彩虹。她知道坡匠會把那個稜鏡丟掉，坡匠會丟掉那個寶貴的稜鏡，讓它摔碎。不過，松婭確實被他的存在、他的關懷、他想要變得不一樣的渴望所感動，因此他在的時候，松婭總是故意裝得冷漠，那是裝給自己看的，不是裝給他看的，因為松婭希望自己的心能夠相信，他在不在根本不重要。

三個星期後，坡匠離開了，顯然是回去塔拉過著憂鬱的生活，假期休完了。松婭強烈感覺到他有多麼重要。但是松婭也鬆了一口氣。她確實讓愛來造訪，她為此咒罵自己，但是她沒有給愛機會長大。雖然她知道自己變輕鬆了，但是她也知道自己安全了。

海薇和吉利對松婭的父親離開的事都沒有評論，松婭認為他們和她一樣，都覺得這樣比較好，因為他們很忙，海薇每天都要連上兩個班次，吉利似乎有很多木工活要忙。

對松婭而言，懷孕的最後幾個月厭煩難熬，度日如年。她繼續在酒吧工作，不過工作時數減少了。但就連這樣也讓她覺得好累，什麼事都讓她覺得好累，就連休息也是，因為她無法睡得安穩，夢愈來愈奇怪，愈來愈難以理解。每次在夢裡她快要獲得啟示、理解夢境的時候，她就會呻吟起來，突然醒來，背部隱隱作痛，非常害怕如果不馬上去廁所尿尿，可能會尿在床上。她的頭髮失去了光澤，皮膚變得跟十幾歲的少女一樣油，兩條腿劇烈疼痛。她覺得肚子好緊，彷彿會像被兩根手指捏著的葡萄一樣爆開。海薇用一聲笑聲向她保證，她只能期待嬰兒出生。她覺得自己走起路來好難看，活像一輛油罐車，笨重地行駛過市區。她時而拖著腳步走，時而昂首闊步走，努力平衡愈來愈重的肚子。

她仍然跟海薇和吉利住在一起，幾個月前她就應該要搬到亞麥的房子。不過，亞麥告訴過海薇，有些東西他得修一修，松婭認為那樣說實在太輕描淡寫了。

她在屋子裡搖搖晃晃走來走去，咒罵亞麥，咒罵自己，因為她想要一個家，她自己的家，非常想要，想要為孩子漆一間育兒室，在坡匠做的那個嬰兒床上面吊玩具，把廚房打造得溫暖。家，是她從來沒有擁有過的東西，家，家，操，操他媽的家，給我和我的孩子住。她要孩子能夠擁有她從來沒有的東西，她就算挺著日益隆起的肚子，也要用盡全力找到家。每當她想打電話去臭罵亞麥，或打電話請房地產仲介找別的地方，海薇總是勸阻她。

等了這麼久，松婭心想，我都快瘋了：等了又等，等了好久，等亞麥，等我的孩子出生，我的孩子也在等，等著掉進我的骨盆，等著開始擠出來。還有，雖然我知道那不是真的，父親永遠不會回來了，但是我卻聞得到風刮起來，心裡只有一個古怪的想法：

父親也在遠方等待著。

第七十三章

一九九〇年

這就是為什麼有一天亞麥打電話來說松婭期盼的家終於準備好了，松婭會完全沒有心理準備。那棟房子，松婭猜想，一定跟他們檢查的那一天差不多：骯髒、破爛、潮濕，瀰漫著貓尿的刺鼻惡臭。確實，經過隨便整修之後，馬桶可以用了。有一些明顯比較危險的電氣開關和電源插座也換新了。雖然這樣想沒意義，但是她真的很想要一臺火爐。

在松婭準備入住的那棟房子，有個身材矮小、上了年紀的男人，穿著藍色的人造纖維西裝站在前門等他們。松婭沒見過亞麥。那件西裝以奇怪的角度掛在那個老人矮小的骨架上，彷彿他對那件西裝不是很熟悉。

「亞麥通常不會穿那麼帥氣。」海薇說。

他看起來滿瀟灑的，只不過鬍子沒刮乾淨，銀色鬍碴冒得亂七八糟。臉黑黑長長的，鼻子堅挺，八字鬍倒是整齊，感覺起來身體應該很魁梧健壯，實際上衣服底下的身材瘦弱矮小。

亞麥重心在兩隻腳變來變去，身子晃來晃去。他緊張地瞄了松婭幾眼。「妳跟她好像。」他最後開口說，帶著口音，聲音很奇怪，又高又細，像根牧笛，「妳媽。妳的臉——鼻子不像——眼睛像，對，還有嘴巴和頭髮，好像，跟她好像。」他把兩支鑰匙交給松婭。「我認識妳媽。」亞麥說，「她很漂亮。人很好。我在管家谷認識妳媽的。」他裝出有自信的樣子，握住松娅的雙手，盯著松娅的臉看很久，又說了一遍松娅好像她媽媽，還有他之所以幫松娅，是因為她媽媽是個好女人，他還沒忘記她的善良，松娅可以把這棟房子當成家，想住多久就住多久。說完他突然轉身離開，走到街上。

松娅很驚訝亞麥竟然對她媽媽留下如此深刻的記憶，被說跟媽媽長得像，她既感動又高興。雖然是這樣，但是她也覺得困惑，亞麥怎麼會認為她會把租這棟破屋子當作恩情。

不過一踏進前門松娅就嚇到了。她轉向海薇，海薇笑了起來。破屋子不見了，破爛黏滑的地毯和快要剝落的潮濕灰泥都不見蹤影了，那棟屋子從骯髒破爛的澳式住宅變成了地中海型現代住宅。

「來。」海薇說。她們走進原本狹小的客廳。那裡有一面牆壁不見了，上頭漆著英國國旗的那座壁爐也不見了，被漂亮的鮑魚殼取代，殼裡有一層紫銀色的光輝，擺放著一臺瓦斯加熱器；入口換成拱門，剝落的壁紙換成亮紫色、天藍色和水綠色的油漆，發霉的地毯換成赤陶地磚，破裂的木窗換成塗了粉末塗料的天藍色鋁窗，原本破舊的廚房現在打通了，變成寬廣的家庭娛樂廳的一部分，鋪上色彩繽紛、光鮮亮麗的木紋飾皮和磁磚。

五顏六色。現代造型搭配復古裝飾。松娅不禁露出笑容。她看見吉利和坡匠坐在松木沙發上，兩人手上各拿著一罐啤酒，腳邊還有幾罐空罐子，對她露出燦爛的笑容。

「驚訝吧!?」吉利說，聲音深沉，音調古怪，聽起來倒像是說「**雞鴨爸**」。「驚訝吧!?」他把罐子舉向松娅，動作誇張地指向四周的牆壁，「是不是——」他停下來想接下來要說什麼，是什麼，或者不是什麼。他打了個嗝，咯咯笑起來，說：「——很漂亮呀？」他小幅度轉動罐子，像轉指揮棒似的。吉利顯然醉了。松娅看得出來，笑嘻嘻的父親也醉了。但是父親這次醉的模樣跟她以前看過的不一樣，沒有失憶，沒有發狂生氣，不是那樣，完全不一樣。

「是呀，很漂亮。」松婭說，「還有木紋飾皮。」她笑了起來。他們也笑了起來。

「操，竟然有木紋飾皮。」吉利說，「現在要買到好的紫色木紋飾皮可不容易呢。」

松婭驚呼這一切實在是太誇張了。沒有接著說完。因為在那棟有鮑魚殼裝飾、貼赤陶磁磚、用天藍色鋁建材作骨架的房子裡，她第一次認出了自己的世界和自己，她大吃一驚，知道這就是她的家。她不知道該說什麼。最後她問：「為什麼要這樣大費周章？」

「因為，」吉利說，聽起來卻像**依偎**——灌了一大口啤酒，還沒全部吞下就繼續說，「因為海薇叫我一定要這樣做。」他把啤酒全部吞下去，嘴巴打了個嗝，嘴邊紅潤的臉皮脹了起來，像覆蓋著糖衣的甜甜圈。他繼續說話，完全不覺得難為情。「她說呀——吉利——吉利，你這個沒用的王八蛋，動動你的肥屁股，別老是一無是處，幹點有用的事吧。還有坡匠，該死的，他說，吉利，假期結束我就要回塔拉了，我們得為松婭和她的孩子做點事。於是我們告訴亞麥——亞麥，我們要裝修你那棟破屋子。而亞麥呢，他也不是傻子，當然說好，儘管幹，弄漂亮點。我們就弄了。現在我好開心呀。」

「對呀，」坡匠咯咯笑著說，「對呀，他開心死了。」

「是呀，我好開心。」吉利說。他的臉圓圓的，活像繫船柱，喝酒喝到面色紅潤。「這間房間會這麼漂亮，最重要是因為我們都好開心。」

「我可沒有很開心，吉利。」海薇說，把他手中的酒瓶拿走，動作溫和，卻強硬。

吉利抬起頭來看，說：「噢。」

他看起來尷尬了一下，旋即又胡扯起來。「呃，妳也知道，那是好事，因為如果妳也開心，海薇，我想開心就會太多，整棟屋子就會爆炸。」他愈講愈得意，延伸到他新發現的主題，「妳也知道，世界能承受的開心有限，很多開心自然是好事，但是太多開心就不好了。」

海薇朝他搖搖頭：「我很少帶開心回家。」

他們離開之後，坡匠和松婭都沉默不語。松婭到屋裡逛一逛之後，回來站在父親身旁。坡匠先看了一眼松婭，再環顧重新裝潢過的房間，好像終於滿意了，點點頭。

從瑪利亞走進狂風暴雪的夜晚，到那個下著雨的晚上，坡匠終於從潮濕的黑暗中再次出現，把搖籃搬進藍天使酒吧，在那段漫長的歲月，在那麼多年之間，坡匠發現自己都活在像惡夢般的幻覺中，而不是可以理解的生活。

如同坡匠始終無法說出女兒把他從夢裡叫醒之前自己看到了什麼，對於松婭的新家的每一處改建與增修，他也沒辦法明言。他總是透過身體在作品中來向別人表達真相。在送給松婭的作品裡，他發現了自己改變得和亞麥的房子一樣快。

不過他心裡突然感到不確定。他目光往下落到地板上，太尷尬了，不敢看著松婭。

「我今晚就回塔拉。」他說，「完成了。」

松婭沒有說話。她跟父親一樣不知道要說什麼。

「結束了。」坡匠說，試著幫自己和她緩解尷尬。

松婭溫柔地說：「開車注意安全，阿提。」

坡匠把目光從地板上稍微往上移，對著松婭微笑，吞了吞口水，柔聲說：「會的。我會的。」

此刻，他抬頭看著女兒懷孕的凝重身形，矗立的身影象徵著無限可能，不禁又覺得自己老了，感到憂心。「松婭，」他柔弱地問，「……可以嗎？妳喜歡嗎？」

松婭環顧四周，看看拱門、木紋飾皮、磁磚、鋁製設備、廚房、客廳地板。她以後會在廚房準備食物給自己和孩子吃；孩子以後會在客廳地板上學習翻滾、爬行和走路。她和孩子以後會在這個世界一起探索生活。她突然覺得乳房濕濕的，她知道是乳頭漏奶。她思索著該怎麼解釋這個莫名其妙的反應，才可以不用多談，不用說出心裡的感受。最後松婭決定用一個詞來說明，一個舊世界的詞。

「多馬。」她說。

坡匠的臉上慢慢浮現笑容。他低聲把這個詞再說一遍：「多馬。」

他又微微一笑，動作愈來愈有自信，彷彿他是鳥，準備起飛，把雙臂像翅膀一樣展開，加大音量，更加自信地說：「多馬。」一隻展開的翅膀，他的左手臂，不小心拂到松婭凸起的肚子。他猛然把手縮回來，笑容瞬間消失。「對不起。」坡匠說，擔心碰到她的身體會惹得她生氣。「對不起。」

「沒關係。」松婭說，「真的啦。」

他們看著彼此。接著松婭把手伸向他，手掌貼到他的後腦勺上，慢慢把他的頭按向自己。最後坡匠的頭貼在松婭圓圓硬硬的肚子上。

坡匠透過粗糙的臉皮感覺到一個世界正在成形，溫暖無比。他下唇往上抖動，用鼻子短促呼吸。話吞吞吐吐地從他的嘴裡說出來。

「天呀。」他輕聲咒罵，「老天爺呀。」

第七十四章

一九九〇年

松娅最後一次在那個夢裡見到自己時，自己又回到八歲，穿著有花朵圖案的睡衣，縮在坡匠的藍色外套裡，跟父親一起坐在ＦＪ裡，如夢似幻般，永遠都在逃跑。她知道他們在什麼地方，他們永遠都在那裡：在處處結霜、一片漆黑的夜裡，沿著空蕩的道路逃到管家谷。

一開始她的母親不是她的母親，是瑪麗查．密西尼克太太，不知道從哪裡出現，臉被前座的窗戶框住，因為仇恨而扭曲，離松娅只有幾吋。雖然車子已經啟動，但是松娅希望車子能夠動得更快，瑪麗查．密西尼克太太仍透過前座的窗戶瞪視著，松娅無法躲開她的目光。「妳這個不知感恩的小賤人。」瑪麗查．密西尼克破口大罵。她的咒罵聲似乎跟引擎的尖嘯聲混在一起。坡匠使勁全力踩油門，最後ＦＪ和瑪麗查．密西尼克太太好像一起尖叫似的。「妳別想再回來！」她們咆哮著。

接著瑪麗查．密西尼克太太的臉消失了，跟出現的時候一樣突然。不過她的聲音繼續咆哮，只不過現在話是從松娅的媽媽瑪利亞的嘴裡說出來，「妳永遠不能再回來了！」瑪利亞說，但是她的語氣跟瑪麗查．密西尼克的截然不同，既憂愁又哀傷。一個被蕾絲罩著的鬼魂，孤獨又焦急，想要但卻無法觸碰女兒的身體；她的臉離窗戶很近，雙手貼著潮濕的玻璃，濕濕的手指張開，像隻往海底沉落的海星。

「我可以跟妳一起走嗎？」松娅問。

「不行。」瑪利亞說。她的聲音跟她扭曲的臉不一樣，現在變成她自己的聲音了。「妳不能跟我走。」瑪利亞說。她的舌頭開始伸到嘴巴外面，眼珠開始膨脹，就在此時，她也被吸回森林裡，飛離松婭，飛進了澄明的夜晚。

「她為什麼要走？」一個夢魘般的聲音從後方傳來，「妳知道嗎？」

為了躲避那個聲音，松婭靠向父親，那個人看起來卻不像父親。在時速表的微弱黃光中，他臉上的表情令人毛骨悚然，布滿陰影，像黃疸一樣發黃。松婭嚇了一大跳，發現父親生病了。病得很嚴重。看前面，看前面，松婭在心裡告訴自己，不要看他，也絕對不要回頭看從後面無情逼近的黑暗。她凝視著在車子的四面八方峨然矗立的尤加利樹。但是ＦＪ向前行駛，穿越與劃開了樹林，樹林看起來也像不停地逃跑，無法給她任何慰藉。

「妳知道她做了什麼事嗎？」她後頭的那個聲音又說話了，「妳知道嗎？」

松婭心驚膽顫地慢慢轉過頭。央博投．皮寇提低頭垂肩坐在後座，一派輕鬆的模樣，薄薄的嘴唇叼著一根抽一半的香菸。他把香菸從嘴裡拿出來，憂鬱地低頭看香菸。接著，他呼出一團軟弱無力的煙霧，往上看，露出笑容。

「**妳**當然知道。」央博投說，對松婭眨了一下眼睛，松婭經常看到他那樣眨眼睛，明白那是什麼意思。「像她那種女人不好，松婭。」他嬉鬧地揮舞香菸，「妳媽根本不愛妳，不然她現在應該在這裡，對吧？」他用香菸明確地指著松婭，強調他現在想說的事，「如果她愛妳，她就會在這裡照顧妳。」央博投停頓一會兒後聳聳肩，「妳很難接受，我知道。但是知道這一切對妳比較好。」

松婭焦急地尋找父親，父親不見了，駕駛座是空的。不過ＦＪ即便沒人駕駛，仍舊在地獄般的旅程上繼續急速行駛，因為沒辦法暫停，永遠沒辦法停下來。

「喂！松婭！」央博投說，「過來坐在老博旁邊。」他拍拍膝蓋，淡灰色的菸灰掉落到深色的西裝褲上面。他仍舊坐在座位上往後靠，一派輕鬆，眼神挑逗，笑容奸邪，「過來。」

松婭轉來轉去，尋找母親，尋找阿珍，尋找西尼太太，尋找任何救得了她的人，最後她看到她們全都在FJ外面，她過去認識的人全都在，但是只有她看得見她們，沒有人看得見其他人，沒有人彼此有關係，沒有人幫得了自己或其他人或她。

「別怕，孩子。」央博投裝出溫柔的聲音半哄半騙。一開始松婭沒有動，接著，似乎無法逃避命運，她才開始慢慢笨手笨腳地從前座爬到後座。她開始默默啜泣。她往側邊看，嚇了一跳，看見巨大的樹林上方，父親從無法穿越的黑暗中掉下來。他顯然醉了，因為他從空中往下掉的時候，比較像是朝地面摔落，不像是優雅的滑翔。他摔落到地上，臉朝下平趴在地上。他一下使得出力，一下又使不出勁，掙扎從地上爬起來，把一大塊巧克力拿在面前揮舞。他跌到前乘客座的窗戶上，要把巧克力給松婭。松婭不要他的禮物。

「阿提，」松婭說，「我要回家。」

坡匠笑了起來。「哪裡？什麼家？妳跟我沒有家。妳不懂嗎？」他說完繼續笑，笑聲漸漸變成眼淚，「我們只有一間移民公寓，松婭。移民公寓。妳不懂嗎？」他轉過身，看見央博投在後座，露出笑容，「哈囉，老博。要來點巧克力嗎？」

「她為什麼要走？」坡匠問，又悲傷了起來。央博投把整塊巧克力都拿走，「我的瑪利亞去哪裡？」說完坡匠就消失在黑夜中。松婭把頭轉回去看央博投一副好色的模樣，打開包著巧克力的箔紙。

「她去哪裡？」央博投問。松婭沒有動。央博投往後靠著椅背，用一隻手指頭慢慢把巧克力推進雙唇之間，嚼了幾下，又開口說話，一副滿不在乎的模樣，「妳知道吧？」他瞇起眼睛，身子往前傾，對著松婭揮動剩下的巧克力，說出最後要強調的重點，「**妳**當然知道。」

松婭坐在那裡，心裡害怕，跨坐在前座上，兩條腿各懸在座椅的兩邊。她眼睛盈滿淚水，頭顫抖著，每次啜泣都無比痛苦，好像快要窒息似的，把流下來的鼻涕又吸回鼻孔裡。央博投呵呵笑著。松婭低頭看，發現座位上面有一片深色的尿跡，從她的鼠蹊部向外擴散，染濕了睡褲。她凝視著黑暗，凝視著黑暗的深處。

她醒來了。在新家的床上，床濕了。她的雙腿之間有緩緩流出一大灘溫暖的液體。她嚇了一大跳，發現羊水破了，而且開始陣痛。

第七十五章
一九五四年

如果能把這個故事講得恰當，應該鉅細靡遺才對。會有一片關於往事的海洋，和關於未來的夢，你能夠在那些回憶的淺灘裡游泳，在那些夢想的波浪上衝浪，波浪捲起後破碎消失。看著帶著泡沫的波浪沖刷著歐洲難民。一批又一批難民日復一日抵達，用又髒又舊的木製手推車把微薄的家當推到單身男子宿舍，他們心裡想旅行終於結束了，來到這個古怪至極、完全出乎意料的地方。有波蘭人、德國人、捷克人、立陶宛人、南斯拉夫人、義大利人，還有其他波羅的海難民，手推車的輪子在冬天留下了細細的泥轍，在夏天的硬車轍上揚起宛如公雞尾巴的塵土。

如果能把這個故事講得完整，你就能游過古怪的天氣。在這種古怪的天氣中，一天裡能夠出現四季的氣象，下雪、出太陽、下雨、刮風，人們喜歡依照心情穿衣服，不想要依變化無常的古怪天氣穿衣服；沮喪的時候穿外套，大膽叛逆的時候穿內衣。你能夠親眼看見蓄著落腮鬍的叢林居民進入營區販售沙袋鼠肉，還能夠品嚐美味的義大利香腸；當時義大利香腸是用瘦肉混合肥豬肉作成的，用蒜頭、胡椒粉和辣椒粉調味。故事裡應該要有這些甚至更多細節。還有很多故事，像河流一樣，流進那個地方的海洋：比方說那位神父跟歐洲人見過的村莊神父完全不一樣，費樂尼瑞神父幾乎老是喝得醉醺醺的，經常罵髒話，罵得比馬爾他隧道工人還要難聽，在洗禮儀式把人家的名字搞錯，跟大家借葡萄酒，說是儀式要用的，結果自己喝光，再踩著搖搖晃晃的步伐走到祭壇。還有那個地方好新，但是似乎很快就會變得很舊。還有他們拚命工作，要讓那個地方變成只是記憶。還有他們為了排解痛苦，會想像有一天他們能夠在舒適的家裡說這些故事，他們的家將會像他們在美國電影裡看到的那樣，有電氣化的廚房、順暢的配管系統、有坐墊的高檔椅子，還有快樂的家人。

不只這些，還有更多故事。不只這些，還有更多更多故事。海仍舊不會滿溢，故事仍舊沒辦法被說得完整。有一天晚上，年幼的松娅躺在床上凝視著上頭的海洋，天花板的纖維已經變形，水滲過鐵皮屋頂的地方彎曲了，天花板有波浪狀隆起，像海洋，像鈕扣草草原，像樹木被挖除的土地，布滿凹洞。她有時候覺得自己的世界像是被顛覆了，那棟房屋不僅不能提供保護，抵禦自然界，反而增強與扭曲了自然界，把它重新塑造成怪誕的形狀。她害怕上下顛倒的海洋和大地會壓下來，擔心萬一大地和海洋掉下來壓到她身上會怎麼樣，她會不會有力量逃到真實的世界。接著她會夢到真實世界的模樣，她知道一定跟她所知道的模樣完全不一樣。

所以好久以前的那個夜晚，跟幾個夜晚一樣，被這種惱人的思緒纏擾，松娅下床走到父母的臥室門口。她看見母親在打包一個舊的小硬紙板行李箱，行李箱打開放在床上。

松娅看著母親把一大堆古怪的東西放在行李箱裡：一條舊世界的圍巾；一雙新世界的絲襪，她從來沒穿過，擔心會弄破；一條邊緣磨破的兒童手帕，上頭有褪色的泰迪熊圖案，松娅只能在特殊的場合攜帶這條手帕；一些繩子；一件坡匠的工作服；一張照片，照片裡有個老人躺在長長的箱子裡。她慢慢把每個東西放進去，盯著看了一會兒，陷入古怪遙遠的思緒中。她沒有跟三歲的女兒分享那些思緒。好像她單純只是覺得必須塞滿行李箱，塞滿行李箱的東西雖然不重要，不過還是多少有意義的，多少能夠指出她到過的地方。行李箱裝滿這些古怪的東西之後，她把一朵壓扁的小白花放到最上面，那朵小白花的花瓣尖尖的，很特別。她一下把小白花轉向這邊，一下轉向那邊，好像在判定某個遙遠的地點和時間的方位。接著瑪利亞·布羅有點心不在焉地穿上一雙破損的酒紅色鞋子和鮮紅色外套。

年幼的松婭從自己的房門默默地看著這一切。她穿著睡衣，這時候她應該在床上睡覺才對。她穿著有花朵圖案的法蘭絨睡衣，舊舊的，已經看不出織線的地方起了線球。還有一件綠色的毛織套衫，雖然衣袖有點太小，手肘處磨損了，但是穿起來還是很舒適。松婭穿著睡襪，一隻襪子仍包到小腿，另一隻已經滑到腳踝，走去找媽媽，刻意不看媽媽，盯著行李箱看，希望自己關心媽媽持續打包行李箱，能夠隱藏自己的存在。她拿起那朵壓扁的小白花。

「這是什麼？」松婭問。

「去睡覺。」瑪利亞斥責道。

松婭好希望能夠告訴媽媽她好害怕，因為她房裡的天花板先變成海洋，又變成大地。她害怕自己的世界正要被顛倒過來，她擔心自己會永遠消失在那底下。不過她不知道該怎麼開口說這麼嚴重的大事，只好說自己口渴了，接著再問一遍那朵花是什麼，因為她真的想知道媽媽手裡拿著的那個漂亮的東西是什麼。

「愛情花，松婭。」瑪利亞說得心不在焉，「小白花，長在高山上、懸崖邊，長在很高的地方。必須很勇敢，才能爬上懸崖去摘小白花。年輕人會做這種事，冒著生命危險去摘小白花，向他們愛的女人證明自己的愛。」

「愛琴花。」松婭說完之後隨即改正唸錯的字，要討媽媽歡心，「愛**情**花。」接著又問：「這是阿提摘給妳的嗎？」

瑪利亞點點頭。「他剛認識我的時候摘的。我把它壓扁，保存起來。」

瑪利亞．布羅抱起女兒。在紅色的外套底下，她穿著一件肩部有白色蕾絲拼接的黑色洋裝，松婭把臉埋在蕾絲上。她穿著有蕾絲的洋裝，蕾絲很漂亮。松婭把臉貼在蕾絲上，知道媽媽要離開了，知道媽媽被一種松婭無法理解的力量控制了，被施了可怕的魔咒，無法解除。瑪利亞．布羅把三歲的松婭抱在懷裡搖呀搖，柔聲唱起斯洛維尼亞語的搖籃曲。

她唱道：

Spancek, zaspancek,
crn mozic
hodi po noci
nima nozic...

瑪利亞感覺有眼淚積在一隻眼睛的眼角，她閉上那隻眼睛，用力揉一揉，把淚水擦掉，同時繼續唱：

Lunica ziblje:
aja, aj, aj
spancek se smeje

aja, aj, aj.

她看著抱在懷裡的女兒。

「我的寶貝。」瑪利亞・布羅說，「我的寶貝。」她把松婭放下來。這次她揉起兩隻眼睛，轉身背對女兒。

「松婭，我必須走。」瑪利亞・布羅說。她鼓起勇氣，轉回去面對松婭，把她抱起來帶回她的床上。瑪利亞把被子蓋到女兒身上時，低聲說著安慰的話語。接著她回到自己的房間，拎起行李箱，走過主廳，打開門，走到外頭的黑暗之中。

她聽見松婭爬下床，走出去找她。不過瑪利亞不願承認女兒又下床了。她沒有轉身就開口說話。「別擔心。」瑪利亞對著打開的門說，「阿提很快就會回家了。」在電燈的亮光中，她看見飄落的雪刮著遠處的黑暗。

「松婭可以一起走嗎？」松婭問，希望媽媽會心軟。

「不行，松婭。」瑪利亞・布羅柔聲說，她的話已經在黑暗中迷了路，「我必須自己走。」

「但是這裡好黑。」松婭說，「我怕黑。」

「我把燈開著。」瑪利亞說，聲音哽住了一會兒後，才又繼續說，「我不能留下來。我必須走。」

瑪利亞轉身，跪下來，抱住松婭，接著稍微往後退，草草畫了個十字架，看著松婭的雙眼，心裡同時懷抱著恐懼與希望，好像女兒是神父似的，能夠赦免她的罪。

「原諒我，松婭。」

「原諒什麼?」

瑪利亞．布羅實在無法承受，於是趕緊起身，轉身背對松婭，拎起行李箱，離開了。

在屋外，鞋子一踩下最下面那階覆蓋著雪的第三階臺階，瑪利亞．布羅就聽見屋裡傳來松婭的聲音——「媽媽……」不過瑪利亞倏地切斷女兒的聲音，立刻果斷關上門。瑪利亞試著用斯洛維尼亞語安撫女兒——「aja，aja。」說完便轉身沿著那條街道離去，在那階覆蓋著雪的臺階上留下鞋印。一陣又一陣的雪下過之後，鞋印就消失了。

四處一片寂靜。

屋外，雪下個不停。

屋裡，小女孩試著想像那雙鞋子步履維艱地在雪地上往前走。不過門關著，屋外刮起一陣強風，跟松婭老是夢到的景象一模一樣，可怕的預感成真了。

蕾絲永遠消失了。

第七十六章

一九九〇年

松婭放聲尖叫。

我媽媽是蕾絲。我爸爸是木頭。我不是。

睜開眼睛，環顧光線昏暗的醫院產房，聲嘶力竭扯嗓大叫。松婭放聲尖叫，身體像巨浪一樣起起伏伏，感覺身體正在裂解，碎裂成無數痛苦的碎片。

我媽媽是蕾絲。我爸爸是木頭。我是被撕成兩半的蕾絲。裂成兩半的木頭。

接著巨浪消退，痛苦暫時減輕，她氣喘吁吁，呼吸短暫，聲音尖銳。「我辦不到。」她低聲說，聲音虛弱。她幾乎要哭出來了，氣自己軟弱，氣自己沒辦法控制心理與身體，「我實在——」她停頓一下，喘口氣，「實在沒辦法。」她啜泣了起來，「沒辦法。」

「妳一定要撐過去，妳會的。」助產士說。松婭只知道她叫貝蒂，「會的，可以的。妳都已經撐這麼久了，我們會成功的。」不過松婭又離得太遠，聽不見她說的話。她周圍的房間變得模糊。

「噢，我的天呀。」下一次子宮收縮更加快速、更加劇烈，松婭痛得大叫，「噢，我的天呀，我的天呀，我的天呀——」她說得很小聲，彷彿她只要表現得夠謙卑，祂就能聽到她的呼喊。接著她拋棄了謙卑與信念，再次放聲大叫。

「讓它出來。」貝蒂催促著，「讓它出來，把它弄出來。」

松婭已經不知道自己是誰，或是在哪裡，或是為什麼身體和心理似乎同時痛苦地撕裂。她只聽得到自己在尖叫，不過就連自己的尖叫聲也愈來愈遙遠。

最後她發現原來自己一直都知道。不是因為她突然獲得啟發，尖叫聲才重新出現，也不是突然出現，其實它從來就沒有消失。尖叫聲始終在她心裡，她讓它在她心裡慢慢變大，無意間滋養了它，就像滋養她的孩子那樣，讓它從半成形、彼此沒有關聯的零散記憶中變得完整。

松婭閉著眼睛，走進一片雪白的世界，感受到一股無法形容的痛。她可以看見一個畫面，說大很大，說小很小，一開始她沒辦法認出畫面裡的人就是她自己。那是很久以前的一個冬夜，在一片漆黑中，有個小孩子，只穿著一件有花朵圖案的睡衣、舊的綠色針織套衫和襪子，一隻襪子拉到小腿，另一隻掉到腳踝，步履艱難地走在雪地上。

「來！用力！」她聽見貝蒂又催促起來，但是聲音愈來愈遙遠，她的腦海裡只剩下那宛如咒語般的規律催促聲，「**用力！用力！用力！用力！**」

第七十七章
一九五四年

那天晚上天寒地凍！那片雪潔白無瑕！管家谷的小營區已經徹底消失在那片潔白與漆黑之中！年幼的松婭站在屋子的最上面那階臺階，望著微微發亮、貌似一座城鎮的海市蜃樓，拚命尋找母親的蹤影。當然是找不到的，當然松婭那孩子沒有那樣想，她根本沒有多想。她單純覺得是那樣。白雪落下，圖樣千變萬化，細緻複雜，她把那座小鎮看成了落雪之間出現的黑色碎片。她把那座城鎮看成了蕾絲。她心裡想著，這個她唯一認識的世界，再過多久也會消失。

那一刻她浮現了極度可怕的預感，沒有形狀，比較像是一種痛，不像是一種想法。因為這種古怪又可怕的感覺，她開始慢慢笨手笨腳地半走半爬下臺階。如果她媽媽是蕾絲，城鎮也是蕾絲，全都消失了，那她是誰？她會繼續存在嗎？或者會跟媽媽和城鎮一樣消失得無影無蹤？會不會她也是蕾絲？

松婭知道必須在父親變成蕾絲之前找到他。但是她旋即安慰自己，認為父親講話太吵，渾身濃烈的香菸味、啤酒味和大蒜味，沒辦法變成蕾絲。

她感覺更勇敢了，步履艱難地走過雪地，沒注意到雪已經覆蓋綠色針織套衫，看起來好像椰子乾。道路上的車轍裡還有融雪，上面覆蓋著一層新降的雪，還有薄薄的冰殼。她也不在乎冰冷的水浸濕襪子，抓住腳趾，開始一陣一陣殘忍捏著仍舊溫暖的身體。她不管三七二十一，走著直線，前往她知道父親會在的那個地方。用走路來形容松婭做的事並不恰當。有幾個在餐廳門口看見松婭的人後來說，她步履蹣跚，拚命保持平衡，凹凸不平的道路上覆蓋著起起伏伏的雪，看起來好像捲著大浪的海洋，松婭那孩子就像一艘小船，被海浪拋上拋下。

有幾個女人站在外頭的空啤酒木桶附近咯咯笑，松婭走近餐廳的主要入口時，她們全都停止閒聊嘻笑。她們眼睛緊盯著松婭蹣跚走向她們，接著，她們就像土壤，松婭就像犁，把她們翻了開來。松婭從她們之間走過，她們不發一語退開，讓路給那個孩子走進只准男人進去的餐廳。

那些女人看著松婭推開雙百葉門，被一道錐形的黃光照亮，片刻後便消失在飄蕩於低處的薄霧之中，門砰一聲關起來。

在裡頭，有一群顏色微暗的男人在粗簡的桌子旁，坐在長凳上，喝酒、抽菸、打牌、喝酒、聊天、聽別人說話、喝酒、想事情、喝酒、沒有在想事情、喝酒、喝酒。餐廳裡瀰漫著濃烈的味道，味道來自香菸、濕衣服、悶住的汗還有灑出來的啤酒；餐廳裡有黎凡特地區和其他地方的各種語言大聲喧譁，又是笑，又是咒罵，又是聊八卦，亂哄哄的。話語像受到驚嚇似的，在琥珀色的餐廳裡奔逃，活像一群群受到驚嚇的奇異鳥禽。有一些疾飛到她上方的話語她聽得懂，不過許多話語以及幾乎所有語言她都完全聽不懂。她覺得有些男人看起來像大聲吵鬧的怪獸，有些像飄渺的鬼魂。他們的身軀又巨大又沉重，排成一長排又一長排，松婭從兩排之間走過，抬起頭來看。那些男人的背散發著霉味，活像一片樹林，還穿著沉重的工作服和靴子。她張望著他們的臉，覺得看起來像倒下的樹木和破碎的岩石，擱置在村落的外緣。但是沒有樹木或岩石上面有父親的臉。突然間，出現一聲響亮的重擊聲，有個巨人往後倒，從長凳後側摔到松婭面前咫尺的地板上，擋住了她的去路。她嚇得往後退縮，但是確定那個人不是父親也還沒死，只是個爛醉的陌生人之後，她便跨過倒下的巨人繼續走。最後終於找到她要找的人，用力拉扯那個人的藍色外套。

坡匠．布羅轉過身來，醉醺醺的。

「我的天呀！搞什麼鬼呀……松婭，妳不能來這裡呀。妳要幹嘛？妳媽叫妳來的嗎？來，坐這裡。」他朝另一個站起身的男人揮手，「喂——培沃——來六杯啤酒。」

坡匠把松婭抱到自己的大腿上。他笑了起來。他用手梳了梳松婭的頭髮。松婭轉過身把頭埋在他的胸口上。坡匠為了安撫酒友，扮了鬼臉，下唇翹起蓋住上唇，同時聳聳肩，雙手一攤，手掌朝外打開，動作誇張。培沃端了啤酒回來，看見松婭在坡匠的大腿上，一臉狐疑地看著他。

「小鬼。」坡匠笑嘻嘻地說，「臭小鬼。」

在餐廳外頭，雪下個不停。

雪潔白無瑕。夜晚天寒地凍。松婭小小的身軀好冷。父親的雙臂味道刺鼻，強而有力，雙臂外面的世界好暗。管家谷的小營區似乎已經完全消失在那片雪白、黑暗與冰冷之中，於是她轉向內去尋找這段人生之前的那段人生。

第七十八章

一九五四年

「在哪裡？」坡匠．布羅心想，「在哪裡？」

他張望著附近的其他工人，有約莫二十來個新澳洲人，站著等候被帶去工作。

所有人都不敢看他的眼睛。

那天是星期六，瑪利亞還沒回來。彷彿其他人都已經知道了。不過知道什麼？他沒告訴任何人瑪利亞前一天晚上離家出走。如果他們知道，為什麼他們不告訴他？還有他們都知道些什麼？什麼？說不定瑪利亞躲藏在某個人的妻子那裡。說不定有個司機今天早上開卡車載她去荷巴特了。說不定他工作回家時，瑪利亞已經回家了，雖然他幾乎要絕望了，但是還是抱著一絲希望。然後他們倆會跟長久以來一樣，假裝一切都完全正常，其實一切都不正常，長久以來一切都不正常。不過他希望瑪利亞回來，只要瑪利亞願意回來，他什麼都願意做：不論瑪利亞告訴他什麼，他都會相信，即便他認為瑪利亞說謊，因為謊言對他們兩人而言，就像是苦口的放逐麵包，不然他們還能希望靠什麼來維續生活呢？

但是她現在在哪裡呢？坡匠．布羅苦思著，在哪裡？

大家等待著，跺腳踩雪，抽了好多菸，稍微閒聊。坡匠連告訴他們瑪利亞離開了都沒辦法，怎麼可能向他們坦白自己害怕瑪利亞永遠都不會回來，永遠從他和女兒的生活中消失？當然，他什麼都沒告訴他們，反而故意裝得勇敢。

說起了笑話。

他聽著別人跟他一起嘻笑，心裡卻反而愈來愈不安，痛苦萬分。在碎石子路的另一邊是一塊赤裸的碎石地，被當作公園，裡頭有一根旗杆，掛著粗製濫造的英國國旗，當地的童子軍正在那裡集合。童子軍團長是一名英國工程師，正在發表演說，談論共產主義的危險。

一個身材矮小的阿爾巴尼亞人用菸屁股指向童子軍團長，說：「不知道為什麼我要離開。他們如果能除掉那種混蛋，顯然是有好處的呀。」有幾個人露出笑容，其他人發現有樂子可以排遣無聊，忘掉寒冷，於是紛紛專心聽童子軍團長演說，想要嘲笑一番。

後來有一輛暫時作為民用的舊軍用卡車抵達，要來載他們，打斷了他們的興致。司機甚至懶得轉頭，直接對著擋風玻璃大喊目的地——「運河工地！」——工人們旋即爬上沒有遮蓋的後車斗。

在哪裡？坡匠心裡想著。在哪裡？

一個波蘭人，留著落腮鬍，第一個爬上卡車。他幫忙拉其他人上車時開口說話，沒有特別對誰說。「史達林呀，」他說，「你沒那麼壞啦。你除掉了希特勒，除掉了童子軍。可惜吶，你沒有就此收手，竟然還下令除掉我們。」

一個捷克人，一頭金色短髮，敲打卡車駕駛艙頂部，對司機大聲說：「別忘了今天你要早點來載我們，這樣我們才來得及參加歸化典禮。」

「對呀。」坡匠說，「我們澳洲人從來不遲到喲。」

這句話逗得大家哄然大笑。

在哪裡？在哪裡？在哪裡？想到這裡，他的心就像被電鑽鑽一樣。當下他肯定哽咽了，而且渾身發抖，因為那個阿爾巴尼亞人親切地把一隻手掌放到坡匠・布羅的前臂，說他一定是發燒了，真的應該到醫務室檢查一下。坡匠・布羅轉過身盯著阿爾巴尼亞人，知道自己在發抖，而且自己那布滿鬍碴的臉就像一個無法回答的問題。

在哪裡？坡匠問。在哪裡？

阿爾巴尼亞人沒有回答他。阿爾巴尼亞人盯著坡匠・布羅的眼睛看了超乎正常地久，接著吞了口口水，用一根手指摸摸鬍鬚，目光往下移。

清晨的天空延伸到中央高地，上方有雲，一縷縷的雲在高空緩緩飄移，天空大部分都很澄明，預示著好天氣，儘管氣溫寒冷。雲下面雪花紛飛，前一天晚上的暴風雪讓雪積了有一公尺厚。卡車轉離主碎石路，開上狹窄的泥土小徑，沿路彈跳搖晃，穿越樹木濃密高大的雨林。工人們在卡車的車斗上搖來晃去，有些人坐著，有些人蹲著，摩擦著雙手、跺腳、抽菸，只有偶爾會閒聊。

「他們說世界上最高的硬木樹林就在離這裡不遠的地方。」留著落腮鬍的波蘭人在卡車的隆隆聲中說。

坡匠試著恢復冷靜，抬頭往上看，硬擠出笑聲。「澳洲人真是走運吶。咱們蓋這座大水壩，把那些樹全淹光囉。」

「他們要這麼多該死的電到底要幹嘛？」阿爾巴尼亞人問。

坡匠動作誇張地朝叢林揮揮手。「當然是為了該死的工業呀，你這個愚蠢的移民。」

阿爾巴尼亞人轉身看著圍繞著他們的荒野笑了起來。留著落腮鬍的波蘭人又開口說話。

「他們認為有電的話，工業就能發展，他們就會像歐洲一樣，接著森林就會變工廠，馬鈴薯田就會變成戰場，在河裡流的水變成血。」

他停下來。

沒有人笑。

沒有人說話。

有些人轉身別過頭，看著森林。阿爾巴尼亞人低頭看著腳和砰砰作響的車斗。車斗是破爛的木板做成的，每次車身晃動，碎石子就會在車斗裡跳來跳去。捷克人拿砍刀砍擊著經過的灌木叢，把口水吐到灌木叢裡。留著落腮鬍的波蘭人目光遊走於大家的臉上。波蘭人心裡好痛苦，大部分的人都是，不過他們不想要聽，他們全都閃避著波蘭人的目光。他們想要把那份苦丟掉，讓它融化，就像卡車把前方的雪輾過，任由雪溶成泥漿。坡匠用冰冷的手掌揉著彷彿被錘子敲打著的前額。捷克人用手背擦擦嘴巴，鬍碴扎著手背的皮膚，他心裡想著，漫漫長路，漫漫長路。

不過留著落腮鬍的波蘭人繼續說。他不是要說給他們聽，是要說給自己聽，因為他知道根本沒有人想要開始去思考，他們其實是共謀拋下過去的。「歐洲是癌症。」留著落腮鬍的波蘭人最後說，「把死亡傳播到每個地方。」

儘管卡車晃個不停，捷克人還是又捲了一支菸；他捲菸的時候，卡車不停震動搖晃，他的手也跟著擺動。這樣捲菸迫使他得專注看著雙手，沒辦法專心聽留著落腮鬍的波蘭人說醜陋的真相。吉普賽人唱的一首歌的歌詞開始像凝乳一樣在他的腦海裡凝結成形。裂縫……但是他把歌詞推開。捷克人暗自露出斜嘴的笑容，得意自己克服了這小小的困難，把捲好的菸放進嘴裡，雙掌彎成杯狀把菸罩在中間點燃，接著抬起頭來看著森林。

就在那一刻，他在樹林裡看見了他希望永遠不會再見到的畫面。無可否認，他只瞥見一眼，但是那個畫面他以前在波希米亞的森林裡看過，雖然他只有在惡夢中思考過自己在那裡看到的東西，但是他十分冷靜，清楚知道那是什麼。

他一個動作，突然又緊急，把菸從嘴裡拿出來，站起身，把捲菸丟掉，用拳頭猛力打卡車的駕駛艙頂，一下，兩下。卡車煞車，工人像海浪一樣翻來滾去，一開始一頭霧水地看向彼此，接著，卡車停下來，大家都看向捷克人指著的那個方向。大家趕緊跳下卡車，突然之間，大家不再慌張。有幾個人轉身走回卡車，寧願留在車上，往下看著從那個地方延伸出來的那條雪白道路。

其餘的人猶豫不決地慢慢走進森林，清楚知道自己的一舉一動，彷彿對他們而言，在那一刻世界上僅存的聲音就只有腳下灌木斷裂的聲音、淺弱的呼吸聲和吞嚥聲。

他們這樣子在雪中走了約莫五十公尺之後停下來。

第七十九章
一九五四年

有些人別過頭不敢看。

有些人必須盯著看。

盯著看的那些人強迫自己把目光從一個一半埋在雪中的舊行李箱上移開，往上看著那個永遠不應該被看見懸吊在半空中的東西，還有看見兩隻攏盪的鞋子，鞋底磨破了。

那是一個女人的鞋子，鞋子上面的洞塞著報紙，覆蓋著結冰的濕氣，呈現鐵灰色。

有些人別過頭不敢看。

有些人必須盯著看。

那些盯著看的人，目光就像不願受困的鳥被捲入螺旋捲動的上升氣流，向上盤繞，無法控制：經過破損的酒紅色鞋子後，移到磨破的外套底部，那裡已經形成了細小的冰柱；繼續往上，移到覆蓋著雪的鮮紅色外套。雖然現在他們已經嚇到頭昏眼花，目光仍舊繼續往上移，看到冰得僵硬的舊灰色麻繩，像蛇圈型鋼條，絞住她的脖子。接著再往上移，看到蒼白的臉，舌頭吐出來，死去的眼睛呈現乳白色。

瑪利亞的眼睛原本又圓又柔和，坡匠．布羅心想，他以前好喜歡用嘴脣碰觸瑪利亞的眼睛。

一具僵硬的屍體用麻繩吊在一棵高大的樹上，瑪利亞的眼睛就嵌在那具屍體上。

下方，十幾個來自遙遠國度的男人聚在一起，他們上頭吊著的遺體曾經是瑪利亞，現在瑪利亞・布羅變成永遠都不會動的遺體。

她是因為某種無法推測的原因把花瓣用完了，覺得世界上沒有她可以容身的地方了嗎？或者是那朵星形的花指示出這個最後的方向或是她不想要走的其他方向？

因為她的藍色舌頭上散布著奇怪的白色碎片，別人可能會誤以為那是雪，但是坡匠・布羅知道那是什麼，那朵小白花曾經代表他們的愛，如今破碎了，只剩零碎的殘片，那些是殘存的小白花花瓣。

第八十章
一九五四年

坡匠．布羅不知道。坡匠．布羅沒有去想為什麼。他當時沒有哭，過了一段時間之後也沒有。他似乎漠然不動，直到那天稍晚電影院舉辦歸化典禮的時候。當時，一名政治人物發表冗長的演講時，他開始啜泣，不能自已。坡匠．布羅眼睛盈滿淚水，感覺眼前的大廳旋轉了起來，感覺自己從那個大廳被吸到一個恐怖至極的大漩渦裡，不知道能不能逃離那個漩渦。他把松娅抱在胸前，松娅用肩膀和一隻手臂抱著他那喘著氣的頭。坡匠緊緊抓住女兒，彷彿她是救生圈似的。坡匠啜泣完呻吟了起來，好像一頭受了重傷卻死不了的動物。

不過松娅卻完全沒有哭。

有些人別過頭不敢看。有些人必須盯著看。有人說就是在那個時候她的臉變成了面具。不過這種事他們怎麼會知道？甚至他們說這種話是什麼意思？當然，有人說那是恥辱。因此，有一段時間，有些人確實同情年幼的松娅，但是最後別人認為這件事令人恥辱超過令人悲傷，於是不再理她，認為她古怪，不知感恩。

歸化典禮結束後，兩個工程師的妻子走過來帶松娅去玩。她們是英國人，喜歡行善助人。坡匠．布羅不讓她們帶走女兒。最後他終於沒有力氣再抱住松娅了，那兩個基督徒出於堅定的善意，溫柔但是堅持，伸手強行把松婭從他的手中抱走。坡匠・布羅不要女兒離開，但是那兩名女子堅決認為這樣對他們父女倆都好。她們有好多話。

他大吃一驚，想不到竟然有人會有這麼多話。他什麼話都沒說。沒什麼話可以說。就只有這樣了，坡匠心裡這樣想。伸展的皮肉和骨頭，大便，木頭。木頭長在樹林裡，木頭能讓人舒展筋骨，筋骨能把木頭弄平，製作沒有意義的東西，像是他們現在待的這間木屋，還有這個完全沒有意義的噪音。有出生，有愛情，有死亡，有死亡，有噪音。這個永不休止的噪音，讓人困惑，讓他們忘記只有出生和愛情，忘記每個東西都會死去。就只有這樣，坡匠心想，就這樣。他突然發現自己失去了女兒和妻子，他不知道要怎麼把她們找回來。

那些陌生的手硬把松婭從父親手中抱走時，松婭沒有哭。她沒有說話，也沒有尖叫。但是她抗拒那些基督徒的好意，就像退潮後被困在岩池裡的魚，沉默地激動掙扎，結果自然也一樣。她用盡全力抓緊父親，拚命想游回父親的身體深處，好成為父親的一部分，讓所有人都看不見她，只有父親看得見。不過現在父親也變成了蕾絲，化成碎片，她更加焦急地抓緊父親，最後蕾絲碎片消失在空中，魚在蕾絲上面或空氣中都沒辦法存活。那兩個女人抓著她把她帶走，她突然停止掙扎，因為她失去了最重要的東西，直覺知道沒有東西值得去爭取或對抗了。有個世界顛覆了，掉入海裡，海水底下逆流的沉默巨大力量把她沖得離她想要抓住的東西愈來愈遠。總有一天她會逃離海洋，不論是多少年之後，不論這個剛結束的人生之後還要過幾個人生，她一定會逃離，再度找到父親，到時候父親就不再是空氣或蕾絲或木頭，而是他自己。松婭會等到那個時候，像月亮一樣靜止不動，裝死，沒有人會知道她還活著，極其緩慢地大口呼吸。

松婭不再扭動掙扎之後，較矮的那個工程師妻子把她放下來，抓住她的手，讓她走在她們旁邊，兩人各牽著松婭的一隻手，讓自己看起來像慈愛的女人。在松婭的頭上，那兩個工程師的妻子講著古怪的話，盡是省略和委婉用詞，偶爾做出砍喉嚨的手勢，還有朝松婭扭動下巴，好像在講閒言閒語似的。松婭知道這表示她們在講母親的事，聲音像洗澡水一樣在她的耳朵流進又流出；那兩個女人講話的模樣生硬，看起來古怪極了，好像在主街上走來走去的雞，脖子一伸一伸地啄著冰凍的土地。

「阿提在哪裡？」松婭說，比較像是要求找爸爸，而不是在詢問，不過不管松婭問什麼，那兩個女人不是沒聽見，就是不理會，因為她們繼續嘰嘰喳喳聊天。「我阿提在哪裡？」松婭又問了一遍。比較高的那個女人轉身對松婭露出笑容，但是她的笑容把年幼的松婭嚇到了，松婭直覺知道她們的好意強勢又堅決，跟她們爭是沒有用的。

「他沒事。」比較高的那個女人說，「妳也會沒事的。而我們呢——**我們**要去參加茶會。」

她們走在主街上的時候，松婭看著骯髒的雪泥。她心裡納悶，泥土那麼漂亮，她經常拿來做假蛋糕，雪那麼潔白無瑕，她前一天還跟媽媽一起做雪球，但是泥土和雪合在一起怎麼會變成灰色的雪泥那麼討人厭的東西。她往雪泥一踢，結果雪泥飛濺到比較矮的那個工程師妻子腳上的羊毛長襪上。松婭感覺自己的手突然被那個女人猛力一捏，一個比空氣還要冰冷的聲音說：「小妹妹，別再鬧了喔。」

「媽媽！」松婭大叫，「媽媽！」

「媽媽去度假。」長襪被濺濕的那個女人說，「我們不知道她什麼時候會回來。」另一個女人補充說。連松婭也察覺到她們是故意用稍微嚴厲的語氣。

那兩個女人閒聊著，松婭在其中一個女人的旁邊，雖然松婭沒辦法聽懂她們在討論什麼，但是很清楚她們現在在談論父親。偶爾，她無意間聽懂一些話之後，試著認真聽，但卻什麼都聽不懂。「或許有另一個。」，還有「沒人知道為什麼，不過呢，聽說他喝酒之後脾氣會變得很糟。」這類的話她聽得懂。

不過那些話對走在她們身旁的那個小女孩而言沒有任何意義，因為她當下就已經認定，從那時候起自己什麼都不是，直到很久以後她再度找到父親的那一天。

她們走到一棟員工宿舍，那是一棟貨真價實的房子，不是松婭住的那種棚屋。她們繞到後花園，那裡有一條水泥車道，車道上有一個倒過來的葛里炸藥木箱，擺置整齊，當作桌子，蓋著紅色格紋布，當作桌巾，上面整齊地擺著松婭的玩具瓷器茶具。

我們現在喝茶。

那兩個女人把身上穿的針織開襟羊毛衣拉緊一點，抵禦寒氣，背對著屋子後側。松婭被框在她們的身體之間，但是離得很遠，穿著派對洋裝，綁著辮子，站在上頭擺著茶具的倒置條板箱上。

因為這裡是塔斯馬尼亞，不是斯洛維尼亞。

「那是我去她家找來給她玩的。」捏她的手的那個女人說，「有得玩，她才不會去想發生的那些事。」

「能幫她忘掉。」另一個女人說。

「對呀。」捏手的女人說，「沒錯，能幫那個可憐的小東西忘掉。」她的語調變得比較憐憫，「她把房子打掃得好乾淨，這點真的值得誇獎，絕對出乎妳的意料。」

松婭拿起茶壺，但是發現茶壺沒有停下來假裝倒茶到玩具茶杯裡，反而繼續移動到地板上方，接著掉到地上摔破。

因為我們的世界顛倒了。

其中一名工程師妻子朝著松婭喊叫，松婭肯定有聽到，因為她抬起頭來看那兩個女人，看著她們，接著視線穿過她們。她摔破了牛奶壺，她摔破了第一個茶碟，摔破第二個、第四個、第六個茶杯，她們都沒有再說話。

因為她眼裡有個問題，但是工程師的妻子卻沒辦法回答。茶壺、牛奶壺、茶碟、茶杯在水泥地上。瓷器外側跟珍珠一樣光滑，但是摔破之後變得跟玻璃一樣銳利，跟死亡一樣乾枯。它們破了嗎？破了嗎？茶壺和牛奶壺摔破了。她媽媽在唱歌。她爸爸在啜泣。茶碟和茶杯摔破了。破了嗎？她的腦袋裡有一個吼叫聲揮之不去。

她媽媽在唱歌。她爸爸在啜泣。

她爸爸。她媽媽。她。

破了嗎？

但是工程師妻子不會回答她，只是把自己的開襟羊毛衣拉得更緊些，不論松婭．布羅在雲朵疾速掠過的天空下摔破多少個茶杯和茶碟，不論多少瓷器碎片刺進那個可憐的孩子的靈魂，她們永遠沒辦法回答她。

第八十一章

一九九〇年

「**慢下來！**」貝蒂大喊，「**深呼吸！松娅！深呼吸！深呼吸！**」

松娅再也沒有意志力了，也沒辦法思考，只感覺到一陣又一陣的疼痛，疼痛一陣又一陣地從頭到腳傳遍全身。在一股遙遠麻木的疼痛中，她聽到自己恍惚地低聲呻吟，像一頭臨死痛苦掙扎的牛。

松娅是公費病患，因此沒有固定的產科醫生在場照顧她，不過貝蒂似乎職掌五花八門的職位，負責照顧子宮收縮前後的松娅。現在貝蒂把她扶起來坐著，告訴她可以看到頭，嬰兒快要出來了，馬上就要出來了。松娅還沒要求打麻藥，用力吸著氦氣，像隻生病的狗，急促地喘氣。每當她感覺到子宮突然猛力往後跳進自己的身體裡，她就緊閉雙眼，握緊拳頭，握得拳頭因為缺血而麻木。就在那一刻，她心裡出現愚蠢的幻想，想像自己的子宮是一尾巨大的虹鱒，以巨大的幅度往上游跳，想要回家。每一下都跳過一道之前跳不過的瀑布，每道瀑布都是一個人——阿珍、央博投、瑪麗查．密西尼克太太——**跳**——到另一個地方——雪梨、荷巴特、管家谷——**跳**——另一個時間，現在只跳過水和石頭。最後那隻虹鱒跳到一棟木屋底下那階覆蓋著雪的第三階臺階——**跳**——到一扇門，一扇門！每跳一次，虹鱒就變得愈年輕、愈小、愈輕，直到乘著風飛起來，直到變成一塊蕾絲，不再是她以往所知道的那塊蕾絲。門打開來，蕾絲飛回來，變成濕濕滑滑的，染著血，朝她飛來，又飛離她。她快要死了，沒辦法再喘氣或講話，或像牛一樣低吟，開始不斷大聲尖叫。

第八十二章

一九五四年

就坡匠．布羅看來，自己的人生就像邪惡獲得了勝利。

他站在家裡的走廊上，沒有燈罩的燈泡投射出明亮的燈光，照射著他。他聽見雨跟著雪後面敲打著鐵皮屋頂，感覺牆壁和低矮的天花板漸漸逼近他，好像中世紀的嚴刑刑具。他聞到了自己內心的恐懼，感覺自己的整個人生就像一段往下沉淪的旅程，現在他認為自己已經到了真正的地獄。

他的時間過了。遠離家園。永遠被她束縛，不過不再是丈夫。太陽在哪裡？他應該去哪裡呢？這樣的男人和他的孩子，當然那孩子也是她的，現在能夠去哪裡呢？以前在他完全陌生的地方，小白花總是會指引神祕的方向，但是現在小白花不見了。

他知道每天日子還是得過，盡可能好好過每一天，不懷抱希望，但也不絕望。因此，他必須盡量別胡思亂想，這點他大部分的時候都能做到，腦袋放空，不去想煩人的事，也沒去反省發生的事。不過在生活中他偶爾還是會想到煩人的往事，只能靠大發一頓脾氣，才能夠擺脫那些思緒。他發現，凡事都有好和壞的一面，人生，世界本身，每個人，都是如此。

不過最終黑暗總是會取得勝利。

不過就是那樣，坡匠．布羅心想。

他伸出一隻手撐住牆壁，阻止牆壁把他壓扁，穩住自己的身子。他的時間是怎麼了？什麼時候在他家？他踉踉蹌蹌走了幾步，走到松婭的臥室，感覺身體重得像鉛塊，動不了。他像受傷的人，要爬去安全的地方躲避，痛苦掙扎，難以動彈。

不過坡匠．布羅在松婭的門口抬起頭時，看見了無比美麗的畫面，一度以為自己真的瘋了。松婭的臥室裡花朵盛開，即便光線昏暗，他仍舊看得見裡頭開滿盛開的小白花，星形的白色花瓣讓整個臥室發出月光般的白光。他看見大片的花叢裡，立著一個倒置的木箱，看起來像一棵矮小的老樹。木箱邊緣漆著紅字，寫著「葛里炸藥」。箱子上面有一塊破損的蕾絲桌墊，桌墊與桌子的對角線成九十度。桌墊上擺著三張明信片大小的照片。左邊那張照片是聖母瑪利亞，伸出雙手，面露憐憫之情；中間那張是瑪利亞的父親，躺在棺木裡，雖然死了，還是一臉疲態，即便被花朵包圍，看起來仍舊絕望；右邊那張照片是瑪利亞和坡匠，穿著漂亮的衣服，還有還是小嬰兒的松婭，穿著舊式的洗禮長禮服，父親抱著她。在葛里炸藥箱子旁邊，松婭躺在床上睡覺，舊鐵架漆成奶油色，露出好幾處鏽蝕。

坡匠注意到有小白花從女兒的鼻孔和耳朵長出來，而且花瓣指向四面八方。怪的是，他竟然不覺得古怪。床上沒有真正的床罩，只鋪著一條舊毯子，但是所有東西都整齊又乾淨，唯一不協調的元素是那個長著花朵的孩子，她把被子踢開。坡匠看到睡褲裡面有東西凸起，他猜那是花，從松婭的陰道長出來，薄薄的棉布凸出一個個明顯的星形。他突然納悶了起來，心想自己看到的是不是布滿星星的夜空，納悶浩瀚的南方天空是不是變成了他的小女兒，或是女兒變成了天空。這個想法和眼前的畫面令他感到頭昏眼花。

坡匠伸手靜靜輕輕把被子蓋回女兒身上。接著，他親吻女兒的臉頰，小白花的花瓣碰觸到他的臉。

他對著天空輕聲說：「*aja*，*aja*。」仍在熟睡的松婭伸出雙手抱住父親的脖子。坡匠感覺她小小的身體變得僵硬，出現夜間肌肉緊繃，渾身發抖，一會兒後又放鬆繼續睡。松婭雙手癱軟掉下來，坡匠把她的手交叉放她的胸口上，用被子蓋住。

他走出去白光刺眼的走廊，拖著一張床墊回來，放在松婭的床旁邊的地板上。他注意到花全都消失了，奇怪的是，他並沒有覺得奇怪。他拿幾張毯子鋪在床墊上，心想臥室只是回到冬天的狀態，花朵全都枯死了，現在他必須睡到春天回來。不過他也知道這樣想很奇怪。鋪好毯子後，他便躺下來，松婭在自己的床上睡覺，在他旁邊，瑪利亞則在他的另外一邊，躺在棺木裡。

坡匠．布羅任由像鉛一樣重的身體陷入床墊，直到只剩下靈魂。他的靈魂是宇宙，他讓靈魂滿溢松婭的鼻息和動作，讓三歲女兒睡覺的聲音充滿他的宇宙。

不過就是這樣，坡匠．布羅心想，不過就是這樣。

屋外雪又開始拍打窗戶的小玻璃。不過坡匠．布羅睡著了，沒有聽到冰雪刮玻璃的聲音。

就是這樣，坡匠．布羅做起了夢，就這樣。

第八十三章
一九九〇年

那天晚上坡匠·布羅入睡之前，看到了許多人生片段，入睡之後還會看到很多。花從活人和死人身上長出來。還有一頭塔斯馬尼亞虎，更重要的是，牠的唾液裡出現了地獄的畫面。一群豬把自己燒死，還有一群人行為一模一樣。建造好的大水壩崩毀，河流再度自由流動。如果他想要，他是可以的，但是他不想要，想都不曾去想。他其實可以寫專著，描寫他目睹別人死亡的事；描寫被剝奪繼承權的人甚至無法輕鬆死去，必須死得跟活著的時候一樣痛苦，必須在很長的時間裡慢慢被折磨到死，像任人驅趕的愚蠢牲畜，辛苦工作；描寫坡匠的族人和曾經認為坡匠的種族是劣等民族的德國人，在死的那一刻屍體都是白色的，最後如果沒有被埋葬，都會變得跟煤炭一樣黑，屍體會膨脹、乾癟、腐爛，最後只剩骸骨，被像柏油一樣的皮緊緊包覆，看起來就像一隻破舊的黑色靴子。他看過各種動物生產，看過新生的小牛、小豬、小馬，也曾經在殺了袋鼠之後，發現腹袋裡有一隻活的小袋鼠，而感到異常空虛自責。

不過坡匠·布羅從來沒看過新生的嬰兒，就連自己的女兒松婭剛出生的模樣他也沒看過，當時醫院在松婭出生三天後才准許他去探視松婭和瑪利亞。

坡匠．布羅這天早上醒來後，想都沒想就開車到一家花店。花店助理告訴他，說自己一輩子從來沒看過塔斯馬尼亞的任何一家花店有在賣小白花，他瞬間露出失望的表情。花店助理拿出一束白色康乃馨給他看，說那是第二漂亮的花，他臉上露出了神祕的笑容。康乃馨當然不是第二漂亮的花。坡匠回到ＦＪ，臉上仍舊掛著笑容，嘲笑竟然有人愚蠢地認為如此迥異的兩種花有任何相似之處。引擎一開始沒辦法發動，好不容易發動後，開起來卻隆隆作響。他開向市中心，心裡祈求基督保佑他順利抵達目的地。他用斯洛維尼亞語讚美車子（真是輛好車呀）這些年來忠心效勞，用義大利語懇求車子（親愛的車子呀）再開個幾哩，旅程就結束了，用荷蘭語命令車子（衝呀！衝呀！）繼續開，用澳洲英語臭罵車子（操他媽的破銅爛鐵）劈啪吵個不停，比早上的他還要吵。

不過，這輛ＦＪ曾經是新澳洲的希望，如今卻像車主一樣，又老又破。ＦＪ跟以前不一樣了，坡匠不得不懊悔地承認，哪怕只能向自己承認，它剛買回來就算不上是好車。就在坡匠行駛在麥格理大街的時候，ＦＪ突然熄火，預示著不祥，但是坡匠卻反而明達以對，知道經過二十五年之後，ＦＪ的引擎終於壽終正寢了。他想要再買一輛新車，或者永遠不要回去塔拉。他把車子推到路邊，甚至懶得掀開引擎蓋來查看。他抓起前座的那束花和一個塑膠購物袋就下車，連車門都懶得關，就跑了起來。跑步對他這種年紀和體力的男人而言可不容易。

就這樣，完全沒有理智思考，感覺腿像鉛一樣重，心臟像鍾子敲打一樣砰砰狂跳，呼吸用力急促。坡匠幾分鐘後就到了婦產科醫院的電梯裡，要前往產房。但是他覺得心臟好痛，不禁納悶自己會不會因為心臟病發作而被送到急診室。

第八十四章

一九九〇年

她出生了，臉長得像青蛙，覆蓋著胎兒皮脂，好像剛塗了奶油似的。這個剛出生的新生兒被布包著，看在她媽媽的眼裡，像個長相奇怪的陌生人。嬰兒小聲地叫了一聲，像尖叫，又像喊叫。赤裸的手臂彎成L型，向外向上抽動著，小小的拳頭緊握著，好像任由人生擺布似的。松婭把鼻子貼在嬰兒的頭上，喘著氣。自從孩提時候在阿珍的廚房裡之後，這是她第一次認出這些濃烈的味道：酵母的味道，麵包的味道，她的嬰兒的味道。

在產房的昏暗光線中，松婭緊緊抱著孩子，心懷敬畏地看著那個陌生人，心裡的恐懼也著實不小。松婭聽到自己吞口水和呻吟的聲音，知道自己的臉在笑，在皺眉，在發抖。她親吻嬰兒的額頭，接著——非常猶豫地——伸出舌頭，用舌尖輕輕碰觸嬰兒的頭，一次，兩次。接著，她膽子變大了，舔起了嬰兒的脖子和臉，舔得很小心，同時深吸那獨特的麵包味。

離開產房一會兒了的貝蒂回來告訴松婭，說她父親在外頭。松婭看著嬰兒，沒有抬起頭。貝蒂心裡擔心，認為她才剛生產完，她父親就來探視，會打擾到她休息。「我可以告訴他妳還不方便見她。」貝蒂說，「請他明天再來。」松婭用一隻手指撫摸孩子皺皺的小臉蛋。嬰兒剛出生哭過後，就沒有再哭了。她張大眼睛，看著光線昏暗的產房，彷彿沉靜地打量著她來到的這個古怪世界。松婭覺得，父親想要在這個時候看看自己唯一的孫子，完全沒錯，很正常啊，她剛出生的女兒也應該跟外公見見面才對。那一刻有一股魔力，松婭無法理解，但是有點擔心。她知道有一股只會短暫顯現的力量。那年，革命結束之後，她正繞著時間打轉，感覺像是夢裡又生出了夢，其實並沒有。那只是一個母親和她的孩子在等待。

她請貝蒂去請父親進來。

坡匠一臉憂懼地走進來，皺著眉頭，一手放在背後，另一手提著一個塑膠購物袋，眼睛東張西望，好像在打量產房，準備馬上開溜。他看看松婭，接著看看嬰兒，緊張的皺眉變成了緊張的笑容。他從背後拿出一大束白色康乃馨，放在床腳。

「你還沒回塔拉呀，爸？」松婭微笑道。

「還沒。」坡匠說。他停頓一會兒後，覺得自己一定解釋得更完整。「我不回去了。我告訴他們可以幫忙。吉利說可以幫我找工作。我不要求什麼好工作，什麼工作我都能幹。我甚至可以在妳去工作的時候幫妳照顧孩子，或是類似的工作，我都可以做呀。反正我不回去了。」他低頭看著剛出生的孫女，走得更近一些，「永遠都不回去那裡了。」

他走過去把塑膠提袋放到地板上，停下來。「啊——對了。」他說，「海薇給我這個。」他把手伸進袋子裡，「她告訴我說妳很想要把它修好。」

他手裡拿出松婭很久以前摔破的那個荊棘圖案的茶壺。終於拼組好了，又變成完整的茶壺了。松婭看見他的手工跟以前一樣，依舊精巧，只有少數幾個破裂處看得出來有如髮絲般的裂痕。

他彎下身子，把修好的茶壺遞給松婭。松婭好像交換似的，把女兒抱給他。坡匠抱著嬰兒不但不尷尬，反而一副放鬆的模樣，把嬰兒抱在右臂上，用食指關節逗弄嬰兒的下巴，同時發出咕咕的聲音，咯咯笑了起來。「總之，茶壺修好囉。」坡匠繼續說，一邊逗弄嬰兒的鼻子，像在按按鈕一樣。他嘲笑起自己的破英語，「不像我的英語。」

松婭把茶壺轉了轉，一下拿高一下拿低，端詳著修復處。貝蒂不知道要跟這個體味濃厚、說話帶著古怪口音的陌生男子說什麼，只好問道：「看到剛出世的孫女您有什麼感覺呢，布羅先生？」

「噢，」看著嬰兒的坡匠抬起頭來說，頭異常放鬆地擺動著，好像被強風吹動的樹頂，「噢，我，呃，我覺得那種感覺很難用言語形容。」他又按了按嬰兒的鼻子，呵呵笑起來，說：「她好可愛，對不對呀？」

他再次露出笑容，現在看起來完全不緊張了。松婭覺得或許真的有可能。或許有一天下午，孩子會在廚房的地板上爬來爬去，把蓋子和鍋子從櫥櫃撥下來；或許他們會坐下來長談到晚上，聊她，聊他，聊孩子，無所不聊，以免如她長久以來以為的，自己以後會站在他的墳前，後悔有些事從來沒有對他說，沒有問他，沒有斥責他，沒有跟他一起笑談。他們會聊很久，聊到太陽落下，夜晚降臨，他們會把嬰兒抱到床上，繼續聊到隔天早上，夜裡她還餵了幾次奶。聊他們和她，聊發生過的事和可能會發生的事。他們只會聊她們能夠掌控的事，他們不會用他們沒辦法躲藏在背後的話語，只會把話語當成木材來用，製作他們可以圍坐的桌子。

一張漂亮的桌子，大得足以擺放家庭筵席。

坡匠離開之後，一個小小的奇蹟發生了。在這段新的人生裡，松婭第一次哭，但不是最後一次。她感覺眼淚像夏天的雨一樣滴到嬰兒的頭上。

第八十五章

有時候她心裡會重新湧現一股強烈的渴望。

渴望湧現的時候，她不會抗拒，反而會想辦法慶祝，拿一些東西放在一個紙板箱裡，把孩子放到車上，開車回去。她們會沿著那條漫長又空蕩的道路開到那個空蕩的地方。那個地方曾經有個叫管家谷的建築營區，現在什麼都沒了，只有奇怪的鳥兒啾啾叫，還有風，而且很冷。

雖然她問了兩次，但是坡匠從來不跟她同行。坡匠還是會喝酒，但是不常喝。在接下來的兩年內，吉利只接過四次傷腦筋的酒吧員工打來的電話，叫他去把那個無藥可救的酒鬼載回去，電話號碼是那個酒鬼給他們的。坡匠還是會喝酒，除了偶爾像這樣喝醉，大多只有小酌；行為也大多無可非議，甚至討人喜歡，除了偶爾會把故事一講再講，讓人聽得生厭。當然，沒辦法知道能維持多久，不過坡匠和松娅都很聰明，頂多把那當成日常要應付的事，哪天只要對方來訪或來電，兩人都會真心感到開心。

松娅和吉利幫坡匠取得一棟房屋署的半獨立式住宅，坡匠似乎真的很高興，在那裡種蔬菜和草莓。他喜歡把菜送給人，草莓則只留給唯一的孫女吃。他還會把牛奶放在熱水煮鍋上面發酵，作成優格，讓孫女配草莓吃。他為了花園跟房屋署抗爭，不是因為蔬菜或草莓，而是因為ＦＪ。ＦＪ永遠都停在花園裡，既可以給小孩子玩耍，又可以種花種菜，引擎室、後車廂和車頭燈凹處都弄成花圃。亞麥代表出面斡旋之後，坡匠獲得勝利。開滿花朵的ＦＪ裡擠滿小孩，變成了當地的地標。偶爾他會厭倦吵鬧聲，大聲叫小孩走開。不過有時候，在接近傍晚的時候，他會開一瓶酒，坐在ＦＪ附近，靜靜地喝酒抽菸，孩子們在他附近像塘鵝和沙丁魚一樣跑來跑去。他會仔細看著花園，又看到一陣強風。他咒罵著風，風也咒罵著他們所有人。風把時間變成一座水壩，把水壩變成塵土，把塵土變成泥土，把泥土變成一座花園。他發現自己坐在那座花園裡，盯著一輛生鏽壞掉的車子，又看到了，不過這次他的哀傷裡，混雜著一種驚奇。

第八十六章

松婭抵達建築營區的舊址後，馬上下車，挺直身子，環顧高大的軟樹蕨，雨水從軟樹蕨滴到老殘幹上，那些殘幹是很久以前清除營區時砍掉巨大的尤加利樹所留下的。她每次造訪這裡都會這樣做：抬起頭看從那之後長出來的新樹。她一手抱著嬰兒，另一手的胳肢窩夾著紙箱，走進杳無人煙、喧囂刺耳的塔斯馬尼亞雨林；走向黑鳳頭鸚鵡和澳洲喜鵲的鳴聲；走進緩慢的窸窣聲，那是風在高處吹動森林頂部的聲音。有時候她以為自己聽到了那獨一無二的聲音：母親唱歌的聲音——

Spancek, zaspancek
crn mozic
bodi po noci
nima nozic

松婭，雙手環抱嬰兒，柔聲唱和，心裡充滿了愛。這首歌她好久以前就會唱，只是記不得是什麼時候學的，這是一首斯洛維尼亞語的搖籃曲。

Lunica ziblje:
aja, aj, aj,
spancek se smeje
aja, aj, aj.

Tiho se duri
okna odpro
vleze se v zibko
zatisne oko

Lunica ziblje:
aja, aj, aj,
spancek se smeje
aja, aj, aj.

她會花一些時間確定位置正確無誤，確認完畢之後，把四根棍子插進濕軟溫暖的土裡。她會從紙箱裡拿出一大捲紅色絲帶，用絲帶圍出邊界，把很久以前的舊家圍出來。每根棍子代表一個角，紅色絲帶纏繞一根棍子，再拉到下一個角。她從紙箱裡拿出一張毯子，鋪在晃動的絲帶圍出來的那塊空地中央，接著把孩子放在毯子上。

有時候松婭會閉上眼睛，想像那個畫面從遠處看肯定很古怪：森林變成模糊的綠色，前面有一條紅色絲帶，宛如一道細細的血流。瑪利亞和她曾經在那裡，希望能夠知道她們從來不知道的事，現在她和她的女兒則尋找著她們不曾擁有的東西，在洞中的洞。她看清這一切的時候，會覺得頭暈目眩。有時候她會幻想自己睜開眼睛，觸目所及，整片曠野上都是紅色緞帶圍成的方形，每個方形裡都坐著一個父母和一個孩子，父母說「這裡曾經是我的家」，她總是跟她那個聽不懂的孩子這樣說，「曾經是。」

紅色絲帶圍成的方形愈退愈遠，最後消失無蹤。

接著，松婭會拿出午餐。她會先餵飽孩子，自己才吃。最後她從紙箱裡小心拿出一個破舊的音樂盒，轉緊發條，放到地上。

接著她會側躺在毯子上，把嬰兒抱到肚子旁，慢慢掀起音樂盒的蓋子，音樂盒離她的鼻子只有幾吋。音樂發條開始演奏〈拉拉主題曲〉。芭蕾舞者開始不停轉圈，在音樂盒裡鑲嵌成凹狀的鏡子裡轉圈，圈圈裡還有圈圈，每片鏡子裡都有森林的樹木，瑪利亞就是在那片森林裡上吊自殺的，那片遼闊巨大的藍桉在風中搖來擺去。

她們會入神地看著音樂盒那上著黑色亮漆的邊框把鏡子裡的森林圍住，看著女芭蕾舞者玩具塑像在那片曠野前面不停旋轉，直到〈拉拉主題曲〉漸漸慢下來，最後完全停止。接著松婭會把音樂盒蓋起來，鏡子裡的森林隨之消失。嬰兒會失望地哇哇大哭。

松婭會翻過身，讓肚子貼著濕濕的地面。她可以看見遠處的森林，被雨淋過，還濕濕的，好像一隻動物，一道道陽光射穿墨藍色的雲，把它照得閃閃發亮。孩子的哭聲會漸漸變小，最後完全停下來。孩子坐在毯子上，不自覺張大眼睛看著她。剩下的只有風吹著巨大的尤加利樹的聲音。

松婭會把自己的臉貼近潮濕的地面，貼近刺鼻肥沃的泥炭，泥炭覆蓋著硬黏土和發出酸味的碎石子。她會用下巴碰觸帶著露水的長草，嘴唇摩擦著泥土。她的身體像火一樣燃燒起來。她的手撫摸著地面。她的臉被濕濕的草掠拂著。彎垂的鈕扣草串起了水珠。露珠灑在她的臉頰上。宛如優雅的項鍊。她那樣趴在地上的時候，會把孩子抱到身邊，輕聲叫著女兒的名字。她美麗的名字。

「瑪利亞。」她會對著泥土說，「我的瑪利亞。」

松婭會把一根手指放在嬰兒肉肉的小拳頭裡，把拳頭拉到她顫抖的嘴唇上，因為她不知道該怎麼把那些只有親身經歷過的人才知道的事告訴女兒。

因為那些事發生在好久好久以前，那個世界早在那之後就化為泥炭，那個冬天早就被遺忘，那個島嶼很少人聽過。當時雪還沒徹底覆蓋腳印，無法挽回。當時烏雲遮蔽了星星和被月光照亮的天空，陰影無法遮蓋的黑暗降臨到低聲細語的土地上。

就在那一刻，時間來到分岔點。

大師名作坊 176

歲月之門

作　者—理查・費納根
譯　者—高紫文
編　輯—張瑋庭
美術設計—高偉哲
內頁排版—極翔企業有限公司
副總編輯—嘉世強
董 事 長—趙政岷
出 版 者—時報文化出版企業股份有限公司
108019臺北市和平西路三段二四〇號三樓
發行專線—（〇二）二三〇六—六八四二
讀者服務專線—〇八〇〇—二三一—七〇五
（〇二）二三〇四—七一〇三
讀者服務傳真—（〇二）二三〇四—六八五八
郵撥—一九三四四七二四時報文化出版公司
信箱—一〇八九九臺北華江橋郵局第99信箱
時報悅讀網—http://www.readingtimes.com.tw
電子郵件信箱—liter@readingtimes.com.tw
法律顧問—理律法律事務所　陳長文律師、李念祖律師
印　刷—盈昌印刷有限公司
初版一刷—二〇二〇年五月二十九日
定　價—新臺幣三八〇元
（缺頁或破損的書，請寄回更換）

時報文化出版公司成立於一九七五年，
並於一九九九年股票上櫃公開發行，於二〇〇八年脫離中時集團非屬旺中，
以「尊重智慧與創意的文化事業」為信念。

歲月之門 / 理查．費納根（Richard Flanagan）著；高紫文譯 . – 初版
. – 臺北市：時報文化, 2020.05
面；　公分 . –（大師名作坊；176）
譯自：The Sound of One Hand Clapping
ISBN 978-957-13-8182-4

887.157　　109004900

ISBN 978-957-13-8182-4
Printed in Taiwan